© Greg Martin

LISA WIXON ha vivido en Europa y Latinoamérica y ha viajado a más de cuarenta países en el mundo entero. Actualmente, vive en Nueva York. *Casi Rubia en la Isla del Deseo* es su primera novela.

WWW.LISAWIXON.COM

Casi Rubia en la Isla del Deseo

Casi Rubia en la Isla del Deseo

Una Novela

Lisa Wixon

Traducido del inglés por Patricia Torres

rayo *Una rama de HarperCollinsPublishers*

Los libros de HarperCollins pueden ser adquiridos para uso educacional,
comercial o promocional. Para recibir más información, diríjase a:
Special Markets Department, HarperCollins Publishers,
10 East 53rd Street, New York, NY 10022.

Diseño del libro por Chris Welch

Este libro fue publicado originalmente en inglés, en el año 2005,
en Estados Unidos por Rayo, una rama de HarperCollinsPublishers.

PRIMERA EDICIÓN RAYO, 2007

Library of Congress ha catalogado la edición en inglés.

ISBN: 978-0-06-084133-1
ISBN-10: 0-06-084133-8

07 08 09 10 11 DIX/RRD 10 9 8 7 6 5 4 3 2 1

Para Joey

En la escasa luz del amanecer vi levantarse y definirse las costas de Cuba…

He aquí un lugar donde estaban pasando cosas de verdad. He aquí el escenario de una gran acción vital. He aquí un lugar donde cualquier cosa podía suceder. He aquí un lugar donde ciertamente algo sucedería.

Aquí podría dejar mis huesos.

—*Sir Winston Churchill*

Ино

1

*C*uando sentí su mano en mi hombro desnudo, todo acabó.

En la opresiva tarde de agosto, el calor producido por el contacto de otra persona tuvo el efecto de un cubo de hielo sobre un calentador. Yo estaba sola, sentada en un café de La Habana, cerca del antiguo hotel Hilton, el mismo que fue saqueado por los comunistas y rebautizado Habana Libre.

Los papeles que tenía sobre la mesa estaban desordenados, y algunos tenían manchas de los numerosos cafés con leche que me había tomado para mantenerme animada. Él llegó por detrás. Cuando levanté la vista vi una cara bronceada y suaves ojos azules, enmarcados por líneas profundas. Debía estar llegando a los sesenta, pensé, y no era feo. Preguntó si podía sentarse. Yo encogí los hombros con indiferencia. Preguntó si hablaba inglés. Yo asentí. Luego me pidió que le dijera cuáles eran los mejores bares, las mejores playas. Mi asesoría debía valer un ron a la roca, o por lo menos ese fue su cálculo, porque me ofreció uno.

Suspiré. Los papeles que tenía enfrente eran un completo caos—evidencia de mi infructuosa investigación—y hoy no me habían revelado las claves que esperaba encontrar. Los organicé con cuidado. ¡Qué diablos! Un ron estaría muy bien.

El hombre sonríe. A pesar de la creciente evidencia que indica lo contrario, yo pretendo ser una chica del Primer Mundo que está en una ciudad del Primer Mundo, a la cual un hombre atractivo le está ofreciendo un trago. Me imagino que al final de este encuentro intercambiaremos tarjetas y una sonrisa coqueta, y que en unos pocos días encontraré un mensaje en mi celular y, quién sabe, tal vez haya una cena, o un cine, o un paseo y, ya sabes, una cita.

Pero no estoy en los Estados Unidos, mi país, y él asume que no está departiendo con una igual, una mujer de su mismo estatus socioeconómico.

El hombre le da vueltas con la lengua a un cubo de hielo y por un momento se pierde en el placer que le produce el frío en medio de la humedad sofocante del verano habanero. Otro trago, y luego otro. Sólo habla de sí mismo y en tono dogmático, y no me hace ninguna pregunta. Es su manera de mostrar que está esperando la cuenta. Esta y la siguiente.

Le pregunto que de dónde es. "América," dice con la misma mezcla de orgullo y complicidad que usan todos los yanquis que se escapan a Cuba.

"Se dice Norteamérica," le digo, de manera juguetona, con tono de regaño. "A nosotros los cubanos nos ofende que ustedes crean que todo el continente es de ustedes." Pero él no está escuchando. Me mira con lascivia, mientras estudia el tamaño de mi pecho, el verde jade de mis ojos, la curva de un muslo cruzado sobre el otro.

"Entonces…" dice y se inclina sobre la mesa. "Estoy en el piso once del Habana Libre." Se queda mirándome con expectativa, mientras tiene la cuenta de las bebidas en la mano. "¿Cuánto sería?"

NO LO PUEDO culpar por el error. El dictamen del espejo del baño del café no me favorece; quebrado y borroso, refleja mi espantosa apariencia. Esta ropa, comprada en Washington, D.C., hace tres meses, está raída por el uso, el jabón barato y el sol. Llevo mis cosas entre una bolsa plástica—la cartera oficial de las cubanas—porque el bolso de cuero me lo robaron hace meses. Mi cuerpo, que alguna vez fue un esbelto talla ocho, se ha reducido a una escuálida talla cuatro. Por primera vez en la vida se me salen los huesos de la cadera. Siempre tengo moretones en el cuerpo. Una dieta cubana opera estos cambios.

Soy americana en la medida en que así lo especifica mi pasaporte, y mis grados universitarios, cargos profesionales e impuestos pagados reafirman que pertenezco a América.

Pero soy cubana. Cuando nací respiré aire de La Habana, y mi padre—según descubrí recientemente—lleva sangre cubana en sus venas. Soy cubano-americana. Como esferas en una bañera, le doy vueltas y vueltas a ese apelativo: cubano-americana. El guión es el punto de apoyo de un balancín que sube y baja. Algunos días soy más cubana. Otros, pesa más la parte americana.

Pero hoy, este día, cuando la pinga del hombre, debidamente protegida por un preservativo, se deslizó por entre mis muslos y su pecho oprimió mis senos; cuando él se levantó sobre mí, metiendo y sacando y volviendo a meter con más fuerza, y yo le clavé las uñas en la espalda (una reacción de dolor al placer que no esperaba sentir); cuando arrugó la cara y luego todo él se desplomó y se dio la vuelta y se vistió y me arrojó dinero americano a las rodillas; cuando yo recogí los billetes del piso y me los metí entre el sostén—¿acaso no es eso lo que hacen las prostitutas?—y bajé en el ascensor desde el piso once hasta el vestíbulo y pasé al lado de los vigilantes que sonrieron con picardía, y luego atravesé las puertas y salí al terrible sol de la tarde, entendí que el balancín había caído con un golpe seco.

En ese momento, sólo era cubana.

2

La palanca del teléfono público ruso de los años setenta estaba trabada. La sacudí un par de veces, y finalmente una moneda de veinte centavos hizo el milagro.

"¡Camila!" dije, después de pasar el filtro del conmutador del hospital. "Me acosté con alguien."

"¡Por fin, Alysia!" dijo Camila con su risa cantarina.

"No, no es eso. Yo…" dije, al tiempo que miraba a mi alrededor y bajaba la voz. "Me pagaron."

Camila se rió con más ganas. "Ya eres una cubana de verdad," dijo mi mejor amiga en La Habana, una respetada cirujana del corazón, casi diez años mayor que yo. "Cuéntame."

Hablando más rápido que una cotorra mojada, le narré los detalles de la tarde, mientras ella me escuchaba con interés. La mayoría de los cubanos tienen la misma posición moral que Camila: tener relaciones con extranjeros y recibir un pago por hacerlo—pago que usualmente se realiza en forma de ropa y perfume y dinero para emergencias familiares (porque siempre pasa algo cuando hay por ahí un enamorado extranjero)—no es exactamente prostitución.

De hecho, hay una palabra para las mujeres que buscan novios ricos, ya sea para casarse o para recibir constantes remesas de dinero. La palabra es jinetera, un derivado de jinete. Los chicos y chicas que se dedican a esto son la esperanza de sus familias. Ser jinetera es soñar con un futuro exitoso; soñar, en un país que se siente tan desesperanzado, con una carrera promisoria, con tener relaciones estables. Para muchos también es la única manera de obtener algún dinero, en un país donde los abogados ganan 18 dólares al mes y una comida en un restaurante decente vale dos veces esa suma.

"¿Cuánto pagó?"

Yo no lo sabía, así que me saqué el dinero del sostén. "Doscientos," dije, con un poco de sorpresa.

"¡Dios mío! Nos vas a hacer avergonzar a todas," dijo Camila, otra vez riéndose. "Ustedes las rubias siempre valen más… ¿Cuándo vas a volver a verlo?"

"Nunca," contesté de manera tajante. "¡No voy a volver a hacer esto nunca!"

"Claro," dijo Camila con suspicacia. "La próxima vez, mi vida, no pidas el dinero tan pronto."

"No lo hice," dije, con la sensación de haberla decepcionado. "Me negué a volverlo a ver, así que hizo un comentario sarcástico acerca de que si quería ser una buena capitalista, tenía que aprender a poner un precio desde el comienzo."

Camila suspiró. "No fuiste una mala capitalista, fuiste una mala cubana. Esos hombres no están buscando una mujer para una sola noche, quieren tener una novia cubana para todas las vacaciones," dijo. "Si te dio doscientos dólares por una hora, imagínate lo que te habría dado por toda una semana…" añadió con cierta nostalgia y sin terminar la frase.

Camila tiene treinta y tres años y es una de las mujeres más sensuales que conozco, en un país de mujeres sensuales. Lleva el cabello corto para destacar su elegante cuello y su cuerpo erguido de bailarina. Los 32 dólares mensuales que se gana como cirujana no alcanzan para mucho, así que Camila tiene un puñado de amigos extranjeros que depositan dinero en su cuenta mensualmente. Cuando visitan la ciudad, unas pocas veces al año, ella se dedica a atenderlos.

"Yo no voy a ser la novia de nadie," dije. "Tengo cosas más importantes que hacer."

"¿Alguna noticia sobre tu papá?"

"Voy a ver," dije y colgué. El ardiente sol estaba empezando a ocultarse y en la acera de enfrente había una cola para comprar helado que se extendía a lo largo de toda la calle. La Rampa, una de las calles principales de La Habana, estaba llena de muchachos que se doblan los pantalones como James Dean. Muchachos buscando hombres a los que les gusten los muchachos. Hombres que tengan dinero para gastar.

Temblando del calor, me fui a casa.

3

*L*a primera vez que oí hablar de José Antonio fue en el hospital. Mi madre estaba luchando contra un enemigo implacable, un enemigo que atacó la estructura molecular de sus células.

La veíamos languidecer en el pabellón para enfermos de cáncer de la clínica Georgetown. Acababa de cumplir cincuenta años. Sólo un mes antes, una energía resonaba dentro de su pequeño cuerpo, como si el espacio físico no fuera suficiente para contener su espíritu. Pero ahora incluso su respiración revelaba el decaimiento interno. Su larga cabellera rubia había perdido brillo, y los ojos ya no tenían esa luz incesante. Aunque me asustaba su apariencia, yo trataba de disimularlo.

Nadie me dijo que se iba a morir, ni pensó en prepararme para su muerte. Todas las personas a las que les preguntaba sólo me daban palmaditas en la cabeza y me decían que todo iba a estar bien. Después de eso, me costó mucho trabajo volver a confiar en los adultos.

Una tarde, mi madre me enterró las uñas en la piel y me haló hacia ella. "José Antonio," dijo suavemente, al tiempo que me tocaba la cara. "Encuéntralo por mí." Mi madre sólo podía cerrar los párpados a medias, debido a la resequedad de las membranas—uno de los efectos deshidratantes de la morfina que entraba a sus venas—. "Está en La Habana, con su familia," susurró. "Te están esperando."

La Habana. Allá fue donde nací en 1978, siendo americana, la primera y única hija de padres diplomáticos en misión en el extranjero. Mi padre y mi madre regresaron a los Estados Unidos en 1980, llevándome de la mano con un año cumplido, justo antes de que el puerto de Mariel liberara un torrente de esperanzados balseros que se dirigían a las costas de la Florida.

Durante mi infancia, mi madre nunca habló de Cuba, y yo apenas reconocía a ese país como mi tierra natal. Los hijos de los diplomáticos que nacen en el exterior se consideran americanos, como si hubiesen nacido en una pequeña isla de los Estados Unidos dentro del país extranjero. El hecho de que yo tuviera vínculos con Cuba, con gente cubana—que alguien me estuviera esperando—era información que mi joven cabeza era incapaz de asimilar.

"Tienes que encontrarlos, mi pequeña monita," dijo mi madre.

Pequeña monita. Oír ese apodo cariñoso me hizo sonreír. La profesora de primer grado de la escuela para extranjeros de Dakar fue quien me lo puso, a partir de los libros de *Jorge, El Curioso* que mi madre había traído desde América para nuestra estadía en África.

En las mañanas, la maestra leía los libros en clase en voz alta, y en las tardes mi madre traducía las historias al francés para contárselas a una audiencia de chicos senegaleses que se reunía cerca de nuestra casa. Chicos que se reían tanto como yo de las desventuras del pequeño primate.

Conté con cuidado todas y cada una de las veces que mi madre me llamó "pequeña monita" desde su cama de hospital. Prestaba atención a cada frase, a cada divagación suscitada por el dolor, con la esperanza de escuchar ese mágico sobrenombre. Recuerdo que inventé un juego: a la décima vez que me llamara así, mamá se curaría y todos nos iríamos juntos a casa.

Pero nunca llegó tan lejos.

En medio de su penosa batalla, mi madre llamaba a amigos que hacía tiempo habían desaparecido, a sus padres, recientemente fallecidos. Invocaba fantasmas. Pero José Antonio era la persona que más perturbaba la paz de su mente inconsciente. Nunca había oído acerca de él y al comienzo pensé que era una creación más de la morfina y el dolor.

Pero la mirada en los ojos de tía June me dio a entender que no era así.

Tía June estaba ojeando las páginas del libro de visitas que estaba sobre la mesita de noche. "¿Ves la cantidad de gente que ha venido a despedirse?" preguntó, exagerando su acento de Mississippi, cosa que hacía cada vez que necesitaba cambiar de tema. "Tu mamá siempre fue tan popular. ¡Qué bueno que ustedes dos tuvieron la previsión de traerla a casa en lugar de permitir que se pudriera en uno de esos infiernos del Tercer Mundo!"

"Hay excelentes médicos en América del Sur," replicó mi padre, que entraba con el doctor en ese momento. "Pero mi esposa prefirió regresar a los Estados Unidos."

Al ver a mi tía, papá sólo levantó un poco las cejas. Era un hombre alto y se veía atlético con uno de sus elegantes trajes, cuidadosamente tejidos por dedos menos privilegiados.

"Una muchacha de tu edad debería estar en un solo lugar, no dando vueltas por el mundo," me dijo June, en un tono lo suficientemente alto como para que mi padre alcanzara a escucharla.

"También estoy encantado de verte, June," dijo papá.

Nacidas y criadas en Natchez, Mississippi, tía June y mi madre eran las últimas descendientes de la familia Montgomery, una gente muy distinguida, con un orgulloso pasado. Mucho antes de que las dos nacieran, las plantaciones de algodón desaparecieron y la tierra de la familia perdió valor. Pero cuando mi tía y mi madre eran adolescentes, descubrieron petróleo en el burbujeante y grueso subsuelo de la tierra olvidada y los otrora campos abandonados se convirtieron nuevamente en minas de oro.

Tía June era la mayor y la más cascarrabias, y había multiplicado su pequeña fortuna por medio de la crianza y el comercio de caballos. Era una típica belleza sureña, que se pintaba los labios y usaba diamantes, pero también con las botas de vaquero y la ropa de hombre que enervaban a su madre.

"Hola, John Briggs," dijo el doctor, al tiempo que estrechaba la mano de mi padre. "Malas noticias. Ha hecho metástasis en los pulmones," alcancé a oír que decía el doctor en voz baja.

Aunque papá no mostró ninguna reacción especial ante la noticia, sus ojos se posaron en mi cara y en ellos había un dolor que nunca antes había visto. Yo hubiese querido saltar y darle un abrazo, pero sabía que un abrazo, o cualquier demostración física de afecto, lo perturbarían.

Rápidamente papá se sumergió en una calmada conversación con el especialista, y entonces yo me acerqué a mi tía y pregunté:

"¿Quién es José Antonio? Lo llama todo el tiempo."

Tía June estudió el perfil de mi padre y luego me miró. En sus ojos había indecisión.

"Eres muy joven para perder a tu madre," dijo. "Trece años es muy poco."

4

Mi madre murió seis semanas después del día en que se desmayó por primera vez en Montevideo, a unos pocos kilómetros de la casa que nos había sido asignada en nuestra nueva misión en América del Sur. Papá llevaba veinte años trabajando con el Servicio Exterior de los Estados Unidos, con el Departamento de Estado y otras oficinas federales que habían aprovechado su inteligencia.

Su estilo de vida peripatético—una misión distinta en el extranjero cada tantos años—fue lo que más le atrajo de él a mi madre, durante su época de noviazgo dos décadas atrás. Ella decía que cada nuevo país le gustaba más que el anterior.

Mi madre me contó una vez sobre una religión africana que sostenía que cada persona era hija de un dios específico y asumía las características de ese dios durante su vida. Estoy segura de que el dios de mi madre debía ser un gitano, un dios que infectó su sangre con el amor por el camino abierto, lo desconocido y el impacto que produce el descubrimiento de una nueva belleza terrenal.

Su entusiasmo dirigía los viajes que hacíamos a través de los países pobres que yo sentía más propios que mi propia América. Compartíamos estrechos vínculos con otras familias de diplomáticos y así fue como conocí a mi mejor amiga, Susie, también hija de un diplomático. Junto a nuestras madres, Susie y yo exploramos las dunas de arena y los desiertos, océanos y ríos, y las culturas y tradiciones que componen una nación extranjera.

Fue una infancia de ensueño.

Aunque mi padre trabajaba más duro y más tiempo que los otros padres, los pocos momentos que compartía con él cada noche eran lo mejor de mi vida infantil.

Tan pronto llegaba de un día agotador en la embajada, papá venía a mi habitación. Nuestro ritual rara vez variaba: colgaba la chaqueta sobre una silla, se aflojaba la corbata roja y estiraba sus largas piernas a un lado de mi cama. Luego me decía que eligiera un libro del estante que había en la mesa de noche. Yo fingía que estudiaba las opciones y él se hacía el sorprendido cuando yo elegía un gastado ejemplar de *Jorge, El Curioso*. Me fascinaba la manera como mi padre leía esas historias, me gustaba incluso más que oír los relatos de mi madre, porque siempre me imaginaba que él era el Hombre del Sombrero Amarillo, el científico delgaducho que sacó al mico de su hábitat y supervisaba sus constantes travesuras. Así era como siempre pensaba en mi padre: como un ser bondadoso, aunque distante, amable, aunque reservado. Un protector.

Pero mientras mamá languidecía en la clínica, comencé a sentir un cambio en mi padre. Su voz se volvió más severa, su modo de caminar, más rígido, y cuando lo sorprendía mirándome, sus ojos revelaban un extraño alejamiento y miedo. Lo que yacía en la cama muriéndose no sólo era mi madre, sino la conexión de mi padre con su propia vida.

Unas pocas noches antes de que mamá muriera, me desperté junto a ella, las dos heladas bajo las antisépticas sábanas de la cama de hospital. El perfume de los jazmines y las lilas, sus flores preferidas, invadía el aire. La cabeza de tía June colgaba de la silla que estaba junto a la cama, y su suave ronquido era tranquilo y rítmico.

"Mi amor," susurró mamá de repente. "Tienes que encontrar a tu papá por mí, tienes que prometerme que lo harás."

"Probablemente está afuera en el corredor," dije y me incorporé para ir a llamarlo, teniendo cuidado de no enredarme con los tubos y cables que le entraban por la piel.

"No," dijo ella, halándome nuevamente hacia la cama. "Tu verdadero padre."

Tu verdadero padre. Me dije que debía ser la morfina la que estaba hablando, y no ella, pero los ojos se me llenaron de lágrimas de pánico.

"José Antonio," susurró. "Ese es su nombre."

"No, mamá." Sentí verdadero terror. "Estás enferma, no entiendo…"

"Prométeme que lo encontrarás," dijo, tomándome de la mano. Estaba hablando con demasiada seguridad, muy parecido a como hablaba antes.

"Creo que necesitas más calmantes," dije.

"Ya tomé suficientes."

Miré a tía June, que se había despertado en silencio. "*Papá* es mi papá," dije tercamente.

"Lo siento."

"Pero sí," insistí, mientras bajaba la mirada. "No entiendo."

"Lo entenderás cuando lo encuentres. En ese momento lo entenderás. Por favor, prométele eso a mamá."

Con su elegante pulgar arreglado con manicure estilo francés, mamá me secó las lágrimas. Yo le habría prometido cualquier cosa. Le habría dicho cualquier cosa, con tal de que se quitara esa bata de hospital y regresara a mi vida, a retomar su papel como la mujer que me amaba y me protegía. A ser mi madre de nuevo.

"Te lo prometo."

En ese momento vi cómo se cerraba la puerta que daba al corredor y mi padre, que había estado escuchando en la oscuridad, se fue dejándome sola con el aroma de los jazmines, las lilas y la muerte.

5

Los vietnamitas creen que cuando una persona muere joven, su espíritu vagabundea—de manera silenciosa e imperceptible—por el reino de su antigua vida. Que sostiene conversaciones tácitas con los vivos.

Aunque mamá estaba muerta, hablaba más con ella que con mi padre. Después de que mamá murió, papá regresó a América del Sur y me matriculó en un internado cerca de la casa de sus padres en Connecticut, para que ellos pudieran estar pendientes de mí. En ese entonces creí que papá simplemente estaba elaborando el duelo y un día enviaría por mí y volveríamos a vivir juntos.

Cada vez que le decía a mi madre cuán triste estaba y lo mucho que extrañaba a papá, ella siempre respondía:

"Trata de perdonarlo. Está haciendo lo mejor que puede."

Mi padre y yo nunca hablamos sobre lo que pasó esa noche en el hospital, ni sobre la añoranza con que mamá, en su lecho de muerte, hablaba de José Antonio. Aunque era un intrépido viajero, el único territorio que papá nunca se aventuró a atravesar fue el terreno emocional, que mi madre, en cambio, navegaba a sus anchas. Papá había perdido más que una esposa y yo había perdido más que una madre. Habíamos perdido a nuestra intérprete.

Pero eso no impidió que mi padre utilizara una suplente.

"Tenemos que hablar," me dijo un día su madre, la matriarca de la familia Briggs.

Mi abuela usaba sastres de Nancy Reagan y llevaba el pelo rubio perfectamente peinado, con cada cabello teñido, alisado y totalmente domes-ticado. Durante la fiesta del día de la Independencia, en el verano después de que mamá murió, la abuela me llevó a su estudio.

"Sentimos mucho la muerte de tu madre," dijo y su aliento olía a vodka. "Pero pensamos que es mejor que pases el mayor tiempo posible con tu abuelo y conmigo, mientras que tu padre está fuera y se concentra en su carrera."

La idea de pasar más tiempo con mis abuelos me produjo nudos en el estómago. Mi madre debe haberlo entendido, porque cuando estaba viva se negaba a dejarme sola con ellos.

Aunque en ese momento se oyeron unos golpecitos al otro lado de la puerta, mi abuela continuó: "Entiendo que antes de morir tu madre te dijo algunas cosas extrañas acerca de su estadía en una de las misiones de tu padre," dijo, al tiempo que agitaba la mano con nerviosismo. "Cuba, o algo así." Nuevamente se oyó un golpe y esta vez la abuela abrió la puerta.

"Doctor Wagner," dijo mi abuela y me presentó a un hombre lerdo y pesado, que tenía los ojos rojos a causa de la embriaguez. "Esta es Alysia. Nuestra nieta." Luego se volvió hacia mí. "El doctor Wagner aceptó salirse unos minutos de la fiesta para hablar contigo acerca de las alucinaciones."

Durante un momento temí que de alguna manera ella supiera de las conversaciones que mi madre y yo compartíamos. O quizás ella también podía sentir la presencia de mi madre, tal como yo la sentía, en esa misma habitación. Pero el doctor estaba allí para despejar una noción mucho más misteriosa.

"Las alucinaciones," dijo el médico, "son bastante comunes en los pa-cientes de cáncer." Con expresión de desaliento, el doctor Wagner soltó enseguida un discurso atropellado acerca del efecto del dolor en la mente de las personas que se acercan a la muerte.

"Así que," dijo mi abuela con impaciencia, "como ves, debes hacer caso omiso de cualquier cosa que ella te haya dicho. Fue una invención," dijo, al tiempo que volvía a agitar la mano, "de su vívida imaginación."

"Absolutamente," dijo el doctor Wagner, mientras tomaba otro trago y evitaba mirarme a los ojos.

Mi abuela se inclinó hacia mí y, con la aparente intención de hacer un gesto cariñoso, me dio unas palmaditas en la rodilla que yo sentí como un sopapo. "Eres la hija de mi hijo. Eres un miembro de la familia Briggs. Si alguna vez dices o piensas otra cosa, tendrás una vida muy, pero muy difícil."

La abuela dijo esto último con una sonrisa, pero nada en su actitud era amistoso.

6

Esto es lo que mi padre proporcionaba: clases de ballet y francés. Cuidados médicos y dentales. Matrícula universitaria y tutores de matemáticas—de los cuales hubo muchos—. Un apartamento en el conjunto residencial Watergate. Libros y lápices. La ropa y los accesorios que consideraba necesarios para transmitir el sólido estatus político de su familia.

Lo que yo le daba a mi padre era la promesa de estudiar en su alma máter y esforzarme por obtener buenas calificaciones. El compromiso de completar mis estudios profesionales y, con el tiempo, entrar al servicio exterior, siguiendo sus pasos.

Nuestro arreglo se hizo de manera indirecta, a través de gestos sutiles y deducciones, y nunca tuve el valor de poner a prueba sus límites con mi desobediencia. Yo creía que si me esforzaba lo suficiente y hacía exactamente lo que él esperaba, algún día podría tener una relación con el hombre que me había criado.

Cada examen, cada trabajo final, cada anotación fueron hechos con la esperanza de poder complacer a mi padre. Durante los exámenes finales del último año, me desmayé a causa de un dolor agudo en el lado derecho. Pocas horas después estaba hospitalizada con apendicitis, y mientras me preparaban para operarme y sacar el apéndice inflamado mediante una cirugía, sólo podía pensar en mi madre. Ella había muerto en una clínica que estaba sólo a unas cuantas calles de allí.

"No está fácil," me dijo mi padre por teléfono. "Estoy trabajando en Nueva York. Trataré de ir mañana o pasado."

En ese momento me dije que lo que le impedía a mi padre venir a verme debía ser el miedo que le tenía a los hospitales—una fobia desarrollada a raíz de la dolorosa muerte de mi madre. Pero la verdad es que escasamente podía reconocer en mi padre a ese hombre que, años atrás, me leía historias de *Jorge, El Curioso*. O que parecía tan vivo en presencia de mi madre. A medida que los años fueron pasando después de su muerte, papá se volvió más como su familia de Connecticut y menos como aquel hombre que, en contra de la opinión de sus padres, eligió por esposa a una mujer del sur, sociable y efusiva.

Esa noche en el hospital, un ardor agudo me sacó de la inconciencia. Tía June roncaba suavemente, con la cabeza colgando de la silla, al igual que todas esas noches que pasamos al lado de la cama de mi madre. Comencé a llorar, quería a mi papá y a mi mamá.

"Hola, mi amor," dijo June, acercándose a tientas en la penumbra. "Estoy aquí, todo está bien. La cirugía salió muy bien."

"¿Dónde está papá?"

"Él… dijo que trataría de llegar, querida." June me abrazó y los ojos se me llenaron de lágrimas. Sabiendo que mi padre estaba sólo a un corto viaje en avión, durante la semana siguiente miré hacia la puerta cada vez que se abría, con la esperanza de que él entrara en cualquier momento.

Pero nunca llegó.

Mi madre, en cambio, rara vez se alejó de mi cama. Mientras luchaba contra el dolor durante la recuperación, sentía su mano en mi frente, una caricia en la mejilla, y a medida que mi cuerpo se fue fortaleciendo, el sentido del olfato reconoció notas largamente olvidadas en la espesura de mi memoria—el olor de los jazmines y la lilas, el olor de la enfermedad y los antisépticos—y volví a oírla otra vez, su voz susurrándome en el oído.

Te están esperando.

José Antonio.

Tu verdadero padre.

TÍA JUNE ENTRÓ después del desayuno. "Comida para monos," dijo, al tiempo que arrojó una banana en mi bandeja. "Despertador." Jugo de naranja en un vaso de poliespuma.

"¿Por qué nunca hemos hablado de La Habana?" pregunté abruptamente.

Tía June se quedó mirándome durante un largo rato y luego fue hasta donde estaba su bolso. Sacó un espejito Chanel y se inspeccionó la cara. Luego hizo toda una representación del acto de echarle crema al café.

"Llevo años y años esperando a que dijeras algo," dijo finalmente.

"¿Cómo sé que mamá estaba diciendo la verdad?" pregunté de manera agitada, al tiempo que me incorporaba. "Tú estabas ahí, estaba delirando. ¿Fue sólo una alucinación? ¿Hay alguna prueba?"

"¿Prueba? ¿Te has visto al espejo últimamente?"

De manera instintiva me toqué la cara y sentí el contorno de mis labios y mi nariz. Tía June me puso su espejito enfrente.

"Eres tan parecida a John como Buda a Cristo," dijo riéndose. "Aquí tienes todas las pruebas que necesitas." Luego me miró con incredulidad y movió los pies. "¿Me estás diciendo que tú y John nunca han hablado sobre eso en todos estos años?"

"Nunca." Mi tía se paseó de un lado a otro de la habitación, y en medio del silencio, la seda roja de su pijama hacía un pequeño ruido al rozar contra sus muslos. Por la manera como cerró el puño, convertido en una bola de alabastro, me di cuenta de que estaba furiosa con mi padre.

"Ese hombre es tan frío como un congelador viejo," dijo.

"Cuéntame lo que sabes, por favor," dije y le hice un gesto para que se sentara en mi cama.

"John," dijo mi tía, al tiempo que soltaba un largo suspiro y me pasaba el jugo de naranja, "no puede tener hijos. Tu madre me lo contó."

"Bueno, pero ella quedó embarazada."

"Precisamente," dijo June con suavidad. "Y John sabía que tú no eras suya. Pero no fue capaz de admitirle a su familia, ni a sí mismo ni a tu madre, que el matrimonio había fracasado. Esa es la razón por la cual aparece su apellido en tu certificado de nacimiento."

"Para guardar las apariencias."

"Para guardar las apariencias. Eso es lo único que le importa a esa tonta familia suya de Connecticut."

"Pero mis abuelos no se lo creyeron ni un segundo," dije y las piezas del rompecabezas comenzaron a encajar. "Lo sé por la manera como me miran." Luego lo entendí: el subfondo de mi relación con la familia Briggs siempre fue precisamente el asunto de mi legitimidad. Su actitud acusadora no tenía nada que ver con la imperfección de mi desempeño como una de sus nietas, como yo siempre había pensado. Sólo tenía que ver con el hecho de que su hijo me aceptara como suya, cuando evidentemente— al parecer para todo el mundo, excepto para mí—no era su hija biológica.

"Tienes suerte de que no se lo crean," dijo June, echando la cabeza hacia atrás y riéndose como lo hacía mi madre. "Me refiero a que, ¿realmente quieres que *ellos* te acepten?"

Miré a través de la ventana y me di cuenta de que tenía razón. Entonces levanté mi vaso de poliespuma lentamente e hice un brindis con June. En medio de la claridad, sentí que me quitaban un peso de encima y también sentí un poco de compasión. Si yo, como nieta, me había sentido atormentada por las expectativas de la familia Briggs, ¿cuánto no habría sufrido mi padre, al estar bajo su dominio y tener que tolerar sus exigencias? ¿Y qué había de mi madre? ¿Acaso ella también tuvo que soportar la doble lealtad de mi padre?

"¿Por qué mamá no abandonó a papá?" le pregunté a mi tía. "¿Si estaba tan enamorada del cubano?"

"Tal vez porque nuestros padres nos metieron en la cabeza que teníamos que hacer lo correcto. Y todo lo placentero *definitivamente* no era lo correcto."

"Pero tú lo superaste," dije riéndome.

"Uno termina superándolo," dijo June con una sonrisa discreta. "Pero después de un buen tiempo."

"Bueno, supongo que nunca sabré nada sobre José Antonio," dije con añoranza.

"Tonterías," dijo June. "Puedes ir a Cuba a buscarlo y ver qué tiene que decir. Estoy segura de que le encantaría verte."

Moví la cabeza con vehemencia, en señal de negación. La idea de ir a buscar al antiguo amante de mi madre, a un país al que ni siquiera se me permitía viajar, me parecía un exabrupto. "Ir a Cuba es ilegal. Si voy a ser diplomática, como se lo prometí a papá, no hay manera de que me arriesgue a que me atrapen."

Tía June encogió los hombros y miró por la ventana, hacia los cerezos en flor que hacen que la primavera en Washington sea un placer para los sentidos.

"Es *ilegal*, tía," dije, exasperada. "Y papá me mataría si fuera a buscar a José Antonio. ¡Ay, Dios mío, qué estoy diciendo, es demasiado ridículo!"

"Cada uno hace su propio camino en el amor y en la vida," dijo tía June. "Lo único que sé es que nuestro padre, tu abuelo, fue el hombre más increíble que haya existido. ¿Te imaginas mi vida sin mi padre, sin tu abuelo? Nada habría sido igual."

Sonreí al recordar a mi abuelo. Luego, sospechando que había algo más que quería decirme, me quedé mirando a tía June.

"¿Acaso *conoces* a ese tal José Antonio?" Estaba tan inclinada hacia delante que casi me caigo de la cama.

"No, no, no lo conozco. Lo único que sé es la manera como tu mamá hablaba de él. Decía que era bien parecido, fuerte y rápido." Luego bajó la voz. "Fue el gran amor de su vida."

"¿Sabría de mi existencia? ¿O pensaría que papá era mi… *padre?*"

"No lo sé."

Todo el asunto era muy difícil de asimilar. Si José Antonio era realmente mi verdadero padre, habría sido muy difícil para él encontrarme porque, tal como aprendí en la escuela, a los cubanos rara vez les permiten salir de su país. Por otro lado, era posible que no quisiera saber nada de mí. Y el riesgo de herir al único padre que me quedaba era demasiado grande.

"Olvídalo," dije. "En el otoño voy para Londres a comenzar mis estudios de postgrado, y luego tengo que preocuparme por conseguir un empleo. No tengo tiempo para eso." Pero mientras descansaba en la cama del hospital, no podía dejar de recordar lo que le había prometido a mi madre cuando estaba en su lecho de muerte. Le había prometido encontrar a José Antonio.

"Lástima," dijo tía June de manera fría. "Porque estaba pensando que unas cuantas semanas de baile y ron en La Habana serían un bonito regalo de graduación."

"Ah, no," contesté, negando con el dedo. Pero yo sabía que no podía rechazar a mi tía. "Y ¿qué hay de papá?"

"Si John lo averigua, tú le echas toda la culpa a tu tía June," dijo, riéndose con malicia. "A tu *chaperona*. Porque yo también voy a ir. Entonces, ¿qué dices?"

7

Nuestro avión aterriza justo antes del amanecer.

En el aeropuerto los militares usan traje de campaña, como si estuvieran en guerra. Las mujeres oficiales llevan mini minifaldas de color verde militar, y se ven encantadoras, bronceadas y sonrientes tras el vidrio de seguridad. Los oficiales llevan chaquetas militares de una tela tan rala que se les alcanza a ver la piel.

"¿Primera vez en Cuba?" pregunta el agente de la aduana.

"Primerísima vez," dice June. Yo asiento con la cabeza y le entrego mi grueso pasaporte, lleno de sellos. El agente revisa una pantalla de computadora.

"¿Quiere agregar algo más?" pregunta el hombre, entrecerrando los ojos.

Tía June me lanza una mirada de apoyo y yo respondo: "Ah, sí. Yo nací aquí. Es la primera vez que regreso."

"Bienvenida a casa, mija."

Mientras esperamos el equipaje, el hábito de los viajes de infancia me impulsa a estudiar un mapa de Cuba. Recorro con el dedo índice la página de la guía. Me gusta mirar mapas y no puedo evitar pensar que esta es la misma perspectiva de mi madre, que lo ve todo desde arriba. Con sus archipiélagos e islas satélite, sus cadenas de montañas y sus ríos, Cuba constituye la masa terrestre más grande de las Antillas. En la misma latitud están Haití y Yucatán; en la misma longitud están los Estados Unidos. Los afilados dedos de los Cayos de la Florida se extienden con añoranza hacia Cuba, pero mueren apenas a noventa y dos millas de la capital caribeña.

Según la guía, en términos culturales Cuba es, por accidente y por diseño, una versión social de las Galápagos de Darwin, un lugar donde las criaturas crecen y evolucionan de manera inusual y hermosa, protegidas por interminables millas de agua.

En esa aislada isla reside el sueño de encontrar a mi padre.

Elegimos una mañana sofocante para llegar a La Habana. A medida que nos aproximamos a la capital, le cuento a tía June que esto me recuerda cuando tenía nueve años y recorría por primera vez con mis padres las calles de Pekín. Los símbolos rojos en mandarín que había sobre cada techo atraparon mi imaginación. Para mí, China no era un país nuevo, sino un planeta totalmente diferente.

Al igual que sucede en China, el paisaje cubano también parece de otro mundo. Las pancartas que en cualquier otro lugar exhibirían publicidad de gasolina Shell o ropa deportiva Nike, ostentan propaganda revolucionaria, con imágenes de guerrilleros de ojos grandes e inocentes que libran una guerra contra el gigante Tío Sam. Gracias a esas pancartas llenas de fervor, La Habana no parece una ciudad moderna sino un dormitorio de Berkeley, alrededor de 1969.

"Nunca pude entender la pasión de tu madre por viajar," dice tía June, tratando de parecer relajada en su primer viaje. Observo el perfil de tía June debajo de su gran sombrero de paja y sonrío, agradecida por la familia que me quedó.

Mientras avanzamos sentadas en el asiento trasero de un destartalado Lada—los populares autos rusos que se ven por todas partes y a los que con sólo cambiarles una letra se les llamaría 'latas'—comienza un nuevo día y un sol brillante besa con su luz la enigmática ciudad.

Seductora como una *stripteasera*. La Habana comienza a revelarse. A través de la ventana observamos el deslumbrante encanto de la ciudad: aquí una construcción con remembranzas árabes de mil quinientos, allá algo español de mil seiscientos, y más allá algo americano de los años cincuenta. Nada artificial por razones de estética, sólo la mezcla accidental de los siglos. Una belleza orgánica e inesperada.

Las antiguas construcciones dedicadas a la religión, la ópera y el teatro se levantan trémulas y descascaradas. La Habana, una capital de estilo europeo largamente olvidada, es magnífica y gris. Como una baronesa al final de su larga vida, que aún no se recupera de una destitución que no previó.

Tía June se queda boquiabierta ante el espectáculo de belleza y destrucción.

"¡Dios mío!" exclama. "Parece una película de guerra."

LA VERDAD ES que el primer viaje a Cuba no dio ningún resultado.

Aunque encontré el hospital donde nací y confirmé el apellido de John en mi certificado de nacimiento, no avancé mucho. Apenas logré orientarme. Por todas partes se escuchaba charanga. Los gallos cantaban a todas horas, y antiguos autos americanos circulaban por calles acabadas. Edificios restaurados de estilo art nouveau alojaban preciosas pinturas. A lo lejos, un mar azul zafiro limitaba con aguas color turquesa que flotaban sobre corales y piedras calizas.

Las palmeras se elevaban tan altas como rascacielos. Los bares y discotecas retumbaban con música de tango y flamenco, rumba y chacha-chá. Los cubanos eran ruidosos, amigables y siempre parecían estar bailando.

A medida que absorbía ese espectáculo, me fue invadiendo de manera lenta e imperceptible un ardiente deseo de encontrar a José Antonio. Al comienzo sólo quería ver la isla en la que había nacido, pero rápidamente la posibilidad de encontrarlo a él y a su familia atrapó mi imaginación. En el contexto de toda esta belleza, en medio de esta cultura de Cuba, de esta cubanidad, me di cuenta de que iba a heredar mucho más que un apellido hispano. Iba a ganar una herencia. Y así fue como el deseo de mi madre se volvió finalmente mío, y la promesa de encontrar a José Antonio se volvió una promesa que me hice a mí misma, la promesa de descubrir ese vínculo secreto con mi pasado.

Cuando se lo dije a mi tía, pareció más que complacida.

"Lo único que te puedo decir es que me siento feliz de saber de dónde era mi papá. Mississippi. Un lugar con un nombre curioso, fácil de navegar, con señales en inglés. No como este remoto lugar," dijo y sacudió la cabeza.

Tía June pasó todo el mes en el hotel, una antigua guarida de la mafia americana, disfrutando de deliciosos daiquiris Hemingway que le llevaban a la piscina. Aunque salió pocas veces, con el pasar de los días se fue adaptando al ritmo tranquilo de la isla. Cuando nos fuimos, afirmó que La Habana era la ciudad más bella que había visto.

"No sé si tu mamá quería al hombre o a la isla," dijo tía June. "No sé si yo me habría ido."

Aunque cuando se terminó nuestro tiempo partimos, ninguna de las dos expresó la desilusión por no haber localizado a José Antonio. Estando en el terminal del aeropuerto con tía June, finalmente entendí de qué se había tratado realmente todo el viaje. Fue la oportunidad de que ella pasara tiempo conmigo, su única sobrina, y de animarme de todas las formas posibles a buscar mi felicidad, a sabiendas de que me había tocado una extraña baraja de cartas familiares.

Estoy segura de que mi tía entendió que en esta búsqueda arqueológica sólo estábamos arañando la superficie. También debió saber que yo nunca habría tenido el valor de dar ese primer paso sola.

En el aeropuerto la abracé en señal de agradecimiento. "Te voy a extrañar," le dije, sin saber que era la última vez que la vería.

En Cancún ella siguió a Mississippi vía Houston, y yo hacia Hartford a través de Nueva York. Después de un incómodo mes de julio en compañía de mis abuelos en Connecticut, me volví a escabullir a Cuba durante unas pocas semanas en agosto, esta vez con el valor suficiente para ir sola.

EL MAPA DE La Habana costó siete dólares en el almacén de artículos para turistas y un cafecito, un chorrito de café oscuro y dulce, me ayudó a estudiar sus posibilidades.

Aunque los mapas son importantes en mi historia personal, para entender a mi familia y su vida como vagabundos diplomáticos, el mapa de La Habana sólo me dice una cosa.

Lo perdida que estoy.

"En todo caso, ¿por qué tanta prisa para volver a casa?" dice Víctor Álvarez, interrumpiendo mis pensamientos. Víctor es un meticuloso empleado público, que debe estar llegando a los setenta y es el primer contacto productivo que he hecho en Cuba.

"La mejor manera de hacer esta búsqueda tan difícil," continúa diciendo, "es mudarse aquí. Convertirse en residente temporal."

"¿Pero eso es posible? Soy americana. Se supone que no debo estar aquí ni un fin de semana."

"Mira, en realidad es fácil. Sólo tienes que solicitar una visa de estudiante." Víctor juega con los botones de un traje que puede haber sido el mismo que usó cuando los revolucionarios prendieron la ciudad por primera vez en 1959. "Puedes quedarte un año. No puedes salir durante ese año, pero te puedes quedar."

"Como en Hotel California."

Víctor me mira con desconcierto. "Necesitas estar aquí para encontrar lo que estás buscando, e incluso si estás aquí todo el tiempo, nos tomará meses sólo encontrar la dirección de la casa de tus padres. Pero no vas a hacer ningún progreso así como así. Nadie confía en los turistas."

"No me puedo quedar un año," digo. "Apenas puedo quedarme unas semanas. ¿No puedo simplemente llamarlo para que me diga cómo van las cosas?"

Víctor suelta una larga carcajada, que muestra que está tratando con una extranjera que no entiende nada. "La gente que te puede ayudar, y tendrás que conocer a muchas personas antes de encontrar a las apropiadas, no confiará en ti a menos de que pueda mirarte a los ojos."

El escaso y lento progreso que he hecho hasta ahora confirma que Víctor dice la verdad. "¿Una visa de estudiante me daría un año?"

"Sí, mi amor. Todo un año."

No obstante, muevo la cabeza en señal de negación. A pesar de lo mucho que me gusta Cuba, tengo la sensación de que nunca jamás encontraré lo que busco. Adoro la idea de tener sangre cubana, pero vivir en La Habana, con sus continuas escaseces y sus apagones crónicos, y las sospechas que les despiertan los visitantes que se quedan mucho tiempo, no es algo para lo que pueda prepararme. Víctor se equivoca, mi búsqueda puede tomar más de un año. Me puede tomar toda la vida.

En el avión hacia Londres, donde estaba a punto de comenzar mis estudios de postgrado, renuncié a saber lo que había intentado saber. Hice un esfuerzo por encontrar a José Antonio, pero terminé entendiendo todavía menos de lo que entendía al comienzo. La vida de una familia del Departamento de Estado es un secreto muy bien guardado en territorio enemigo, y no sabía por dónde comenzar.

Encontrar a José Antonio—si es que en realidad existía—requeriría mucho más que un mapa de esa inmensa ciudad bañada por el sol. Necesitaría un adivino. Un poder superior. Una conversación con los muertos.

Si mi madre de verdad quería que yo encontrara a José Antonio, seguramente me daría una señal. En silencio lancé ese deseo a las nubes por las que se deslizaba el 747 en su camino a Londres.

Si estás escuchando, rogué, mándame una señal.

8

Cuatro meses después, unas pocas semanas antes de las vacaciones de Navidad, en medio de los exámenes y de un invierno tan fuerte que doce personas murieron congeladas, recibí una llamada de mi padre que, con voz ansiosa, me preguntó por mis estudios. Después, como por casualidad, me contó que a tía June le habían diagnosticado la misma enfermedad que había matado a mi madre.

Corrí al aeropuerto, pero ningún avión pudo llevarme lo suficientemente rápido. Tía June murió mientras yo estaba volando. Mi padre, que sabía del diagnóstico de cáncer desde hacía casi dos semanas, le había insistido en que no me llamara para no "romper la concentración" en mis estudios. Al comienzo me sentí traicionada. Luego simplemente me sentí perdida.

Después de que los caballos fueron subastados y la casa fue vendida a nuevos propietarios, me quedé sola en el rancho de June en Mississippi, revisando sus objetos personales. Recuerdo haberle agradecido a mi tía que hubiese hecho lo mismo con las cosas de mi madre, cuando ella murió diez años antes.

Fue al final de esa larga semana de empacar, botar y seleccionar que abrí la mohosa caja de cartón que cambió mi vida.

Adentro había unos cuadernos. A medida que los ojeaba, primero lentamente y después rápido, reconocí la escritura. Era la letra de mi madre. En ese momento recordé que ella solía escribir en su diario casi todas las noches, siempre junto a una taza de té verde.

Los años de los diarios cubrían desde 1992, el año en que mamá murió, hasta 1981, un año después de que salieron de Cuba. Comencé a buscar frenéticamente. Tenía que haber otra caja con los años anteriores, tenía que existir. Agarré la pila más cercana, estornudé debido al polvo y el moho, y quité la cinta de cada caja con mis propias manos y dientes. Abrí cinco cajas, luego seis. La habitación se fue llenando. Yo estaba como poseída. ¿Por qué estaban estos diarios en Mississippi, en casa de mi tía, y no en Washington, donde mi padre? ¿Acaso tía June se había olvidado de la existencia de estos diarios? ¿O iba a entregármelos algún día para que los leyera? De repente pensé, con tristeza, que nunca lo sabría.

En la séptima caja encontré finalmente mi premio: los diarios de mi madre que cubrían los años cubanos, de 1977 a 1981. Los miré concienzudamente hasta que vi las iniciales de José Antonio: J.A.

J.A. y yo llevamos a Alysia a la playa esta tarde.
J.A. y su familia jugaron con ella todo el día.
J.A. se siente frustrado cuando nos vamos a casa.

El hecho de que José Antonio supiera de mi existencia cambió algo dentro de mí. Él me quería. O por lo menos eso decían los diarios de mi madre, los cuales leí sin parar durante una semana en casa de mi tía. Si José Antonio no podía salir de Cuba para buscarme, era mi responsabilidad ir a buscarlo, y con la ayuda de los diarios de mi madre, de repente lo imposible pareció volverse más factible.

Sin decírselo a mi padre, cancelé el último semestre del postgrado, tomé un vuelo a Washington y solicité permiso para viajar a Cuba durante un período largo, con el fin de encontrar a José Antonio. Mientras esperaba respuesta, volví a leer los diarios y luego espulgué de arriba abajo el apartamento de Watergate buscando las claves esenciales que me faltaban: el apellido de José Antonio, su dirección, o la dirección de la casa que nos había sido asignada en La Habana durante esos años.

Pero a diferencia de su hermana, mi madre guardaba pocas cosas pues creía que la acumulación era la ruina del viajero. Pensé en la posibilidad de volver al rancho de mi tía en Mississippi para revisar con más cuidado los papeles de June, con la esperanza de encontrar al menos una carta vieja con el remitente de La Habana. Pero en la mayoría de los países, los diplomáticos americanos usan el sistema de correo militar y seguramente los sobres que le llegaban a mi tía de La Habana sólo tenían como remitente un apartado postal que ya no debía existir.

Los diarios de mi madre aclararon muchos detalles de la historia sobre José Antonio y nuestra vida en Cuba, pero dejaron en la oscuridad los datos concretos del paradero de mi padre biológico. Mamá sólo lo mencionaba por medio de sus iniciales, J. A. Probablemente lo hizo por temor a que mi padre descubriera el tenor de su relación. Nunca lo sabré con certeza. No pude evitar pensar que si mamá no hubiese mencionado el nombre de José Antonio en el hospital, o no hubiese confiado en tía June, el misterio de su nombre también habría muerto con ella.

Mientras reflexionaba sobre todo eso, recibí la noticia de que el gobierno americano me negaba el permiso para visitar Cuba. Decidida a viajar de todas maneras, a través de la ruta ilícita que habíamos usado con tía June, llamé a mi mejor amiga, Susie, y a otros amigos cercanos. Durante una cena en Georgetown les expliqué que tenía la intención de ir a Cuba durante un año para cumplir una promesa que le había hecho a mi madre y encontrar a mi padre biológico. Después del primer impacto, la expresión de escepticismo con la que recibieron la noticia fue reemplazada por una actitud de apoyo y aliento. Pero mis amigos, muchos de los cuales también querían seguir la carrera diplomática, no ocultaron su tristeza por el hecho de que visitarme en Cuba sería ilegal, y si lo hacían y los atrapaban, perjudicarían sus carreras. Acordamos mantenernos en contacto a través del correo electrónico, dado que el servicio telefónico desde y hacia los países comunistas era bastante deficiente, por decir lo menos. La idea de que no podríamos hablar directamente durante todo un año nos hizo llorar casi a todos. Mis amigos me hicieron prometerles que les avisaría si necesitaba alguna ayuda, y yo juré que así lo haría.

Susie se quedó durante el fin de semana y juntas nos dedicamos a estudiar cuidadosamente los diarios de mi madre, leyéndolos por turnos en voz alta y tomando meticulosas notas en un exfoliador. La mente metódica de Susie fue de invaluable ayuda para diseñar una estrategia por medio de la cual establecer relaciones entre los datos casi inexistentes que tenía sobre el paradero de José Antonio.

"Lo único que tienes que hacer es encontrar el sitio donde ustedes vivían en La Habana y luego preguntarle sobre José Antonio a la gente que

trabajó para tu madre. Lo más probable es que todavía estén chismoseando sobre ese asunto," dijo Susie, y los ojos le brillaban. "Amiga, cómo
me gustaría poder ir contigo."

También hablamos sobre John, sobre cómo sentía que me había traicionado y jamás podría perdonarle el hecho de que, por su culpa, no hubiese tenido la oportunidad de despedirme de mi tía. Pero la verdad es que
también sentía una cierta lealtad hacia él. Fuera o no mi padre genético,
¿acaso no había sido él quien me había alimentado y me había dado un
techo y me había educado? ¿Cómo podía decirle que me iba a buscar a
José Antonio? ¿Estaría arriesgándome a perder la única familia que me
quedaba, al tratar de buscar una familia que podría haber sido?

Pasamos todo el fin de semana pensando en la respuesta a esas preguntas. Susie y yo conversábamos con los monosílabos y frases cortas que sólo
las mejores amigas pueden entender, y juntas ensayamos la conversación
que yo tendría que sostener en poco tiempo con mi padre, con el fin de
anunciarle mi intención de buscar a José Antonio. Cuando Susie me dejó
en el aeropuerto, me puse a llorar. Prometimos escribirnos por correo
electrónico casi todos los días. Creo que me hizo jurar que si no lo hacía,
nunca más podría volver a fumarme un Chesterfield.

En la maleta llevaba los 25,000 dólares que mi tía me había dejado, más
dinero del que nunca en la vida había tenido. Eso apenas me alcanzaría
para quedarme un año en La Habana, una ciudad tan costosa como cualquier otra capital del mundo. Pero estaba decidida.

Tomé un vuelo a Cancún y una vez estuve lo suficientemente lejos
de los Estados Unidos, mientras esperaba en el aeropuerto la conexión
hacia La Habana, llamé al padre que me había criado para avisarle que me
iba a buscar al padre que no lo había hecho. Mientras la operadora me pasaba la llamada a su celular, respiré profundo.

Era la primera vez en la vida que sabía exactamente qué hacer.

9

La oficina de asuntos estudiantiles de la Universidad de La Habana está en el corazón del Vedado, en una de esas calles sembradas de palmeras donde antiguamente vivía la clase pudiente que prosperó bajo el gobierno tiránico de Fulgencio Batista. El líder mulato se exiló—en medio de la alegría y el júbilo de sus gobernados—el primer día del año 1959. Muchos de los vecinos del barrio también huyeron, en aviones que aterrizaron en Miami, Newark y Madrid.

Vestida con una chaqueta verde militar encima de pantaloncitos rosados de lycra, la mujer que autorizó mi visa de un año—de julio a julio—me miró con severidad mientras yo firmaba el compromiso de residencia. No podía salir de Cuba durante un año, me advirtió, sin un permiso escrito. Y para pedir una excepción, debía solicitar permiso, por escrito, con un año de anticipación. Cuando pregunté por el sentido de esa regla tan absurda, me respondió encogiendo los hombros y diciendo: "Eso es Cuba."

Pagué matrícula por unas clases a las que nunca asistí y firmé mi nuevo carné, un cuadernillo verde con un repujado metálico. Semioficialmente, ahora era cubana. Durante un año.

Alquilé una habitación en Miramar, en una casa colonial con mosaicos árabes en el techo y vigas transversales de madera pulida. La familia, tres generaciones de reconocidos doctores y profesores de medicina, me recibió encantada. Mi contribución mensual de 400 dólares completaría los 62 dólares mensuales que se ganaban entre todos y que el gobierno entregaba en desvalorizados pesos.

La botella de ron que compartí con ellos para celebrar, después de una comida criolla de frijoles negros, arroz, carne de cerdo y plátanos fritos, fue la primera que me tomé como cubana. Con mis maletas y mis notas, me instalé en la habitación de los turistas, la mejor de la casa, sintiéndome culpable de pensar que todos los demás estaban hacinados en las habitaciones del extremo occidental de la casa.

A la luz de una lámpara de aceite, estudié el mapa de La Habana. De la A a la Z, las calles corren paralelas. Las que tienen números las atraviesan, como dedos enguantados entrelazados con otra mano. La calle peatonal Obispo corta desde el Malecón hasta el Parque Central. De allí arranca la calle Neptuno, que atraviesa la zona ruidosa y miserable de Centro Habana y llega hasta el Vedado, un barrio de clase media. La costa rodea los barrios y luego corta hacia el norte, a través del centelleante suburbio de Miramar.

El milagro de los mapas es que muestran la manera disparatada como los barrios se juntan; bosquejan dónde y cuándo se conectan, finalmente, primero de manera disonante y luego de manera armoniosa, como una composición de Beethoven. En los mapas hay esperanza. La promesa que guardan es el espacio exacto donde la latitud y la longitud se encuentran.

Apagué la lámpara y me metí en la cama, en espera de un sueño que nunca llegó.

En la mañana tomé mis dólares, armé montoncitos de billetes y los pegué con cinta adhesiva debajo de los muebles de la habitación. Debí saber que todos los cubanos son absolutamente conscientes de que los norteamericanos sólo pueden usar efectivo. El embargo americano prohíbe las transferencias bancarias, los anticipos y el uso de tarjetas de crédito y cheques de cualquier tipo. Así que una norteamericana que se va a quedar en Cuba durante todo un año debe traer mucho efectivo.

Iba pensando en eso mientras me aproximaba a casa luego de mi primer encuentro con Víctor.

Cuando llegué, el dinero ya no estaba.

En la casa no había nadie. Después la familia culpó a los vecinos.

La policía sólo encogió los hombros.

La único que me quedó fueron 500 dólares.

Lloré durante una semana. Lloré porque la única persona que me podía sacar de esto era la última persona con quien quería hablar.

John.

10

Esto es lo que recuerdo haber hecho. Recuerdo que cambié mi *ticket* de avión para salir de La Habana al día siguiente. Recuerdo al hombre de la aduana del aeropuerto, cuando le expliqué lo que había pasado, y dijo que no, que no podía viajar a México, y lo dijo con tristeza, como si quisiera ayudar. Luego vino la oficina de asuntos estudiantiles, luego la oficina cubana de relaciones exteriores y, finalmente, sin importarme el castigo al que me exponía por estar ahí ilegalmente, la Sección de Intereses de los Estados Unidos de América, el edificio al que mi padre iba a trabajar diariamente hace más de veinte años.

"Estás en aprietos," dijo la mujer que estaba detrás del mostrador en la Sección de Intereses de los Estados Unidos, cuando le expliqué mi situación. Era todo lo que podía decir, que estaba en aprietos.

Cuando llamé finalmente a mi padre en Washington, apenas tenía suficiente dinero para pagar la llamada.

Expliqué el problema en que estaba. No, no podía tener acceso a efectivo. No, no podía salir del país. No, no había empleos para los extranjeros. Le dije todo eso, pero no oyó nada. Estaba segura de que la llamada se había cortado.

Pero al fin habló. "Me llamaste hace dos semanas y dijiste que querías hallar a tu 'verdadero padre' en Cuba," dijo lentamente. "¿Quieres ser cubana? Bueno, ahora lo vas a lograr. Vas a pasar el próximo año viendo exactamente cómo habría sido tu vida si yo no…" dejó la frase sin terminar.

"Pero le prometí a mamá que lo buscaría. Tú lo recuerdas, ¿no? ¿Esa noche en el hospital?"

Pero él no estaba escuchando. "Te di una vida que la mayoría de los niños, cubanos o no, envidiarían. ¿Así es como me pagas?"

"No estoy aquí porque sea una desagradecida," dije con tono de súplica. "Si estuvieras en mi lugar, ¿no tendrías curiosidad de conocer a tu familia?"

"No, no tendría curiosidad," dijo de manera tajante. "En absoluto. Estaría increíblemente agradecido por el hecho de ser un Briggs y dejaría las cosas así."

Apenas oí sus palabras, y la resonancia de todo el orgullo de Connecticut que arrastraban detrás. En lugar de eso, presintiendo a dónde se dirigía, rogué. "Te pagaré," dije. "Cada centavo. Necesito sobrevivir los próximos doce meses."

Hubo un largo silencio.

Luego, tragándome todo mi orgullo, pregunté: "¿Podrías hacer algunas llamadas, usar tus conexiones y ver si puedo conseguir una visa para salir de aquí?"

La voz se le quebró y se aclaró la garganta. "Ya perdí una mujer en Cuba. ¿Crees que quiero perder otra?" Luego suspiró. "¿Acaso José Antonio me va a quitar todo lo más valioso que tengo?"

"Papá, por favor, ven por mí," dije. "Mis amigos no pueden venir, tú lo sabes. No les dan permiso. Tú sí puedes conseguir un permiso. No pueden mandarme dinero sin violar el embargo y arriesgar sus carreras en el servicio exterior. Papá, eres el único que puede ayudarme."

"¿Cómo me puedes decir 'Papá' y luego irte a buscar a José Antonio? No. ¿Quieres ir a buscarlo? Ve a buscarlo. Tú te metiste sola en esto…"

"¡No puedes dejarme aquí!" dije. Para ese momento ya estaba gritando y el pánico en mi voz era palpable, mientras rebotaba contra las paredes de mármol del vestíbulo del hotel. "Si me dejas aquí… Si me dejas, papá…"

"Hice todo lo que pude para criarte como si fueras mi hija," me interrumpió. "Se lo dije a tu madre y ahora te lo digo a ti: es él o yo. Estás sola en esto."

"No…"

Pero mi padre colgó.

Con los pocos dólares que me quedaban en la tarjeta telefónica, comencé a marcarle a Susie como una autómata. Luego me detuve. Estaba segura de que Susie vendría a rescatarme. Me enviaría dinero y, al hacerlo, pondría a riesgo sus propias ambiciones profesionales. Mis otros amigos harían lo mismo. Durante un momento vacilé. Mi padre tenía razón. Había abierto las heridas de mi historia familiar. Me había metido sola en este lío y era mi deber arreglarlo. Aunque tuviera que hacerlo sola.

Cuando el auricular se colgó totalmente bajo el peso de mis dedos y miré a mi alrededor, me di cuenta de que en ese momento me había quedado totalmente sola. Yo era Abednego, el personaje bíblico, y Cuba era el horno en el cual Nabucodonosor me había arrojado.

Pero cuanto más observaba a mi alrededor y veía a esas mujeres jóvenes y hermosas del brazo de turistas temporalmente privilegiados por el desequilibrio económico de una tierra empobrecida, me di cuenta de que yo no era la única que tenía que valerme por mí misma.

Así como les pasó a mis hermanos, la gente de Cuba con la que ahora comparto la vida, la moral en la que me habían educado comenzó a derrumbarse a mi alrededor, al comienzo en pedazos pequeños, y luego, a medida que la tormenta empeoró, en fragmentos más grandes y pesados. Ese fue el día en que acepté rebajarme. El día en que comencé a cambiar lo que me era más querido por un plato de comida, un lugar donde dormir y la posibilidad de encontrar la única cosa que deseaba con desespero.

Mi verdadera familia.

Miré a mi alrededor mientras caminaba por Miramar para ir a recoger mis cosas. El paisaje que antes me parecía triste, ahora me dio ánimos. Hombres bien vestidos en raquíticas bicicletas chinas. Ropa limpia y andrajosa colgando de los balcones de antiguas mansiones opulentas. Una distinguida viejita, cuyas joyas ya no tenían piedras preciosas, vendiendo queso en el mercado negro.

Si esta era mi gente, y ya no me cabía duda de que lo era, tendrían que enseñarme a sobrevivir.

Y estaba decidida a sobrevivir.

Dos

11

*E*stoy desnuda y tiritando. La enfermera me pasa una bata sucia y me conduce a una habitación que parece una cámara de tortura bizantina. Yeserías agrietadas y artefactos de metal oxidado cuelgan de las paredes.

Como si me leyera el pensamiento, la médico que está detrás del tablero dice: "No tenemos instalaciones bonitas, pero recibimos visitantes de todas partes del mundo. Tenemos el mejor equipo médico del hemisferio."

La mujer es impactante, debe tener unos treinta años, irradia un aire de sofisticación natural y su piel es del color del flan de caramelo. Una enfermera me la presenta como la doctora Fernández del Valle, jefa de cardiología del Instituto Cardiovascular. Pronto la conoceré simplemente como Camila.

Un estetoscopio helado se desliza por mi pecho y mi espalda. Respiro profundo. Camila le dice a la enfermera que puede irse, desdobla sus lentes y se reclina en la silla.

"Eres cubana."

"¿Por qué lo dice?"

Ella levanta una ceja. "Tuviste un ataque de pánico," comenta. "Tu historia clínica dice que sólo tienes veintitrés años. Bueno, ¿de qué diablos tiene nervios una rubia hermosa y joven que está de vacaciones? ¿De los chicos y sus piropos?" dice y sonríe. "Es verdad que son agobiantes, todos esos silbidos y persecuciones en la calle."

Yo me miro los pies. Nunca antes había tenido un ataque de pánico, pero estaba segura de que me iba a morir. Las palpitaciones comenzaron cuando la familia de médicos—los dueños de la casa donde me robaron el dinero—anunció de manera fría que tenía que irme en el fin de semana, porque ya se acercaba julio y el turismo estaba en alza. Cuando me di cuenta de que me había quedado sin casa ni dinero, no pude respirar. Primero el corazón empezó a latir aceleradamente y luego más rápido, hasta que parecía que se me iba a salir del pecho.

"¿Y bien, muñeca?"

La adrenalina me hace dar ganas de hablar y toda la historia fluye de mi boca. Le cuento sobre mi madre y mi padrastro, el robo y mi búsqueda de José Antonio. Ella me escucha con atención. Cuando termino, salta de la silla.

"¡Ay, candela! ¿Cómo puedes vivir con esos ladrones? ¡Ellos cogieron los mangos bajitos! ¿Te quitaron todo el dinero?"

"Todo… y sólo salí por un par de horas."

"Esa familia te robó. No hay duda." Se queda pensando durante un minuto. "Tienes que salir de esa casa pronto. Una mujer que conozco me debe un favor. Empaca tus cosas." Anota algo en un papel. "Búscame en esta dirección alrededor de las siete esta noche. Cenarás con mi familia."

Yo tomo mi ropa. "Gracias," digo dócilmente.

"No es nada," dice. "Algunos cubanos tenemos la suerte de tener un poco de sangre árabe en las venas. Y eso significa que tenemos la obligación de ayudar a los viajeros. Además, hace un buen tiempo que no vemos a una norteamericana de carne y hueso. Será divertido."

ESA NOCHE, EN el patio de la casa de la familia de Camila, vecinos, amigos y primos se reúnen a oír personalmente la historia de una norteamericana que está buscando a su padre cubano. En un país donde el tiempo y el chisme es lo único que hay en abundancia, rápidamente renuncio a cualquier tipo de privacidad.

Soy la nueva telenovela del vecindario.

La telenovela que todo el mundo va a seguir con atención.

Camila me consigue un pequeño cuarto en el Vedado, en la casa de la mujer que le debe un favor. Pocos días después, conozco a mi nueva casera. Nuestro arreglo es parte del mercado negro y es ilegal. Me advierten que debo mantenerme en la sombra y lejos de la policía.

12

*L*os faroles de papel rojo se bambolean en la brisa tropical. En medio de una ciudad en penumbra, una callecita del Barrio Chino, con sus ruidosos cafés y sus almacenes de objetos curiosos, forma un oasis de luces intermitentes. Bajo el resplandor escarlata, niñitas con sedosos vestidos de muñecas chinas les sonríen de manera seductora a turistas viejos.

Como ellas, yo estoy esperando comenzar mi trabajo en el mercado negro y confirmo la hora en el reloj. Diez y media.

Consulto el mapa y camino unas pocas cuadras a lo largo de la calle Zanja, hacia una plazoleta desierta, cerca del antiguo teatro Shanghai, un alegre cabaret de striptease y películas pornográficas que se hizo famoso en La Habana de los años cincuenta conocida por sus palacios de juego y sus burdeles y espectáculos de sexo.

Cuando las drogas, el dinero y los bandidos eran los dueños de la calle.

Hoy día son raros los crímenes violentos en estas calles y las mujeres caminan solas sin temor. No obstante, mientras espero en la oscuridad de la esquina indicada, mi radar se mantiene alerta.

El Studebaker Champion negro modelo 1951 chirrea hasta detenerse y las dos puertas se abren. Me asusto un poco, pero respiro tranquilamente cuando el conductor se presenta como Mario. Subo al auto y me siento entre dos cubanos, en el largo asiento delantero con forro vinotinto, cuyos resortes inferiores debieron ser retirados hace tiempo, y arrancamos. Después de atravesar con éxito cada intersección, Mario golpea el techo dos veces a manera de celebración. El hombre que está junto a mí inicia una acalorada discusión sobre la decisión de un árbitro en un juego de la serie mundial… que tuvo lugar hace treinta años.

Mientras atravesamos Centro Habana, voy mirando por la ventana, fascinada. Las puertas de las casas están abiertas de par en par. Las viejas mansiones han sido divididas en apartamentos y sus habitantes se amontonan adentro o se dispersan por las calles. De todos los balcones sale música. Las bombillas fluorescentes titilan e iluminan el interior de las viviendas y de lo que ocurre adentro: los viejos se balancean sobre un tablero de ajedrez, las mujeres refriegan sartenes y los niños juegan *yaquis* con sus abuelas.

Mario sale del área más pobre de Centro Habana y llegamos a una zona elegante de Miramar. La bestia metálica se desliza por la entrada a una casa. Mario me lleva más allá de una gran higuera que esconde la entrada principal y oculta el bullicio del interior de la mansión.

Una mujer llamada Blanca nos saluda y nos invita a seguir más allá de las luces, las antigüedades y los cuartos llenos de extranjeros que cenan en mesitas pequeñas. Blanca aclara que se trata de un "paladar," un restaurante privado, y que el suyo funciona de manera ilegal.

"No ganamos lo suficiente para pagar los impuestos mensuales," explica. "Así que nos arriesgamos."

"¿Qué pasa si los atrapan?"

Blanca se ríe y hace un gesto nervioso para hacer caso omiso de mi pregunta. Entramos por una puerta lateral y subimos por una suntuosa escalera curva, tan vieja que numerosos escalones ya tienen un arco labrado en el mármol. Blanca me hace sentar en un cuartito y me dice que espere. Dice que varias personas vendrán con una lista y dinero en efectivo y me dirán lo que necesitan. Luego sonríe con nerviosismo.

"Confiamos en ti porque Camila está de por medio," dice. "Buena suerte."

Pedrín es el primero en entrar. Tiene pestañas largas y enroscadas en la punta, pero su cuerpo es fuerte y muy masculino. Cuando rozo su mejilla al darle un beso, siento su piel, que parece cuero. Pedrín se sienta, incómodo en el asiento tan pequeño, y me mira de arriba abajo.

"Eres cubana, ¿cierto?"

"Creo que sí," digo.

Pedrín se ríe. "Mira, uno sabe si es cubano."

"¿Cómo?"

"Es inteligente e inventivo y se muere por su país. O…" dice y se inclina para terminar la frase, "se muere tratando de irse."

Sonriendo, pregunto; "¿Qué hace falta?"

"Un horno microondas." Saca un papel de su billetera y lo lee. "Sábanas, dos juegos. Una olla arrocera. Unas cajas de Advil. Multivitaminas. Jarabe pediátrico para la tos."

Yo tomo nota. Saca unos billetes de veinte de su billetera.

"¿Tu comisión es veinte por ciento?" pregunta.

Me siento incómoda. "Me gustaría poder decir que es cero."

La ventaja que yo tengo, y que vale una comisión de veinte por ciento, es tener pasaporte extranjero. Con él puedo ir al "diplomercado," el mercado de los diplomáticos, y comprar cosas inalcanzables para los locales. A veces las mismas cosas están disponibles para los cubanos en almacenes que funcionan en dólares, pero Blanca me dice que desde hace semanas ha habido escasez y que los habaneros se están empezando a desesperar.

"No te preocupes," dice Pedrín. "Los habaneros que trabajan en la diplo cobran una comisión del cien por ciento, si logran sacar las cosas. Esto…" dice, señalando mi lista, "es un buen negocio."

"¿Puedo preguntarte…?" La pregunta es demasiado personal. Vacilo un momento.

"Dale," dice Pedrín, animándome.

"¿Cómo consigues dólares? Pensé que todo el mundo ganaba en pesos."

"Mi esposa tiene un yuma."

"¿Un qué?"

"Un yuma. Un novio extranjero. El yuma envía dinero con bastante regularidad y la verdad es que lo necesitamos; tenemos dos hijos, aparte de la madre de mi esposa."

"¿Y no te importa lo del novio?"

Pedrín no dice nada y baja la mirada hacia el escritorio. "Es gordo, viejo y feo. ¿Por qué tendría que preocuparme?"

Pedrín se pone de pie, tal vez demasiado rápido, y arroja dólares americanos sobre el escritorio.

"Qué Dios te acompañe."

Más tarde supe que, originalmente, "La Yuma" era la manera como llamaban a los Estados Unidos y que un "yuma" era un norteamericano. La palabra salió de viejas películas de vaqueros en las que el pueblo de Yuma, Arizona, desempeñaba un papel protagónico, como en *The Wild Bunch* o *3:10 to Yuma*. Hoy la palabra 'yuma' designa a cualquier extranjero, de cualquier país. Y se usa principalmente para llamar a los turistas ingenuos que ayudan—consciente o inconscientemente—a los cubanos, en su búsqueda diaria de dólares.

Al final de la noche, Blanca dice que lo que me dijeron es cierto. Explica que a los cubanos sólo les pagan en pesos, pero que la mayor parte de los artículos de primera necesidad sólo se pueden comprar con dólares, en los almacenes que sólo aceptan dólares, abiertos a los cubanos.

En la economía doble, los pesos no valen casi nada.

"Pero si a todo el mundo le pagan en pesos," le pregunto a Blanca, "y la mayoría de las cosas las venden en dólares, ¿cómo se supone que la gente consigue los dólares?"

"Todos los días nos levantamos a tratar de responder esa pregunta, mi amor."

Más tarde esa noche, Camila me cuenta que las remesas enviadas desde el exterior son la mayor fuente de ingreso de la isla.

"¿Más que el dinero del turismo?" pregunto. "¿O de los tabacos?"

Camila afirma con la cabeza y saca la comida de la noche de la oxidada nevera de los años cuarenta. "No son sólo las familias que se fueron a vivir a Miami. Los cubanos se casan con extranjeros y luego se van a vivir a Europa o Canadá y mandan dinero a casa." Camila arregla un plato de frijoles negros y tomates con sal, y luego, en voz baja, dice: "Y si eres un cubano con una novia o un novio yuma, ellos también mandan dinero."

"¿Y qué pasa si no tienes a nadie que te mande dinero?"

"Tenemos educación gratuita, salud gratuita y quienes tienen casas no tienen que pagar renta. También tenemos la libreta, que te da suficiente comida para pasar los primeros días del mes. El resto," dice Camila, dándose palmaditas en el estómago, "tenemos que inventárnoslo de otra manera."

Mientras ella calienta mi comida en un microondas, me muerdo el labio inferior. Camila no tiene familia en el exterior. Su empleo como jefe del prestigioso instituto le produce el equivalente a 32 dólares al mes.

Aunque es cuatro veces más que el salario cubano promedio, difícilmente alcanza para lo básico.

No obstante, la presencia de los dólares se ve en su casa por todas partes. Televisión a color, equipo de sonido, bonita ropa.

No me atrevo a preguntar de dónde sale todo eso.

13

*L*a primera vez que me fijé en Walrus fue durante mi undécimo viaje al diplomercado. Primero lo vi en los pasillos, jalándose el bigote; luego, observándonos a Mario y a mí mientras acomodábamos las compras en la parte trasera del Studebaker.

Con ese viaje completaba el dinero para pagar un mes de renta y Camila y yo habíamos celebrado la noche anterior con una botella de ron que compartimos en el muro que da contra el mar, el Malecón. En una ciudad donde nadie tiene suficiente espacio, el largo sofá de concreto que recorre la bahía se ha convertido en la sala de estar de La Habana.

"Creo que todo este asunto del diplo," dije con entusiasmo, mientras un desfile de travestis pasaba bamboleándose por la calle pulida por la brisa del mar, "es la respuesta a mis oraciones."

Pero resultó que les estaba rezando a los dioses equivocados.

En mi viaje número doce, el sol de julio está en lo más alto y el océano no trae ni una brizna de brisa. En una esquina cerca de la salida del diplomercado, Mario limpia obsesivamente la capota de la ventana trasera del Studebaker. Yo me esfuerzo por levantar cajas y bolsas, al tiempo que entrecierro los ojos para evitar los reflejos de los rayos del sol sobre el metal. Llamo a Mario, y cuando él comienza a aproximarse, se oye un silbido extraño. Una señal. Miro alrededor, buscando la fuente del silbido, pero no veo a nadie.

Sin mirar, Mario se guarda el trapo en el bolsillo, arranca el motor y se va, mientras que el tubo de escape le arrastra por detrás, como una ristra de latas colgando de un auto de recién casados.

Cuando me doy vuelta, Walrus está junto a mí. "Lo más pulido que tiene ese auto son las llantas," dice, señalando el auto de Mario.

Walrus es un hombre paliducho, con una masa de pelo marrón y un cuerpo grande y pesado. Tiene los pantalones amarrados con una cuerda y la camisa blanca empapada en sudor. Mientras Walrus me observa, estudiándome, paro un taxi.

Estoy metiendo la última bolsa en el baúl del taxi, cuando su muñeca aterriza en mi nuca.

"Los empleados dicen que has venido al diplomercado todos los días de esta semana, con un pasaporte gringo. ¿Eso es cierto?"

"¿Quién pregunta?" Me quito de encima su mano y subo al taxi.

Walrus señala el baúl. "¿Te estás instalando aquí, princesa? Porque si es así, tienes suficiente para llenar un castillo."

Me niego a contestar. Entonces Walrus sonríe, le hace señas al taxista para que espere y enciende un Popular, un cigarrillo cubano sin filtro que suelta una columna de humo. Walrus se inclina sobre el auto y se ríe con sorna. Puedo oler sus labios.

"Ten cuidado, princesa."

BLANCA NO ABRE la puerta ni contesta a mis llamados. El Studebaker no está por ninguna parte, así que escondo la mercancía en casa de Camila. Después de unas cuantas noches, Mario aparece discretamente y hacemos las entregas.

"Sólo son simples ollas arroceras," digo. "Parece que lleváramos opio."

"Debes tener un chino detrás," dice Mario.

"¿Un chino detrás?"

"Es una expresión. Significa que tienes mala suerte. El policía gordo te está velando. Te quiere joder. A todos nos pasa, tarde o temprano."

"¡Qué suerte tengo! En todo caso, ¿qué clase de policía está asignado al pasillo del Advil?"

Mario se golpea el hombro con dos dedos, para indicar los galones de un uniforme militar.

"G-2. El Departamento de Seguridad," dice de manera lúgubre. "Y uno nunca quiere que esos cabrones anden detrás de uno." Atravesamos una intersección muy congestionada y Mario golpea el techo en señal de agradecimiento. Colgando del espejo retrovisor hay un rosario de cuentas, huesos y conchas para espantar los malos espíritus. En la ventana trasera tiene colgados CDs en blanco, porque jura que sirven para despistar al otro demonio: el radar de la policía.

"Y ¿por qué tendría que seguirme el G-2?" pregunto. "¿Por que soy la hija de un diplomático gringo?"

"Mira, si vas a vivir en Cuba y eres norteamericana, tienes que aceptar que te van a vigilar. Vigilan a casi todos los extranjeros que se quedan por largo tiempo. No importa. La gente del G-2 fue entrenada por los rusos, pero ahora… ahora no tienen nada mejor que hacer que seguir a jovencitas bonitas," dice riéndose. Luego, entornando los ojos, agrega: "O a cualquiera que sea un riesgo para el triunfo de la revolución."

El Studebaker se detiene en un semáforo. En un café ubicado en una esquina, una elegante mujer morena, con traje de enfermera, espera a que una familia de turistas termine de comer para agarrar los huesos de pollo de sus platos y salir corriendo con su premio.

El triunfo de la revolución.

La primera vez que vine a Cuba siendo adulta, me sorprendió la belleza de su gente, la amabilidad y la sonrisa fácil, la motivación y la inteligencia palpable. Después de pasar la infancia viajando por países pobres, la educación, la salud y el optimismo de los cubanos me impresionaron. Todavía estoy impresionada. Pero lo que no esperaba era sentir que cada día veo una Cuba más cruda, más real. Y espero que esta cebolla, que se está deshaciendo de sus finas capas delante de mis ojos, no termine revelando un corazón dañado.

14

Nick Wethersby es un investigador privado de primera clase y un europeo misterioso que vive de espiar a los novios cubanos de los extranjeros ricos. En la calle se dice que se está escondiendo en la Perla de las Antillas porque las autoridades americanas tienen una orden de captura en su contra. Y en esta esquina remota y oscura de la tierra, lo más probable es que no lo encuentren.

Nick tiene la piel prematuramente arrugada de alguien que ha pasado demasiado tiempo en los yates de los demás, y lleva una camisa de pelo de camello y pantalones de lino. Desarrolla su negocio en el mercado negro y vive con su esposa cubana en Guanabo, un pueblo costero a las afueras de La Habana.

"Cuando los amantes extranjeros son la mayor fuente de ingreso de los cubanos afortunados, cualquiera que interfiera con esa relación está en peligro," dice Nick, mientras me acerca una silla en su patio con vista al mar. "No te puedo decir mentiras, tu trabajo es una tarea arriesgada," dice y deja caer una mano en mi rodilla.

La esposa de Nick, una mulata cuarenta y un años menor que él, hace toda una escena del acto de ponerse un corpiño verde limón alrededor de sus voluptuosos senos, asegurándose la atención de Nick y lanzándome una mirada de advertencia. Su estilo de vida, el de la esposa de un codiciado extranjero, es uno de los más lujosos de Cuba.

"Mi socio irá vestido de turista y tomará fotos tuyas y del chulo en la discoteca, *in fraganti*," dice Nick.

Yo asiento lentamente con la cabeza y observo sus uñas grasosas. La reputación de que Nick es el mejor investigador de la isla me llevan a pedirle ayuda para encontrar a mi padre y dice que está seguro de poder encontrar la casa donde vivió mi madre en los años setenta, lo mismo que el apellido y la dirección de su amante, sólo a partir de las claves de los diarios de mi madre. Nick posee una de las cosas más valiosas que se pueden tener en Cuba: conexiones. Usando sus conexiones, es posible que el tiempo de mi búsqueda se acorte varios meses. Y después de oír mi historia, Nick acepta hacerse cargo de mi caso. Pero lo que quiere a cambio no es dinero sino mis servicios.

Nick continúa: "La típica mujer que atrae a los chulos es europea o canadiense. Tiene cerca de cuarenta o cincuenta años, y a veces, hasta sesenta. Es mandona y pálida y es incapaz de mover las caderas. Pero está convencida de que estos jóvenes cubanos, por lo general mulatos, la encuentran increíblemente atractiva. Ellas utilizan su dinero para controlarlos, para mantener su interés, pero eso no les gusta mucho a estos machos latinos. En todos los casos que conozco, todos conservan sus novias cubanas y mantienen abiertas sus opciones con otras extranjeras. Nuestro trabajo es atrapar a los chulos que son infieles."

"¿Pruebas de fidelidad?" digo con una sonrisa. "¡Qué trabajo tan interesante, Nick!"

Nick levanta la mano. "En este caso, nuestra cliente está de regreso en Noruega y tiene que hacer una inversión. La boda y los gastos le van a costar por lo menos veinticinco o treinta mil dólares. Y eso es antes de que el muchacho emigre. Ella quiere ver cómo se comporta ahora, antes de botar el dinero por el sumidero. Ahí es donde tú entras."

"¿Qué pasa si fallo?" pregunto. "Yo también soy bastante mandona y tampoco sé mover las caderas." La verdad es que apenas puedo mirar a los ojos a un chico atractivo, y me siento incapaz de juguetear con un cubano experimentado en cosas de amor.

La esposa de Nick me toca el brazo e interrumpe mis pensamientos. "No hay manera de fallar. Eres joven, atractiva y extranjera. Eso te hace un premio triple. Si el chulo tiene tendencia a la traición, eres el tipo de golosina que no dejará pasar."

El tipo de golosina que ningún hombre puede rechazar se escurre en ese momento por la puerta posterior del patio de Nick, con los labios perfectamente fruncidos, haciendo un puchero. No mira a nadie que no sea

Nick y pone la mano con la palma hacia arriba, mientras sacude su larga melena negra de manera dramática. Enseguida Nick la hace entrar.

"Modesta," dice la esposa de Nick, susurrándome en el oído. "La bruja más mezquina de La Habana." Pero no alcanzo a hacer ninguna pregunta, porque en ese momento Nick atraviesa el patio corriendo de manera nerviosa, mientras que intercambia con su esposa una mirada de complicidad.

Luego, como si recordara que estoy ahí, Nick pregunta: "¿Entonces? ¿Tomas el trabajo?"

El océano está hoy quieto como un lago, y hay papás jugando en la playa con sus hijos.

Es martes en la tarde. Es martes en la tarde y las familias están riendo y celebrando y nadando. Envidio la enorme fortuna de toda una generación de niños que recordarán un día a sus padres con la claridad que sólo produce el hecho de pasar tiempo juntos. Una cosa enteramente posible en un lugar donde el tiempo no es dinero.

"Pero no voy a acostarme con él."

"No tienes que hacerlo," dice la esposa de Nick. "Un beso bien fotogénico y sensual será perfecto. Las fotos deben decir 'Y ya vamos para la cama.' "

Pienso en los diarios de mi madre y en cómo los vuelvo a leer cada noche e imagino con cada palabra cómo era La Habana hace dos décadas. Mamá escribió que José Antonio me llevaba a la playa y me enseñó a nadar en esas remotas tardes de martes en que mi madre me llevaba a verlo, para que un padre pudiera conocer a su hija.

"¿Qué dices?" pregunta Nick.

"No me voy a acostar con él," repito.

"Habrá un auto esperándote a la salida de la discoteca," dice la mujer de Nick con impaciencia. "Sólo dile al chulo que cambiaste de opinión. Salta al auto y nosotros te sacaremos de la escena." La mujer me mira de manera expectante. "¿'ta bien?"

Su deseo de engañar a uno de los suyos me molesta. Me recuerda a mucha gente que se vuelve rica de repente y comienza a despreciar a los pobres y ambiciosos.

"Los cubanos no son otra cosa que grandes actores," dice la mujer de

Nick, como si leyera mis pensamientos. "Así convencen a los yumas de que están desesperadamente enamorados."

El complejo arte de convencer a los vulnerables extranjeros de que se involucren en juegos amorosos comenzó hace una década. La fragilidad económica de Cuba se hizo evidente al comienzo de los noventa, cuando los subsidios soviéticos fueron suspendidos y la comida se acabó. El "período especial" que sobrevino, cuando los almacenes se desocuparon y se sentía un miedo intenso, produjo el levantamiento económico y social más grande de los últimos treinta años. Cuba pasó de producir azúcar a trabajar para el turismo, y la convergencia de una pobreza reciente con el flujo de extranjeros dio origen a los negocios ilícitos que hay por todas partes y a la prostitución.

Jinetera significa mucho más que una señorita que monta a caballo. Es una metáfora perfecta para lo que muchas cubanas educadas y hermosas hacen después del trabajo, con el fin de alimentar a sus familias y cultivar sus sueños.

Las jineteras, y sus colegas masculinos, los jineteros que engañan turistas, se han convertido en los héroes locales. Jinetes, vaqueros, domadores de la bestia, son proclamados por sus familias como sus salvadores.

Con el embargo americano castigando a todo el que haga negocios con Cuba, no hay señales de que pueda haber prosperidad. Las humillaciones—mortales y diarias, infligidas por los extranjeros y la policía—no se discuten, simplemente se pasan con un trago grande de ron, o con las infaltables "píldoras para relajarse" que distribuyen en las clínicas como si fuera aspirina.

Me pregunto cuántos años más va a continuar este ridículo sistema. Sus degradaciones. Su economía que vende el orgullo a cambio de dólares.

Esta noche voy a perpetuar esa humillación y me meto en mi vestido más corto para seducir a un joven. Si tengo éxito, él y su familia perderán un flujo vital de dólares.

"Sólo estamos protegiendo las propiedades de su novia," me dice Nick, como si se diera cuenta de mi incomodidad.

Pienso en esa mujer, esa noruega, e imagino sus crueles manipulaciones y también sus tiernas inseguridades. Me imagino su falta de sensualidad, que se hace más evidente debido al esplendor natural de las cubanas, que se sienten bellas precisamente porque creen que lo son. Hay una enorme bondad en el hecho de vivir lejos del consumismo. Porque al vivir protegidos de la noción de una belleza específica, que define el atractivo según estrechos márgenes, el encanto puede florecer en cualquier tallo.

"¿Lo vas a hacer, sí o no?" pregunta Nick. "No tenemos mucho tiempo."

Asiento con renuencia. Como americana, no estoy acostumbrada a las ambigüedades. Espero que la victoria moral surja y que el culpable muestre la cara. Pero no sé quién me simpatiza más: si el cubano o la extranjera.

Siendo yo una mezcla de los dos, sólo encuentro consuelo en el hecho de que estoy haciendo esto para encontrar a mi padre.

En el hecho de que no tengo alternativa.

ÉL ES DE MI EDAD, con ojos verde aceituna y una piel tan suave, morena y brillante como un río de chocolate. Estoy susurrándole en el oído. Lo llevo debajo del caleidoscopio de la pista de baile y me echo el pelo hacia atrás. Hoy no soy Alysia. Soy otra persona. Soy una chica en un club londinense con un vestido de Miu Miu; estoy en Ibiza y hace calor, y el aire se me echa encima como un abrigo y no hay nada en mí que sea un engaño. La música recorre mi cuerpo, encendiendo cada nervio, y su boca es como la crema dulce del postre de tres leches. Al final de este sueño, cuando mis labios se separan de los suyos, y yo astutamente le sugiero que nos vayamos, a mi casa, baby, y las luces del flash estallan como artilugios en primer plano, me siento feliz, estoy en éxtasis, soy joven y estoy viva y él es todo mío esta noche.

Me subo al auto y me siento destrozada. Observo su expresión de confusión a través de la ventana trasera, que está pegada con cinta. Es un muchacho joven, me digo. Encontrará otra yuma.

Me tomo un trago largo del ron casero del conductor, pensando que tal vez no lo haga.

El auto se detiene cerca de mi casa, y yo me dirijo hacia el sofá de concreto, el Malecón, tropezando con varios baches. Ya casi amanece. Los travestis están despiertos y yo me siento cerca de ellos, mientras observo la salida del sol de entre las nubes y dejo que el mar, que hoy está picado, me lave completamente.

15

Nick atraviesa el vestíbulo del hotel de cinco estrellas Parque Central, con el caminado de un personaje muy importante que se encuentra en un viaje espléndido. Con tono pausado y la seriedad que normalmente se reserva para la diplomacia nacional, les da las malas noticias a los clientes, muchos de los cuales siguen adelante con la boda de todas maneras.

Nick me hace señas de que lo espere en la piscina del último piso del hotel. Allí, bajo la brutalidad del sol de agosto, me instalo en una silla verde para tomar el sol y me pongo a trabajar. El diario de mi madre que cubre su vida en La Habana de los años setenta está abierto frente a mí. Como cualquier diario, a veces es profundo y ocasionalmente ingenioso, pero la mayor parte del tiempo es aburrido. Es doloroso leer acerca de los detalles de su vida cotidiana como esposa de un diplomático, o sobre la incapacidad de John para mostrar afecto, para relajarse o para ser espontáneo y cariñoso.

Me siento avergonzada por entrometerme en sus pensamientos más íntimos, pero es el precio que tengo que pagar por buscar información clave sobre mi padre. Me consuela la idea de que la mayoría de las personas que llevan diarios albergan, en el fondo, el deseo de que alguien las lea.

Pero si mi madre alguna vez hubiera pensado que un día su hija estaría leyendo sus palabras y tratando de rastrear sus pasos, seguramente habría incluido información más clara. Cada vez que leo los diarios, ansío que las letras de las palabras se hayan reacomodado para formar una dirección: la del lugar donde ella vivía, o la de mi padre biológico, o ambas.

Estoy arreglándome el sostén del bikini cuando un extranjero se sienta junto a mí y pide un Cuba libre.

"Coca Cola americana y ron cubano," murmura con acento británico. "Es una combinación volátil, ¿no crees? Lo más probable es que haga combustión en el estómago."

Me doy la vuelta y quedo boca arriba.

"Richard," dice y me extiende la mano. "De Londres. ¿Estás aquí hace mucho?"

"Alysia," digo. "De Cuba y Estados Unidos…"

"Disculpa," dice riéndose. "No hay necesidad de pedir un Cuba libre. Aquí hay uno de carne y hueso."

Al instante me cae bien y también le extiendo la mano. "Me voy a quedar un año. Con visa de estudiante."

"Supongo que tu español es bastante bueno."

"No entiendo la mitad de las expresiones coloquiales, pero me defiendo."

Su bebida llega y pide una para mí. "Tengo un problema con mi novia cubana," dice. "No nos estamos entendiendo y el traductor que contraté es un absoluto huevón ¿Te molestaría ayudarme?" Agradecida por tener cualquier trabajo, acepto y nos ponemos de acuerdo para encontrarnos durante la cena.

Richard se va tan pronto aparece Nick, rascándose las patillas.

"Buenas noticias," dice mi jefe, al tiempo que se sienta en una silla y saca un mapa. Su lupa se desliza sobre Miramar, cuyas calles están coloreadas con colores brillantes, amarillo, rojo y azul. Digita unas coordenadas en su GPS portátil (e ilegal) y luego dibuja un gran rectángulo sobre el mapa. En algún lugar dentro de esos frágiles límites está la casa que John compartió con mi madre hace veinte años, y posiblemente datos clave para localizar la dirección de José Antonio. Esos parámetros, aunque amplios y generales, me ponen más contenta de lo que he estado en días.

Nick toma una nueva pila de papeles y promete leer las notas entresacadas de los diarios de mi madre. Frases sueltas de esos diarios—tales como "a dos minutos a pie de la playa" o "la piscina en forma de ocho de la casa de al lado"—, se han cristalizado en gemas geográficas.

"Mañana tendré ubicada la dirección de tu madre," alardea Nick. "Pero espero que tú te hagas cargo del chulo de esta noche."

"El último chulo no cayó en mis redes."

"Lo dices como si de verdad te hubieras esforzado."

"¡Sí lo intenté!" digo de manera defensiva.

"Sí, claro, vestida con chanclas y una camisa ancha," dice con tono de reproche. Para no mencionar el pelo grasiento, pienso para mis adentros.

"¿Tengo alternativa?"

"Este es difícil: un salvavidas que llevo un año tratando de pillar. Se llama Rafael. Tiene más yumas que cocos."

"¿Dónde y cuándo?" digo con un suspiro.

"Club Las Vegas, a medianoche." Nick se quita sus lentes de sol. "Te lo digo de frente y con sinceridad," dice. "Si no logras atraparlo, olvídate de nuestro pequeño acuerdo."

16

Estoy decidida a atrapar a mi chulo esta noche.

Estoy modelando el vestido transparente Marc Jacobs de Camila que apodé "la bomba," porque cada vez que se lo pone los hombres caen muertos.

Los vecinos chismosean sobre la tarea de esta noche. Todo el mundo parece conocer a un Rafael que tiene "más yumas que cocos," y me han dado tantos consejos de seducción que parezco una novia virgen en su noche de bodas.

En la puerta del frente de la casa de Camila, que está atestada de gente, los vecinos me miran de arriba abajo. Todos opinan a gritos y al tiempo: El vestido es demasiado ancho. Es demasiado largo. Ese color no me sienta bien.

"Sólo hay una manera de probar," dice Camila y me empuja hacia fuera por la puerta. Camino de manera vacilante por la acera llena de gente, mientras observo atrás al grupo de personas que se reunieron para ver qué pasaba.

"¡Oye! ¡Afloja las caderas!" grita uno de los vecinos.

"¡Por favor, camina más lento!" grita otro.

"¡Y muévete de manera más sexy!"

Varios hombres pasan por el lado sin mirarme. En un país en el cual el coqueteo en la calle ha sido elevado a un arte, me siento mortificada por la falta de atención. Aflojo el cuerpo. Los dedos de mis pies empiezan a mostrar el camino y muevo las nalgas.

Con los vecinos de Camila riéndose detrás de mí, recuerdo que mi madre escribió que las calles de La Habana desataron en ella una sensualidad que creía perdida hacía tiempo. De repente siento su presencia—del modo en que ella siempre aparece, como un toquecito suave en el brazo, un cambio en la dirección del viento—y mi cuerpo se agita. Es un permiso para liberar a la cubana que llevo dentro. Respiro profundo, echo los hombros hacia atrás y sonrío con un poco más de seguridad.

Un anciano decrépito pasa cojeando al lado mío. "¡Pagaría un dólar por un poco de eso!" grita.

Teniendo en cuenta como está la economía, lo tomo como un cumplido.

17

Hubo una época en que Natchez, Mississippi, tenía más millo-
narios que cualquier otra ciudad americana, excepto Nueva York.
A pesar de las comodidades de que disfrutaba, la baja tolerancia de mi
madre al aburrimiento, sumada a su elevado sentido de la aventura, hicieron que quisiera irse de Natchez desde mucho antes de terminar la
preparatoria.

Mi madre creía que, para una niña como ella, crecer a orillas del Mississippi era una tortura inexorable, en la medida en que el río sí corría
libremente hacia lugares desconocidos del mundo.

Lugares que ella soñaba ver.

Fue en 1957 cuando mi madre vio por primera vez a los chicos que ve-
nían de América Latina. Llegaban a la estación cargados de baúles llenos
de sellos de puertos exóticos y vestidos con trajes de lino y sombreros de
fieltro. Los jóvenes estudiantes eran despachados enseguida hacia Jeffer-
son College, un escuela militar privada que estaba cerca y se había puesto
de moda entre las familias adineradas de Bogotá, Ciudad de México y
Tegucigalpa.

Sólo entonces Natchez comenzó a llamarle la atención.

Ella recordaba con nitidez la tarde de un sábado cuando tenía dieciséis
años. Mi madre y sus amigas—con enaguas almidonadas y bufandas de
seda—se encontraban en la farmacia del señor Paul, en la calle principal,
para tomarse su acostumbrado refresco de cereza. Los fines de semana
antes de un gran baile, las chicas del pueblo solían reunirse allí, en un extremo del largo mostrador de fórmica, mientras que los chicos se apiña-
ban en el otro, todos esperando un brote de valor.

Tan pronto los latinos entraron a través de las puertas de la farmacia ese sábado en la tarde, vestidos con el uniforme militar gris y azul, mi madre se quedó sin aliento. A diferencia del azoramiento de los chicos sureños, los latinos danzaron hasta donde estaban ella y las otras chicas y las invitaron al baile. Su desfachatez encendió una enemistad entre los locales y sus colegas extranjeros que duró muchos años.

Mi madre recordaba que esa tarde fue la primera vez que oyó hablar español, y nunca podría olvidar que sonaba como una sinfonía barroca que la hizo sonrojar.

El primer muchacho de La Habana llegó casi un año después, en el otoño de 1958, y le siguieron muchos otros, todos enviados antes de que estallara la sangrienta revolución que se estaba cocinando en su tierra natal.

Alejandro, recordaba mi madre, fue enviado a Mississippi precisamente porque su familia temía que se uniera a los rebeldes de las montañas.

Alejandro le enseñó muchas cosas. Le habló de José Martí, un poeta cuyos versos habían sido escritos con sangre. Le habló de la importancia de la igualdad social y el orgullo de un pueblo que se gobierna a sí mismo. Le habló de las atrocidades de su ciudad, una Habana en la que la muerte y la penuria reinaban. Donde los extranjeros mandaban y los nativos servían.

Alejandro la llevó a un salón de baile. Luego la llevó afuera y, sobre el prado empapado de rocío, debajo de un magnolio, le enseñó a moverse como una cubana, a bailar charanga, y a sentir el ritmo de las claves de una melodía que sólo él podía oír.

Alejandro tenía un sentido de posesión que la asustaba.

Alejandro creía en una tierra libre.

Alejandro se fue para internarse en las montañas cubanas en 1958 y nunca regresó. El primer día de 1959 mi madre se despertó y se encontró con el titular del año nuevo: Los revolucionarios habían marchado victoriosos por La Habana.

Mi madre leyó las noticias y soñó. Soñó con una colina cuidada por rebeldes románticos y eruditos. Soñó con el poeta muerto que predijo un arreglo de cuentas. Soñó con una isla tan verde y exuberante que atraía a los hombres del mar.

Soñó.

18

*L*os jinetes tienen un traje especial. Un látigo. Botas de montar. Pantalones de montar, que llegan hasta la rodilla y tienen refuerzos entre la rodilla y los muslos, el lugar donde las piernas del jinete se aferran a la bestia.

"¿Sabías que este vestido cuesta como ochocientos dólares?" le digo a Camila, mientras ella me enrolla el pelo en latas de cerveza vacías y fija las latas en la parte superior de mi cabeza con cuerda de tres hebras, a lo cubano. Entretanto, yo juego con la etiqueta del vestido. "Marc Jacobs."

Camila me tira el pelo hacia arriba con tanta fuerza que los ojos se me alargan como los de un gato.

"¡Ay!" digo, y luego, como por casualidad, agrego: "En todo caso, quienquiera que te haya dado esto fue súper agradable."

"Alysia, mi gringa favorita. Antes de que te vayas a singar con el salvavidas, tú y yo tenemos que tener una pequeña charla."

Sonrío para mis adentros. Quiero escucharlo directamente de sus labios.

Por segunda vez ese día, me meneo metida entre el vestido Marc Jacobs de Camila y, sin anestesia, me someto a una operación de peinado y maquillaje conducida por la mano de una cirujana, y presto atención a sus palabras.

Ella habla de una jinetera que, en su adolescencia y durante los primeros años de juventud, atendió a personalidades extranjeras a instancias de su gobierno. Y a la que, en recompensa por su éxito, su belleza y su inteligencia—y después de terminar la facultad de medicina—, le concedieron la prestigiosa posición de jefa del reconocido Instituto Cardiológico. Gracias a eso, continuó teniendo acceso a hombres extranjeros.

Camila habla de un jinetera que recibe remesas regulares de pretendientes extranjeros que algunas veces son atractivos, pero siempre son adinerados. Habla acerca de las innumerables propuestas de matrimonio que ha declinado para quedarse en su país, con su familia. Y seguir en la lucha.

Camila fue la primera de su clase en la universidad. Habla cinco idiomas. Gobernantes de México, América del Sur y el Medio Oriente someten sus corazones a la pericia de sus manos, en asuntos médicos y en asuntos de amor.

La jinetera me cuenta de sus colegas en la antigua Grecia, las heteras, que eran sobresalientes en las artes sexuales y conversatorias. Las heteras estudiaban danza y teatro y flirteaban con hombres poderosos, mientras sus esposas se ocupaban de los asuntos domésticos, criaban los niños y cuidaban la casa.

Las heteras, dice Camila, se distinguían de las simples prostitutas, y nunca le ponían un precio a su afecto. Sus antiguas colegas aceptaban regalos de joyas y propiedades de parte de sus amantes y acompañantes. Las heteras eran prósperas y apreciadas y usaban cosas hermosas. Brazaletes y aros para los tobillos, collares y ligas en los muslos. Vestidos transparentes y ajustados.

Entretanto, yo juego con el fleco del vestido transparente de Camila.

Las cortesanas modernas de Cuba, y particularmente de La Habana, hablan distintas lenguas y tienen importantes grados. En una sociedad que valora los talentos sexuales de la mujer y su belleza, y que no juzga el comercio de estos por dinero, las cortesanas cubanas—las jineteras—atraen a los hombres más exigentes del mundo.

Con dedos seguros, Camila me pone cadenas de oro en el cuello, los tobillos y la cintura.

"Las prostitutas aceptan un pago por una noche," dice Camila, haciendo un gesto de desprecio. "Las jineteras usan su educación y sus talentos para tejer fantasías de amor." Nuestros ojos se encuentran en el reflejo del espejo. "Nunca olvides esa diferencia."

Nunca olvidaré esa diferencia.

Camila me suelta el pelo rubio como el sol y agita sus ágiles dedos entre mis rizos de lata de cerveza. Me habla sobre la etimología de la palabra 'jinetera.' Me cuenta que en Arabia, 'jinete' era una caballería de diminutos caballeros armados con arcos y flechas de tiradores. Y que en la Cuba moderna, 'jinete' es una brigada de lanceros provocativamente armados con la puntería de Eros.

Me pone frente al espejo y casi no me reconozco en esos ojos nítidamente delineados, y ese cuerpo vestido de oro. Después de darle el visto bueno a su trabajo, Camila me besa en las mejillas, me dice que la noche es mía y me lanza hacia ella.

19

Mario cambió su camiseta sin mangas por una extraordinaria camisa de safari y medias blancas debajo de un par de sandalias. Le digo que se le fue la mano con el disfraz, pero él sólo se ríe y limpia con saliva el lente de su cámara de turista. Yo me arreglo, por centésima vez, el escote.

"Coño, que te ves bien. Ahora, vamos," dice Mario, dándome una palmadita en el trasero. "Y no vayas a arruinarlo esta vez."

Los dos nos separamos en medio del ir y venir de Las Vegas, un antiguo cabaret que solía estar cerca de los casinos de la mafia americana, cerrados hace mucho, y que ahora se ha convertido en un bar de mala muerte que está abierto hasta tarde. Las paredes de Las Vegas, forradas con cortinas rojo oscuro, recuerdan el falso glamour de la ciudad homónima. Un anciano, vestido con un smoking raído, vigila la solitaria mesa de billar, cuyo paño está remendado con cinta adhesiva.

Las chicas de la noche desfilan por ahí, tocándose frenéticamente las fosas nasales y alisándose la falda. Las Vegas a las cuatro de la mañana es la esquina de los descuentos de un supermercado que rebaja los precios de los productos perecederos. Y en espera de las rebajas hay hombres de Italia, Canadá, Argentina y España.

Mario me hace señas para que lo siga a la vuelta de la esquina y entremos a la discoteca. Un trío de mulatas muy sexy canta a través del micrófono, vestidas con ajados trajes ceñidos y llenos de lentejuelas y pelucas.

Durante el día es posible que Cuba viva en los años cincuenta, pero durante la noche La Habana pertenece sin duda a la década del setenta. Hombres con trajes de solapa ancha y mujeres con vestidos de corpiño y tacones en espiral no practican los cuatro-cuatro del paso disco, sino el tres-dos de la salsa. Almizclada cocaína en bloque—una exquisitez en bruto, teniendo en cuenta que en Cuba los productos para mezclarla son más costosos que la droga—alimenta el movimiento que, privado de mundanidad, está lleno de una inocencia que sólo el experimento de una isla puede preservar.

Varias confederaciones de jóvenes buscavidas cubanos—cuyas pieles recorren el espectro del blanco al negro, con rostros y cuerpos sacados de la mejor genética humana—marcan su territorio, con la espalda contra la pared y observándose mutuamente para reconocer los signos externos del éxito en el jineterismo.

Rafael, el chulo salvavidas, domina una esquina privilegiada y está rodeado de morenas de piernas largas. Es un tipo alto y ancho de espalda, tiene la quijada cuadrada y una maraña de pelo del color de los clavos de olor, igual que sus ojos. Su suave piel, del color del dulce de leche, se extiende sobre músculos abundantes, esculpidos por la naturaleza. Junto a él está Modesta, la tenebrosa mujer de pelo negro del patio de Nick. Su muñeca cuelga del hombro de Rafael. Doy media vuelta y me voy.

"No puedo hacer esto," le digo a Mario, que me sigue de vuelta al bar. "Ese tipo es tan guapo, que no puedo hacerlo." Me abanico la cara con las manos. "Además está sentado con unas cabronas supermodelos."

Mario me agarra del brazo. "¡Coño, Alysia! Tú eres igual de bonita. Así que ahora lleva tu bollo hasta la pista de baile y haz contacto visual."

"No sé bailar."

"¿No sabes bailar?"

"Así es."

"¡Pero, coño, eres cubana!"

"Técnicamente, medio cubana," digo con voz débil.

Mario me agarra de la cintura con las dos manos. "Pues desde ahora mismo, eres cubana de aquí para abajo."

A sabiendas de que estoy a punto de hacer el ridículo, respiro profundo y trato de visualizar mi recompensa: una anhelada dirección en un pedazo de papel, la casa donde vivió mi familia. Pero no puedo sacar de mi cabeza la cara de Rafael. Pienso en mi madre y en la manera como describió su primer encuentro con José Antonio, la forma como sus huesos se volvieron agua. Mis rodillas también se están liquidificando, mientras cruzo la pista en penumbra. Pero esquivo la humillación del baile porque voy a estrellarme directamente con un mesero y los dos nos caemos al piso.

"¡Es un vestido Marc Jacobs! ¡Es un vestido Marc Jacobs!" es lo único que grito, mientras ruedo por el piso y me alejo de una bandeja llena de Cuba libres a punto de regarse. Varias manos se extienden para ayudarme y elijo la que tengo más cerca. Me da un tirón hasta ponerme de pie y quedo mirándolo frente a frente.

El chulo.

Es tan apuesto que quita el aliento. No puedo evitar observar sus labios llenos y aspirar el sutil aroma de la menta y la loción de afeitar. Las enormes manos de Rafael me cubren casi toda la espalda, así que me saca del charco de líquido que se está formando a nuestros pies y me lleva a una esquina de la pista de baile. Me tiene agarrada con firmeza.

"¿Acaso crees que puedes engañarme y tratar de quitarme mi fuente de ingresos?" me dice con furia.

Yo quedo desconcertada. "¿Cómo lo sabes?"

"Por Camila. Me está cuidando la espalda," responde.

"¿Camila?"

"Ella sabe que Las Vegas es mío los martes."

Confundida, me quedo mirándolo mientras que él sigue: "Me dijo que te ayudara a conseguir tu foto, que es importante. Algo relacionado con tu padre."

"Pero, ¿qué hay de tu yuma?" murmuro.

"Esa puta no me merece. Además, es mala hoja. No es buena en la cama."

Aparto la mirada cuando me doy cuenta de lo que está pasando: "Con que Camila piensa que no soy lo suficientemente sexy para seducirte."

"Eres un poco torpe," dice y encoge los hombros. "Además, cuando no estoy trabajando prefiero a las cubanas." Miro hacia la mesa de Rafael y veo el odio en los ojos de Modesta.

Le doy la espalda a Rafael. "Yo soy cubana," digo con indignación.

"Sí, claro."

"Lo soy," protesto. "Soy mitad cubana."

"No la mitad que me gusta."

Me pongo roja. "Como si fueras lo máximo. ¿Cuánto paga tu yuma?"

Rafael entorna los ojos. "¡Ay, no! ¿Ahora quién es la puta?"

Ninguno de los dos dice nada durante un largo rato. La pista de baile está llena de gente que hace pasos sofisticados. Cruzo los brazos.

"Mira…" dice y comienza a abrazarme.

"No estoy acostumbrada a…" digo, pero me detengo en la mitad de la frase. "Toda la gente que conozco piensa que no es gran cosa, pero me está costando mucho trabajo…"

"Piensas demasiado."

Mario dispara su flash desde un lugar cercano. "Olvídate de esto," le digo y doy media vuelta.

Pero Rafael me atrae de nuevo hacia él. "Vamos. Hagamos tu foto. Se lo prometí a Camila."

Nuestros cuerpos se acercan y él me acaricia los labios con los dedos. Su expresión se suaviza y es tan adorable que apenas puedo mantenerme en pie.

"¿Estás seguro de que no te importa?" murmuro. "¿Lo de la foto?"

"Si vas a ser cubana," dice, susurrándome en el oído, "tienes que saber que para nosotros no hay nada más importante que la familia."

Las manos de Rafael estrechan las mías y yo cierro los ojos y acepto su boca, su cálido beso, un beso perfecto, generoso y púdico al mismo tiempo. Me pregunto cómo algo tan magnético puede ser una actuación, una improvisación para la cámara cuyo flash se encenderá en cualquier minuto, y mientras caigo en trance, mi propio flash se dispara, una revelación, y retrocedo empujando el enorme pecho de Rafael, y doy media vuelta.

Me doy cuenta de que ya sé quién me simpatiza más.

Mi padre es cubano y mi madre lo amaba, y aquí—en este lugar traicionero e inocente, en esta Babilonia—defiendo con orgullo a mi patria, a mi Cuba.

Me pongo del lado de mis cubanos.

Haciendo caso omiso de la expresión de desconcierto de Mario y a sabiendas de que, por ahora, he perdido la oportunidad de encontrar la casa donde vivió mi madre en La Habana, salgo de la discoteca con la cabeza en alto. Mientras encajo por fin en el espíritu de este vestido, salgo de Las Vegas.

20

Mi casera está dormida en el sofá, con su ropa interior de poliéster color habano. En el radio suena una novela cubana. Una mujer gime porque su marido no deja de singar con su mejor amiga.

Pero mi casera no se mueve. Es una ingeniera biomédica de treinta y tantos años, que está tan deprimida por la falta de trabajo que se pasa la mayoría del tiempo durmiendo. Camino en puntas de pies hasta las habitaciones de techo alto y baldosas españolas que tengo alquiladas de manera ilícita. La red de espías del vecindario que tiene que sobornar para mantener la cosa en silencio es demasiado compleja para mí.

Tomo un baño y me quito de las piernas y el estómago los residuos del encuentro sexual de la tarde. Me convenzo de que el jineterismo accidental que practiqué esta tarde en el hotel Habana Libre, con el apuesto americano que se me acercó en el café, fue un hecho aislado. Un sórdido malentendido que puedo quitarme de encima metiéndome en la ducha. Sólo llevo dos meses en Cuba, aunque parece que fueran docenas, y tengo la punzante sensación de que me estoy convirtiendo en alguien que no conozco. En medio de mi confusión, trato de pensar en una cara amiga y lo que me viene a la mente es el rostro de Rafael, a pesar de que no lo he visto en toda la semana desde que nos conocimos.

Pero la imagen que permanece en mi mente es la del norteamericano cirniéndose sobre mi cuerpo desnudo. Me visto y nuevamente me meto los billetes entre el sostén.

Mientras masajeo mis sienes, juro que Camila está equivocada. Esto no volverá a suceder.

En la sala leo mis mensajes y marco un número. "¿Víctor?" pregunto a través del auricular.

"Oye, te veo esta noche."

Corro al café internet porque necesito un salvavidas que me devuelva a la realidad. Contesto los mensajes de Susie. Como no le cuento nada sobre el robo del dinero, ni sobre mi primera experiencia sexual en Cuba, me siento como si le estuviera mintiendo a mi mejor amiga. En lugar de eso lleno mi mensaje con la esperanza de que hoy tal vez consiga la dirección de la casa donde vivió mi familia en La Habana.

Más tarde, a la hora acordada, espero al lado de la puerta lateral a que llegue mi espía cubano. Como empleado del gobierno, Víctor tiene acceso a archivos clasificados. Me mira con atención.

"Te ves diferente hoy," dice. "¿Te pasa algo?"

Sacudo la cabeza y nos agachamos debajo de la escalera de madera, que cruje todo el tiempo. Víctor saca sus notas y ajusta sus cuerdas vocales al tono del susurro.

"Tu familia vivió aquí en La Habana durante el gobierno del presidente Carter, y tu padre…"

"Padrasto," lo interrumpo.

"Tu padrasto trabajaba en la Sección de Intereses de los Estados Unidos." Víctor se ajusta los lentes. Yo observo un mechón de pelo que le cuelga rebelde sobre la frente. El tono vacilante de Víctor me dice que no quiere decirme lo que ha averiguado.

"Tu padre…"

"Padrasto…"

"Sí. Él nació en Connecticut, trabajaba en el cuerpo diplomático. Tu madre también era americana."

"De Mississippi," digo con impaciencia.

"Como todos los americanos, estuvieron bajo estricta vigilancia mientras que vivieron aquí. Los datos que hallé indican que tu madre tenía repetidos encuentros con un hombre cubano en especial. Parece que eran encuentros románticos."

Yo asiento con impaciencia.

"Tengo fechas y una descripción del hombre que crees que es tu padre. Ahí está todo. Incluyendo la dirección de la casa de tu familia aquí en La Habana." Víctor me entrega los papeles. Yo los recibo con emoción.

"¿Entonces lo siguieron?" pregunto. "¿Había una dirección, algún lugar donde iban a escondidas?" dije con la esperanza de encontrar la dirección de la casa de José Antonio.

Víctor se quita el mechón de la frente con gesto decidido. "Puedo averiguarlo," dice, mientras yo comienzo a asentir de entusiasmo. "Pero eso, desde luego, tomará algún tiempo," agrega.

Siempre toma tiempo. Me tomó dos viajes a Cuba encontrar a Víctor, encontrar a alguien con posibilidad de acceso y voluntad para revelar información. En las ocho semanas que llevo viviendo en Cuba, él es la única persona que creo que tiene conexiones legítimas. Con los mismos billetes del encuentro de esta tarde, le pago a Víctor por su información y lo beso en la mejilla. Es la primera confirmación concreta del relato de mi madre y yo me siento al mismo tiempo entusiasmada y aterrada por las noticias.

Entusiasmada, porque en el fondo del corazón creo que puedo encontrar a José Antonio. Pero aterrada porque se hace evidente lo que debo hacer para costear la búsqueda y alcanzar a sobrevivir durante los próximos diez meses. Eso que pensé que había sido un error—la aventura de esta tarde con un turista en su hotel, mi primer encuentro con un extraño—es ahora, obviamente, la única manera que tengo para hacer que de pronto aparezcan doscientos dólares entre mi sostén.

A las diez en punto, Camila toca el timbre, mientras que yo termino de aplicarme máscara en las pestañas. Vamos para Macumba, un club de moda, lleno de los turistas más ricos. Me miro al espejo y veo en mi reflejo una seguridad que me resulta extraña. Ya tomé una decisión. Con el robo de mi dinero y sin ninguna manera legítima de ganarme la vida, me he unido con renuencia a las filas de mujeres de vida alegre de Cuba. Educadas. Profesionales. Con esperanzas. Y prostitutas a media jornada.

Soy americana, pero también soy cubana. Y si quiero vivir en mi isla, el lugar donde nací, la tierra donde con seguridad vive mi familia, no tengo más alternativa.

Así que me convierto en jinete. Monto a la bestia. Controlo a la bestia.

La bestia son los turistas.

Tres

21

Mi madre se aventuró tan lejos como se lo permitió su familia, hasta Nashville, Tennessee, donde estudió historia y español, en la universidad de Vanderbilt. Durante 1959, las mujeres todavía atraían miradas curiosas en el campus universitario.

La mirada de John fue la más persistente. Mamá lo recordaba como un garboso estudiante de último año de Georgetown, que recorría los estados del sur con su grupo de debate. Era alto y elegante y la persiguió con una constancia que ella no pudo resistir.

John le habló de una interesante carrera en el servicio exterior y de seguir las huellas políticas de su padre. Le prometió una vida de viajes, de discusiones estimulantes e intriga, de noches pasadas en vela admirando la maravilla de cualquiera que fuera la cultura que estuvieran conociendo. John le prometió que serían felices. Que tendrían una gran familia y educarían a sus hijos en la conciencia de lo ancho que era el mundo.

Mi madre creyó que él era la respuesta a sus oraciones.

John creyó que, más que la luz de sus ojos color verde cactus y la melena de rizos largos y rubios, la verdadera belleza de mi madre era esa actitud despreocupada, que recubría de una graciosa elegancia.

Mi madre prometió ser fiel.

John prometió no dejarla nunca.

Se casaron en 1962, justo antes de que en el escenario mundial estallara la crisis de los misiles cubanos; cuando los jóvenes se escondían bajo los escritorios durante los entrenamientos nucleares, y el planeta observaba con angustia cómo los desafiantes tanques soviéticos llevaban cabezas de proyectil hacia las costas cubanas.

Mi madre no pudo dormir durante esos terribles días, pensando en los amigos cubanos que había hecho en Natchez. Recordaba sus orgullosos rostros y se preguntaba cómo una gente tan intrínsecamente ligada a ella podía estar involucrada en el conflicto más horrendo que el mundo había visto hasta ese momento.

Cuando John le habló de su desprecio por Cuba, y su deseo de exigir un cambio en la tierra comunista, mi madre guardó silencio porque sabía que él nunca podría entenderlo. Pensó en el poeta José Martí y en el innato deseo de autodeterminación de los cubanos.

John juró que un día serviría en el cuerpo diplomático en La Habana, con el fin de poder realizar sus ideales. Mi madre recordaba haberle tocado la mano y haberle dicho que La Habana también era su sueño.

Quince años y cinco continentes después—con sus promesas maritales todavía intactas—un avión que llevaba el primer cuerpo diplomático americano enviado a La Habana en casi veinte años aterrizó en el aeropuerto internacional José Martí.

Una ráfaga de aire perfumado inundaba la pista de aterrizaje. Mi madre nunca sintió nada tan liberador en su piel, y supo que esos vientos eran señal de mucho más que el aroma de las mariposas, las flores nacionales de Cuba.

22

*E*stoy parada como una cigüeña frente al espejo del almacén de zapatos del Habana Libre, que sólo acepta dólares, indecisa con respecto a un nuevo par de zapatos de tacones de diez centímetros, con toda la facha de una jinetera cubana.

Mi joven acompañante, Dayanara, se pasea de un lado a otro con impaciencia.

"Cálmate," la reprendo, mientras saco mi vestido nuevo y me lo pongo encima, zapatos y vestido perfectamente combinados. La piel se sale por cada puntada, pero todavía cubro más que la cubana promedio detrás de un trapo y una escoba.

"¡Mira, tenemos que apurarnos!" se queja Dayanara. "Tengo que practicar."

Le hago señas a la cajera para que me empaque los zapatos. Ella nos mira. Porque somos cubanas y tenemos dólares para gastar, y a menos de que tengamos familia en Miami, lo más seguro es que eso significa una cosa: pertenecemos a la profesión más antigua del mundo.

Dayanara, Daya, es una guajira, una muchacha del campo que se mudó a la gran Habana para hacer dinero. Apenas es mediodía, pero ella lleva un vestido súper corto y zapatos de tacón de piel de leopardo que se amarran más arriba de la rodilla. Un brillo cobrizo resplandece en cada centímetro de su piel.

La conocí en la cena con su novio británico de cincuenta y siete años, Richard, que ofreció pagarme por traducir sus conversaciones de amor. Nunca olvidaré la primera vez que la vi y cómo me di cuenta de que mi trabajo implicaría mucho más que traducir. También tendría que hacer realidad la fantasía latina de Richard. Me tuve que tomar tres tragos de ron antes de tener el valor de preguntar la edad de su Lolita—quince—y al cuarto ron, y después de la llegada de su radiante madre, me di cuenta de que yo era la única que tenía algún reparo.

En los dos meses que tengo de conocer a Richard, y gracias a la insistencia de la madre de Daya, he aceptado a regañadientes la tarea de supervisar la transformación de su novia de una guajira hosca en una ramera de ciudad.

Hoy paso rápidamente a Daya delante de mi casera, que está chismoseando con los vecinos, y hago caso omiso de su mirada de furia. Prometí mantener un perfil bajo y esta muchacha es todo menos eso.

Daya levanta la tapa de la caja de DHL que llegó a mi casa, regalo de Richard. Por tercera vez en el día, saca nuevamente la caja de Tampax. Retira un tampón de su delicado empaque y me sigue por toda la casa con él en la mano como si fuera un tubo de arsénico. Richard se los envió con anterioridad, junto con ropa, maquillaje y estrictas instrucciones para que yo supervise que todo sea usado de manera armoniosa.

"Enséñame, por favor," dice Daya, zapateando en el piso. Puedo ver que está asustada—en Cuba prácticamente no se conocen los tampones y sólo los venden en los hoteles para turistas—. "Hoy me llegó el período y," dice, señalando la caja, "él llega mañana."

Yo suspiro. Después de que ella use tampones, las horribles alternativas que utilizan las cubanas le parecerán intolerables. Pero como cuestan alrededor de dos dólares cada uno, el uso de los tampones es un lujo comparable a las joyas Harry Winston en mi país.

Daya se echa con desgano en mi cama y observa cada movimiento que hago mientras me acomodo el vestido en el espejo.

"Haz tu tarea," le digo, y le arrojo los libros. "Volveré en dos horas."

Mi casera está nuevamente en ropa interior, bebiendo aguardiente y abanicándose en medio del calor. Responde mi saludo con una mirada vacía.

Más que nada, quiero encontrar a mi padre, conocer a la familia cubana que nunca conocí. Cada día me acerco apenas un poco, y Camila me dice que sea paciente, que en Cuba el tiempo no significa mucho y la información se demora en salir a flote. A sabiendas de que me espera una misión difícil, respiro profundo y me dirijo al hotel.

Trato de hacer caso omiso de Walrus, que está recostado contra su Lada, fumando un puro.

Tambaleándome sobre los tacones, me tropiezo en la calle y me raspo la rodilla. Walrus hace una mueca de burla.

Ciertamente no soy una jinete muy elegante.

PÁLIDO Y SUAVE, Terence es un escultor aficionado. Está enamorado del comunismo y está convencido de que este se practica en Cuba. Normalmente discutiría los méritos de Marx y la aplicación equivocada de sus teorías en mi tierra natal, pero hoy mi trabajo es ser dulce y linda.

Estoy de pie en la habitación de hotel de Terence, desnuda. Una Polaroid cuelga de su cuello y tiene un metro entre los pulgares. Terence toma nota de la circunferencia de mis muslos, del ancho de mis caderas y, mientras entorno los ojos, de otros detalles minúsculos de mis genitales. Promete enviarme una foto de la obra de tamaño natural en la que está trabajando a partir de mi cuerpo.

No tendrá cabeza.

Terence es mi primer novio oficial y el único extranjero que he sido capaz de conseguirme desde aquel incidente de hace un mes, con el americano, en el Habana Libre. Terence y yo llevamos una semana "saliendo." El canadiense no quiere perderme de vista.

"Ese hombre necesita un toque de suavizante," le digo a Camila, pero como en la isla no se consiguen productos de lujo para lavandería, mi chiste no tiene eco.

En unas pocas horas, un avión llevará a Terence a casa y Camila me dice que aproveche la despedida para conseguir un poco de efectivo. Hasta ahora me ha dado 480 dólares para cosas que me he inventado: "dinero para el taxi," "un medicamento" y "mi abuelita enferma."

Soy una chica afortunada: soy rubia. Cuanto más oscura es la piel de las cubanas, menor es su valor en el mercado de los extranjeros. Pero yo insisto en usar preservativos—a la mayoría de las cubanas no les importa—lo que hace que mi precio se desplome.

Sumando todo el tiempo que he estado con Terence, he ganado más o menos 2.85 dólares por hora. Por otra parte, si sumo todos mis trucos sexuales (siete mamadas, once intentos de relación sexual, dos masturbaciones con la mano y sexo público en el jacuzzi del último piso del Parque Central), da como 22.85 dólares por truco.

Un bioquímico gana 13 dólares al mes.

El veneno para cucarachas cuesta 6 dólares por botella.

No se consiguen curitas.

Me está saliendo sangre del raspón de la rodilla. Terence está acostado de espaldas. Yo estoy encima. Estamos singando. Su carne se siente como pan húmedo; nuestros fluidos corporales forman una baba pegajosa. Aunque en la habitación reina un silencio sepulcral, yo me muevo como si estuviera bailando salsa, haciendo círculos lentos y rítmicos. Uno-dos-tres, pausa. Uno-dos-tres. Me puede tomar años perfeccionar el movimiento de las caderas del baile cubano. Los pies son la parte fácil.

Miro entre sus piernas. Estoy a horcajadas encima de él y, como un buen jinete, estoy montando al animal, bien aferrada, tal como Camila me enseñó. ("Es como cuando retienes la orina," me indicó. "Usas el mismo músculo. Haz diez repeticiones rápido y luego diez lentamente. Dos veces al día.")

Terence se agarra de mi cintura. Es bajito y propenso a eyacular prematuramente. Lo hago sentir cómodo. Le digo que es un hombre de verdad, mi tipo de hombre, cariño, y que cuando está dentro de mí, me llena como un tanque. Sus ojos brillan y quiere creer, necesita creer y termina creyéndoselo. Acelero mis movimientos. Ahora busca mis senos. Los agarra con las manos y comienza a pegarles, desde el lado, como si fuera una raqueta golpeando una pelota, primero lentamente y luego de manera frenética. Comienza a gritar cuando se va a venir y golpea los senos con más fuerza y mis pezones se ponen rojos y yo me aferro y él empuja las caderas hacia arriba, dentro de mí, cada vez más rápido, y sigue golpeándome los senos y sacudiéndose como un loco, moviendo violentamente la cabeza, y luego esconde la cabeza debajo de una almohada y, cuando se viene, comienza a llorar y rechinar los dientes, un ruido sagrado, una expulsión de culpa, vergüenza y placer al mismo tiempo.

Me ruedo hacia un lado, sosteniendo con firmeza el preservativo sobre su pene para que no se me vaya a quedar adentro. Me acuesto junto a él, insatisfecha, jadeando ligeramente debajo del ventilador que traquetea en el techo, mientras sus aspas oxidadas dan vueltas y vueltas.

Terence se aprieta la almohada contra la cara y se voltea de lado, y queda en posición fetal. Está llorando y rechaza mi impulso de consolarlo. Yo encojo los hombros. No soy su psiquiatra. Mientras escucho sus sollozos, espero hasta que mis propios pensamientos ahogan el ruido.

Pero me siento atormentada. Rechazo la fuerza que quiere razonar conmigo sobre lo que estoy haciendo. No quiero parar. Quiero encontrar a mi verdadera familia, la familia que está aquí, en algún lugar de Cuba, y teniendo en cuenta el amor y el afecto que los cubanos les prodigan a sus hijos, no me voy a arriesgar a no encontrarlos y dejar que se mueran sin siquiera conocerme, sin que nos conozcamos mutuamente.

Así que me quedo, y soy cubana y, como mis hermanas, vivo una vida de lucha, una vida que seguramente habría llevado si no hubiese tenido la suerte de atravesar el estrecho de la Florida hace muchos años.

Me encierro en el baño y pongo a funcionar una de mis fantasías más efectivas. Por fin satisfecha, suelto la respiración en silencio, mientras saboreo internamente el placer. Enseguida me baño y me visto.

Cuando salgo, la habitación está vacía, Terence ha huido.

La nota sobre la cama es el decorado de un pastel hecho de billetes.

La nota sólo dice una palabra: puta.

23

¡Ay! ¡Ay! Bajo el sol tropical, los teléfonos públicos de metal queman los dedos. El hedor de fruta podrida invade el aire húmedo, mezclado con la gasolina que sueltan los carburadores de cuarenta años.

"¿Camila?" digo por el auricular.

"Chica. ¿Qué pasó con el del suavizante?" dice con tono alegre. Creo que Camila está divirtiéndose a costas mías. Le fascina pensar que tengo un pasaporte americano y que en menos de un año puedo estar regresando a mi país.

"Tiene problemas," digo con un suspiro, y le cuento cómo fue mi último encuentro.

"Hmmm," dice al escucharme. "Inseguridades, complejo de Edipo, probablemente fue abusado por su madre. Eso explica los golpes a los senos," dice mecánicamente. "Una vez tuve un hombre que no podía llegar al orgasmo si no tenía un pezón entre la boca. Todo eso tiene que ver con el matriarcado."

Entorno los ojos. A los cubanos les encanta el análisis freudiano. A mí personalmente me gusta más Jung, pero la gente aquí piensa que él era un *déclassé*, así que cambio de tema cada vez que Herr Sigmund sale en la conversación. Por hoy ya tuve suficiente de falos y demás.

"Adivina quién vino anoche."

"Dime."

"El señor Rafael Oro-Sabel." El corazón se me para en seco. "Preguntó por ti. Ay, chica, ¿no crees que le pareció rarísimo la manera como saliste de Las Vegas, con esa prisa?"

"¿Qué le dijiste que dije?" le pregunté, prácticamente gritando.

"Que su lengua parecía la de una iguana."

"¡No es cierto!"

Camila se ríe. "No, claro que no. Le di tu número."

"Te voy a matar," digo con una enorme sonrisa.

"¿Cuándo llega Richard, mañana?" pregunta Camila. "Él puede ser tu mejor cliente hasta ahora. Estoy súperenvidiosa, mi vida."

"Dios, si realmente tuviera una relación sexual con él sería mucho más fácil."

"¿Qué, es que acaso cuidar a su adorada noviecita adolescente no te parece suficientemente glamoroso?"

"Preferiría un canadiense con traumas de infancia relacionados con su mamá."

Camila suelta su risa generosa, mientras yo observo a los niños en el parque, jugando con preservativos inflados y amarrados en la punta. Los únicos artículos profilácticos que se pueden tener en la economía de los pesos llegan importados de socios comerciales como China y Vietnam. Pero los preservativos manufacturados para el mercado asiático son un poco estrechos para los típicos cubanos fuertes y exuberantes. Lo único para lo que sirven los preservativos aquí es para reemplazar los globos de los niños, que no se consiguen en ningún almacén.

Siento un golpecito en el hombro. "Tengo que colgar," le digo a Camila, mientras Limón me sonríe mostrando sus dientes blancos. Nos damos un beso de mentiras en la mejilla. Limón tiene un poco más de veinte años y bajo esa facha de rasta de trenzas largas y baile permanente se esconde un muchacho de naturaleza tranquila y calculadora.

A pesar del estricto control de los medios de comunicación en Cuba, Limón y sus amigos han adoptado la apariencia rasta con sorprendente éxito, y la usan no sólo para expresar de manera sutil su rebelión contra el gobierno, sino para engañar a jovencitas europeas. Chicas que tienen una etereotipada idea de lo que son los romances tropicales.

"¿Qué bolá? Está más caliente que la pistola de un ladrón de bancos," dice Limón, secándose el sudor que le escurre por las sienes.

Limón y yo tenemos un pequeño acuerdo: él me ayuda con la búsqueda de mi padre cubano y yo le enseño expresiones coloquiales del inglés. El problema es que mi slang ya no está muy al día, así que he tomado expresiones que recuerdo que usaba mi abuelo de Mississippi. Supongo que Limón no notará la diferencia.

Limón me lleva a un rincón, bajo la sombra de una construcción colonial de la Habana Vieja. Su madre dice que lo llamó Limón porque lo concibió bajo un árbol de limón.

Hablando de madres...

Limón me susurra en inglés, pues está decidido a dominar mi lengua materna: "Mira, tu mamá vivió en Miramar."

Yo levanto las cejas. No es una gran noticia, pero eso prueba que Limón está bien informado.

"Vamos, Limón, eso son noticias viejas. Todos los diplomáticos americanos viven en Miramar."

"Pero, mira, te aseguro que no sabes la calle exacta en Miramar." Con demasiada anticipación, Limón me enseña un pedazo de papel. Lo agarro y en él veo una dirección, la misma que consiguió Víctor.

"Me impresionas. Pero ya la tenía," digo. "Lo que pasa es que simplemente no puedo ir allá."

Limón se golpea con dos dedos la clavícula y yo hago un gesto de asentimiento. Walrus. Aunque lo único que puedo hacer es hacer conjeturas sobre por qué me está siguiendo un hombre del G-2, mis instintos me dicen que lo mejor es mantenerlo alejado del curso de mi investigación.

"Yo iré tan pronto pueda," promete Limón. "Haré algunas preguntas, veré si alguien recuerda quién trabajó en la casa." Lo abrazo en un arranque de felicidad.

Luego la expresión de Limón se ensombrece. "Dicen que andas por ahí de discoteca en discoteca. Eso no es cierto, ¿verdad?" Me da un golpecito suave en la clavícula. "Una americana linda como tú..." Me observa con suspicacia mientras yo me miro las uñas. Luego susurra: "Ten cuidado. Va a haber una recogida."

"¿Una recogida?"

"Una tremenda recogida. Con los que estén en la calle, con los chicos que anden con turistas, con chicas que vayan con sus yumas. La ola de represión comenzó la semana pasada en Santiago, están haciendo arrestos. Mantente alerta. No querrás pasarte tres años comiendo arroz y frijoles."

Me sacudo para librarme de las malas noticias, furiosa de pensar que sólo hay una manera de ganar dinero en Cuba y ahora están metiendo a la gente a la cárcel por eso. Paso por encima de una montaña de caca de perro y tan rápido como me lo permiten mis llamativos tacones, me voy a casa.

Porque allá tengo a una campesina de quince años sexualmente activa que tiene un novio internacional, y tengo que enseñarle a ponerse un tampón para que ella pueda complacerlo y su familia pueda comer.

24

Soy un juguete costoso. Un juguete de primera. Un Ferrari 360 Modena Spider F1 con marchas de auto de carreras y cuatrocientos caballos de fuerza. Mis motores son los más rápidos.

Estoy sentada en las piernas de un ejecutivo de televisión italiano vestido con un traje Armani, que viene de Roma y tiene la billetera llena de fotos familiares. Estiro el labio inferior y hago pucheros hasta que accede a llamar a un sastre. Le doy unos golpecitos juguetones en la nariz y rápidamente calculo el valor del vestido en el mercado negro. Con eso podré pagar el alquiler de noviembre.

Oigo las palabras de Camila una y otra vez. *Eres una alhaja lujosa, una musa quisquillosa, un símbolo de estatus para un hombre que está atrapado en las trampas de su clase.*

"Sé interesante e inteligente y muy, muy exigente," me dijo con tono de enseñanza.

"¿Inteligente?," dije. "Los hombres odian eso."

Camila soltó la risa del que tiene más experiencia. "Te equivocas. Lo que los hombres de verdad quieren," sentenció en voz baja, como si en sus palabras estuviera la localización de la piedra Rosetta, "son mujeres inteligentes, ingeniosas y encantadoras." Luego hizo una pausa. "Que necesitan ser salvadas. Tú sabes, la fantasía del héroe. Créeme."

Supongo que Camila es la experta y por eso cuando le pido a Aldo un fósforo en el vestíbulo del Hotel Meliá Cohiba, un fósforo lleva a otro y lleva a un Cuba libre y ahora, una semana después, soy su princesa consentida. Desvalida. Que necesita que la rescaten. Una Rapunzel encerrada en una torre tropical.

Le hago cosquillas en la quijada y saco a Aldo de su silla, y nos tumbamos en la cama king-size en medio de la mejor suite del hotel. Todas las jineteras saben que el Meliá Cohiba es el mejor sitio para tener un encuentro amoroso, porque los pocos almacenes elegantes de la isla están en el vestíbulo del primer piso y al otro lado de la calle.

Mantén una conexión intrínseca entre la alcoba y el trabajo. Hasta ahora he conseguido cuatro pares de zapatos altos brasileros—ordinarios y excesivamente caros, pero lo mejor que se puede conseguir en la isla—, tres collares, una cartera, calzones y sostenes, y un par de pantaloncitos blancos tan ajustados que uno no puede decir que se los pone sino que se los aplica, y nunca después de desayunar.

Un bolso de 100 dólares vale 30 dólares en la calle; una cadena de oro, dos veces eso. Estoy acaparando.

El italiano está debajo de las sábanas y su Cohiba llena el aire de la habitación de costosa polución. Bajo su vigilancia, el fastidioso sastre hace un boceto de un vestido traslúcido que dejará ver más que un bikini. Finjo estar encantada. Aldo sugiere encaje.

Luego estamos solos. Aldo arroja la billetera sobre la mesita de noche, se reclina y me atrae hacia él, para cerrar el asunto. *No muestres inhibición de ningún tipo.* Comienzo por el cuello y a grandes saltos voy bajando hasta el área de su pecho y por encima de su cadera de piel suave y todavía más abajo, hasta que gime de placer. Recuerdo las instrucciones de Camila: el entusiasmo salvaje disimula la falta de técnica. Aunque de la boca me salen sorpresivos "hmmms" y "aaaahs," a pesar de mi aceleración lo único que está prendido en este cuarto es su Cohiba.

El motor del Ferrari se queda ahogado y pasa de sesenta a cero en 4.2 segundos.

Frustrado y bastante incómodo, Aldo me hace señas para que me vaya. Mientras me visto rápidamente, veo su billetera abierta sobre la mesita y los rostros de su esposa e hijos nos observan con mirada acusadora.

25

Normalmente me alegraría que el recepcionista crea que soy cubana y no extranjera, pero hoy necesito usar el teléfono, así que saco mi pasaporte americano, que se ha vuelto inútil en los cuatro meses que llevo viviendo aquí. Desde el teléfono del vestíbulo le cuento a Camila sobre mi patética presentación.

"¿No se le paró?" dice Camila. "Muchacha, o tú eres peor en la cama de lo que pensé, o él tiene una culpa enorme. Lo especial de Cuba es que es el mejor lugar del mundo para que los hombres casados tengan una aventura, porque ellos controlan totalmente la situación. Las chicas no podemos contactarlos y mucho menos salir de aquí para ir a hacerles una visita sorpresa a sus esposas."

"No hay conejos cocinados," digo con la intención de hacer un chiste, pero la barrera cultural de la isla hace que mucho de lo que digo pase inadvertido para los oídos cubanos.

"No sé cuál es el problema con ustedes las extranjeras," dice Camila. "Me sorprende que logren procrear y mucho más casarse. ¿Qué clase de mierda les enseñan sobre los hombres?"

"No te lo imaginas," digo.

"¿Con cuántos hombres te has acostado?"

"Con cuatro. No, cinco."

"¿Y antes de venir a Cuba?"

"Ahí están incluidos. Antes y después."

Camila no lo puede creer. "¡Imposible! ¿Y eso es normal? ¿Para una norteamericana de tu edad?"

"Supongo, no lo sé."

Pero Camila no me está oyendo. "¡Qué represión! No me sorprende que todas ustedes sean tan inseguras. Las cubanas somos buenas en la cama porque nos gusta el sexo. El poder está en el hecho de disfrutarlo, no en la contención o la distribución."

El empleado me hace señas para que desocupe el teléfono. "¿Qué puedo hacer? Estoy acabada."

"Ven el lunes, tengo una idea para darte unas lecciones."

No estoy segura de qué quiere decir con eso, pero como estoy cero a tres con los extranjeros, supongo que necesito toda la ayuda que pueda conseguir.

La que no necesita ninguna ayuda es Modesta.

Con una oferta mayor que la demanda, es típico que un grupo de encantadoras jineteras terminen montando a un turista solitario y zarrapastroso. Sin embargo, Modesta atraviesa el vestíbulo con un yuma de cada brazo, todavía sin compromiso, como si aún no hubiese decidido cuál será el afortunado que pagará por las caricias de la noche.

Cuando me ve, vacila y luego me recuerda. Irritada, dirige su séquito hacia donde estoy, pero yo salgo rápidamente del vestíbulo, a sabiendas de que no soportaría otra humillación en ese hotel.

Cuando paso frente al Café Habana, que está a la salida del hotel, una jinetera que está trabajando la fila de solteros me dice discretamente que tengo la cara toda untada de labial. Apenas alcanzo a decirle gracias, cuando me doy vuelta y prácticamente me estrello con Rafael. Es mucho más apuesto de lo que recuerdo, y al observar rápidamente a la gente alrededor, veo que atrae miradas tanto de hombres como de mujeres. La mujer que lleva de la mano—una yuma canadiense cincuentona, con una permanente alborotada—saca un pañuelo de papel de su cartera y me limpia el labial con suaves toques.

"¿Tuviste una buena noche?" pregunta Rafael, haciendo una mueca.

Como si pudiera ser peor.

La canadiense, que casi no habla español, pregunta que quién soy. Rafael me presenta. "Alysia. Mi prima." Yo entorno los ojos. Prima es la manera de llamar a la novia, la mentira que todos los cubanos les dicen a sus amantes extranjeros cuando se topan con su verdadero amor.

"Claro que no soy tu prima," digo en español. "Preferiría morirme."

"Pero sí podrías ser mi prima," dice Rafael, divertido. "Aunque antes tendrías que devolverme las llamadas."

"No lo entiendo," dice la canadiense. "¿Eres su prima, sí o no?" Rafael y yo nos miramos a los ojos. "¿Querido?" suplica ella.

"Pregúntale a ella," dice Rafael.

La canadiense se voltea hacia mí y, en un inglés que sólo las dos entendemos, me ruega que la aconseje. "No sé si creerle o no todo lo que sale de su boca. ¿Cómo se puede saber si un latino está mintiendo?" pregunta.

"Si un cubano dice algo más de una vez, es mentira."

La canadiense mira a Rafael con ojos acusadores.

"¿Qué?" dice él con tono defensivo. "Es mi prima."

LA CALLE CONGESTIONADA que corre paralela al Malecón está repleta de Ladas pintados a mano, coches tirados por caballos, motocicletas rusas con cochecitos laterales, bicicletas chinas equipadas con motores y autos clásicos americanos de los años cincuenta, con más curvas que una cubana. Entre estas opciones elijo un taxi que cobra en pesos y que se dirige hacia el sur.

Detrás alcanzo a oír la voz de Rafael. "Mira, ella es sólo trabajo. Cuando su avión levante vuelo, iré a verte."

Retengo la respiración y sigo caminando.

Pero nada.

Sólo lo dice una vez.

26

"Querida, quiero que se afeite la vagina."

Richard está llamando desde Inglaterra. Llegará en la noche y yo estoy encargada de domar a su despampanante princesita caribe. Nada de cosas brillantes. Nada de rotos en los jeans inspirados en *Flashdance*. Richard ha mandado bolsas de Harrods: zapatos altos de correítas, creyón labial Yves Saint Laurent y un vestido de lentejuelas rojas perfectamente cortado.

Daya vive en una choza de piso de tierra, con catorce primos, tíos y tías.

"Tienen de esos lugares donde uno se puede depilar en las partes íntimas, ¿no?" pregunta Richard. "Seguramente, teniendo en cuenta la naturaleza hirsuta de la mujer latina," Richard suelta una carcajada.

Les salen pelos de todos los poros, pero la idea del afeitado que tiene una cubana es rasurarse sólo hasta la media pierna. Cuando están desnudas, muchas se ven como si tuvieran puesta una pantaloneta para montar en bicicleta. La moda folicular de La Habana es "el cerquillo," un espeso matorral que llega unas pulgadas abajo del ruedo de la minifalda. Es una moda incomprensible y casi no me aguanto las ganas de ofrecerles a sus seguidoras cuchilla y espuma de afeitar.

"Nos ocuparemos de eso," le digo a Richard, con ganas de colgar. "Te veo por la noche."

Paso la mañana en un salón de belleza de locos, mientras mi adolescente aúlla de dolor. Cuando la familia de Daya me invita a almorzar y me sienta en la cabecera de la mesa como invitada de honor, me pongo nerviosa. ¿Qué pensarán de mí, jugando a ser Mary Poppins con su adoles-

cente que todavía se chupa el dedo, vestida con zapatillas Christian Louboutin y un bikini recién hecho?

Pero mis temores se apaciguan rápidamente. La abuela de Daya llora
cuando me conoce, agradecida por mi tutela. Los dólares que Richard le
manda a Daya significan que la familia se ganó "el boleto," y los vecinos
no ocultan su fascinación por la fila de televisores y equipos de sonido y
lechones que llegan constantemente a la superpoblada choza.

La madre de Daya—a quien Richard llama "la tiñosa," el buitre—me
lleva aparte después del almuerzo y me pone un caramelo en la mano.

"Para Oshún," dice, y me indica que debo hacerle una ofrenda al santo
del amor y la seducción. "Hoy rogamos para que Richard siga resolviendo
nuestros problemas."

"Richard pidió que Daya se depilara," digo, buscando una manera delicada de decirle que las fantasías del inglés tal vez están más orientadas a
una niña prepúber que a una adolescente. Pero ella sonríe y desestima la
nota negativa de la advertencia.

"Todos estamos tan orgullosos de Daya," dice, haciendo caso omiso de
mi comentario. "Imagínate, ¡un millonario de verdad!"

"Daya dice que le gustaría estudiar arquitectura," le contesto, "y que sus
profesores de danza piensan que tiene talento. Pero estar con Richard la
está distrayendo de…"

"El futuro de Daya no está en Cuba," me interrumpe la madre, con un
tono un poco alto. "Un arquitecto pasa tanta hambre como un portero."

Daya y su familia son "palestinos," el término con el que se designa a las
personas que vienen de las provincias del oriente a La Habana, la única
ciudad donde hay "fula," oportunidades en dólares. Quienes quieren mudarse a La Habana deben solicitar antes un permiso. Pero las largas esperas y el rechazo repetido obligan a quienes buscan una vida en dólares a
instalarse de manera ilegal. Para la familia de Daya, la posibilidad de que
su hija atrape a alguien como Richard es la única razón de este sacrificio.

"Pero el sistema puede cambiar algún día," digo, consciente de que me
estoy metiendo en lo que no me incumbe, "y en ese momento ella necesi-
tará tener un talento que pueda vender, especialmente cuando el culo,"
digo y me pongo la mano en el trasero, "se le afloje."

La madre de Daya me lanza una mirada triste y compasiva—que se ve
con frecuencia—y dice que yo no puedo entenderlo.

Cada vez que viene a Cuba, Richard toma varios rollos de fotografías de buitres dando vueltas en el cielo o deleitándose con unos roedores muertos. Con una puntualidad cómica y justo antes de partir hacia Londres, Richard le entrega las fotos a la madre de Daya, acompañadas de un gracias y un enorme fajo de billetes.

La madre de Daya mide menos de metro y medio, así que desde mi altura relativa yo la miro y suspiro. Richard se equivoca. Lo que mana de su interior no es manipulación ni codicia sino orgullo. Orgullo de que su hija esté triunfando en la profesión más productiva que existe.

Como el resto de los residentes de la isla, yo también me siento perdida en los largos períodos en los que no pasa nada. Tener horas libres no es un fenómeno al que esté acostumbrada y el ritmo lento de las cosas me enseña a vivir plenamente cada momento. En Cuba hacer una cola de tres horas para conseguir arroz no es perder tres horas haciendo cola sino una oportunidad para chismear con los vecinos y contar los sueños de la noche anterior.

Con tiempo de sobra y angustiada por mi futuro, el sol castigador no contribuye en lo más mínimo a calmarme. Pero pronto descubro el efecto salvador del cine. En La Habana, casi sesenta teatros, muchos de ellos con las fachadas y los anuncios de neón de los años cincuenta, pasan películas clásicas de los Estados Unidos y América Latina. Cada película es cuidadosamente revisada por la censura y sólo muestran películas con contenidos políticos apropiados. Pero algunas de las mejores logran pasar y por sólo dos pesos—cerca de ocho centavos—se puede comprar una entrada y pasar la tarde en medio de la frescura de un teatro como los de antes.

Así es como paso los días, como paso la espera.

Hoy estoy en el cine Yara, que está en una congestionada intersección de La Rampa. En el largo teatro inclinado no hay crispetas, pero está lleno de humo de cigarro. Los cubanos entran a los teatros en la mitad de las funciones y pasan la mayor parte de la película conversando con entusiasmo.

Pero hoy la película es *Bread and Roses,* de Ken Loach, una historia sobre unos porteros mexicanos en los Estados Unidos que tratan de sindicalizarse. En una escena, una mujer se suelta a llorar después de admitir que se prostituyó para ayudar a su familia a instalarse en un nuevo país. Noto que entre la audiencia pasa algo raro: me doy vuelta y veo que casi todas las cubanas se están secando los ojos. Minutos después, como por instinto, vuelvo a voltearme, y sentado unas pocas filas detrás veo a Rafael.

Está solo y me hace un guiño y quiero pensar que también veo en sus ojos una lágrima.

Minutos después me vuelvo a voltear, pero ya se ha ido.

A MEDIO CAMINO de la escalera mecánica de la terminal 2 del Aeropuerto Internacional José Martí me doy cuenta de que una tormenta viene hacia mí. Me doy vuelta y veo a Daya al comienzo de la escalera. Le hago señas para que se dé prisa, pero como una mula frente a un riachuelo, se niega a dar otro paso.

Daya, la campesina vestida con su traje de lentejuelas rojas de Harrods, está sollozando. Mi elegante trabajo de maquillaje se ha convertido en un río negro que le escurre por las mejillas.

"¿Qué es esto?" pregunto.

Daya señala la escalera que se mueve sola. "¿Qué es eso?"

Suspiro y recupero la paciencia. Las únicas escaleras mecánicas de Cuba están en el aeropuerto y pocos cubanos han tenido la experiencia de montarse en una escalera que se mueve sola. Daya está tratando de estar a la altura, pero es demasiado joven y poco sofisticada para desempeñarse como el objeto de los amores de Richard, aunque esa es la única manera como su familia puede tener unas buenas cenas con puerco durante varios días. Le limpio la cara y le explico en detalle el mecanismo de las escaleras, pero cuando llegamos al segundo piso veo a un grupo de turistas que están pasando el control de la aduana y partiendo hacia su casa y ya no puedo más y estallo en llanto.

€studiantes de secundaria con impecables camisetas blancas y pantalones amarillos forman una hilera a lo largo del Malecón y tienen los brazos llenos de flores. A la señal de los maestros, llenan el océano de ramos de adelfas y buganvilias recién cortadas.

Es el día de Camilo Cienfuegos, cuando los habaneros rinden tributo anual a un revolucionario popular que murió en circunstancias sospechosas en un avión Cessna que desapareció en el mar hace cuarenta años.

Víctor está al otro lado de la calle y también tiene los brazos llenos de olorosas flores. El revolucionario de línea dura las arroja sin ninguna ceremonia y me hace señas para que siga caminando. Yo subo un poco la colina, sin mirar hacia atrás.

La acera está cubierta de tortugas volteadas hacia arriba, que suplican piedad mientras se cocinan en sus caparazones. Víctor viene veinte pasos detrás de mí. Tenemos que ser discretos y yo rezo para que hoy me tenga información sobre mi padre. Entro a una tienda desocupada.

Hay una balanza sobre el mostrador y de las estanterías vacías cuelga un letrero que dice: *Socialismo o muerte.* Con esta abundancia, lo que parece más probable es lo segundo.

"¿Hay huevos?" le pregunto al dependiente.

"Esta semana no va a haber huevos," responde Víctor, al tiempo que se para furtivamente al lado mío. "Las gallinas no tienen suficiente comida y por eso no están produciendo."

El dependiente está de acuerdo con Víctor y vuelve a la lectura de su periódico.

"¿Cuánta más comida necesitan las gallinas?" pregunto. Estamos haciendo una charada, el tipo de conversación en clave que abunda en una tierra en la cual lo que uno dice lo puede meter en líos.

Víctor se rasca la barbilla. "Las gallinas necesitan comida como para una semana. Y ahí sí habrá huevos."

El dependiente nos lanza una mirada de desconcierto.

"Las gallinas deben saber que tienen que producir," digo. "Que la gente está contando con esos huevos."

"Las gallinas lo saben, compañera."

"¿Acaso las gallinas se contentarían con unas cuantas sobras?"

"Las gallinas preferirían maíz."

"¡Coño!" dice el dependiente y nos hace señas para mostrarnos que está tratando de leer. "Huevos, la próxima semana."

"Las gallinas están preocupadas," dice Víctor, "porque parece que el dueño del maíz está inventando por las noches y temen que el grano mal habido pueda causarles problemas digestivos." Finjo que no me importa el hecho de que Víctor sepa de mi nueva ocupación, pero la cara se me pone roja de todos modos.

"Las gallinas no tienen por qué preocuparse," digo y le hago una sonrisa al confundido dependiente, mientras le paso discretamente cien dólares a Víctor, "de dónde sale el grano."

"Tal vez," dice Víctor, tocando con cuidado el billete. "Pero, ¿cómo podemos incentivar a las gallinas para que produzcan a partir de ese grano contaminado? Eso puede infectarlas. Enfermarlas."

Entornando los ojos, le paso otro billete de cien. "Las que se coman el maíz por la noche no tendrán problemas."

"Las gallinas," dice Víctor, "no están tan seguras."

28

El papel higiénico ha desaparecido totalmente del mercado. Ya llevamos varias semanas así. Aquellos que tuvieron la fortuna de acumular una reserva del papel de lujo que venden en las tiendas de dólares (hecho de caña de maíz reciclada y pulpa de madera, que se siente como arena) lo atesoran como si fuera cristal Lalique.

Mi casero está hastiado de la crisis y me pasa un periódico. No precisamente para leerlo. Decido que esta noche no voy a ser cubana. Saco mi pasaporte del armario y me voy para el baño del hotel más cercano.

Cuando salgo, casi me estrello con alguien en la puerta. En la penumbra no reconozco quién es, aunque espero que sea Limón con información sobre la casa de mi infancia.

Pero el que está afuera es Richard y está frenético. Me dice que, de manera inexplicable, Daya le arrojó encima un Cuba libre mientras estaba desnudo, y luego salió corriendo sin dinero para el taxi. Después de hacer mi parada técnica, un auto nos deja cerca del apartamento que Richard tiene alquilado a la salida de la ciudad vieja. Está oscuro como boca de lobo. En el lado occidental del Parque Central hay dos bares con las luces prendidas y Richard y yo acordamos separarnos para buscar cada uno por su lado y encontrarnos allí en una hora.

Siguiendo mi intuición, espero a que Richard se pierda de vista y me dirijo directamente hacia el bar, sin duda el metedero más sórdido de toda La Habana. Hay músicos tocando los bongós y las maracas, que llevan el ritmo contagioso con el movimiento de los pies. La policía vigila el lugar, a la espera de los sobornos que les pagan las prostitutas del bajo mundo y los estafadores y camajanes que hay adentro. Observo cuidadosamente el lugar. Está lleno de una mezcolanza de tétricos multinacionales; la escoria de los turistas sexuales de todo el mundo. La clase de tipejos que nunca pueden tener una cita decente en sus países. Borrachos y rodeados de cubanas aburridas del tipo que modelan ropa interior—muchas de las cuales apenas están llegando a la adolescencia—, los hombres cogen a tientas partes del cuerpo femenino, como si fueran baratijas de un almacén para turistas.

"Glotones," digo en voz baja. Las muchachas llevan pantalones ajustados y tops de lycra, tienen los labios delineados con negro y sus caras son inexpresivas. Quisiera tener suficiente dinero para pagarles a todas esas chicas para que no se fueran a casa con esos bárbaros.

Pienso en la flor favorita de la isla, esas flores anaranjadas y rojas que llaman Lágrimas de Cupido. Los ramos florecen muy erguidos, pero enseguida son asediados por enjambres de pájaros e insectos que les roban el néctar. Es un frenesí fugaz: cuando las flores se quedan sin néctar, se doblan hacia abajo y se marchitan sobre el suelo.

En la esquina, mi propia lágrima de Cupido se está chupando el dedo, sentada en las piernas de un gordo enorme. Daya da un brinco y se agarra de mí como si fuera su madre. La agarro del brazo y nos abrimos camino entre la multitud.

Su voz es profunda y dulce, y enseguida me doy cuenta de que su dueño está fuera de lugar entre estos extranjeros deformes y borrachos. Rafael está en medio de dos turistas alemanas que se esconden detrás de unos lentes oscuros, aunque la juventud se les nota en los brazos.

Rafael piensa un momento antes de hablar. "Te he dejado tres, no, cuatro mensajes y tú nada."

Me pongo la mano en la cadera.

Rafael sigue: "¿Qué, es que acaso el sistema telefónico de Cuba es muy difícil de entender para ti?"

"Sí," digo sonriendo. "Son tantos botones."

Rafael se inclina para hablarme al oído. "Tal vez pueda ir a enseñarte cómo presionarlos."

Empiezo a ponerme roja y saco a Daya del bar.

"Sé dónde vives," me amenaza en juego, gritando por encima de la gente. No alcanza a ver mi sonrisa.

Cuando salimos, un policía nos sigue y pide a gritos su mordida. Arrojo un fajo de presidentes muertos en la zanja y eso lo calma.

Apenas soy capaz de sobreponerme para reprenderla. Me aclaro la garganta y trato de parecer seria. "¿Qué diablos te pasa, Dayanara? Tienes un novio muy amable y muy rico. Un novio que puedes perder si sigues haciendo esto."

Daya se saca el dedo de la boca para contarme sobre la pelea, y dice que necesitaba dinero para irse a casa y que le habían prometido darle 20 dólares por pasar unas pocas horas con el barrigón del bar.

"Daya," le digo. "¿Quieres estar con Richard?"

Daya encoge los hombros.

"Es tu madre, ¿no es así?… Tú no tienes que hacer esto, tú lo sabes."

"Como si tú supieras," me dice con tono acusador. "Extranjera." Yo suelto un suspiro. No importa cuán cubana me haya vuelto, no importa cuánto comparta la lucha con mis coterráneos, rara vez me conceden la posibilidad de entenderlos.

"Es posible que haya una redada, Dayanara," digo con seriedad. "Cuando eso pase, estos policías no sólo se van a llevar unos pocos dólares, te llevarán a ti a la cárcel. Te metes a un sitio como ese y te arrestan, ¡coño!"

En Cuba las mujeres que andan con extranjeros no son arrestadas por prostitución. Son fichadas por otras infracciones, lo que sea que se invente el policía de turno. Cuando la chica acumula tres infracciones en su historial, por lo general es enviada a prisión. Se dice que hay cientos de cubanas en la cárcel por tener relaciones con extranjeros, aunque técnicamente están acusadas de otros crímenes. Las muchachas que trabajan en los lugares más sórdidos, las que se comportan como prostitutas comunes, son el objectivo principal de la policía, que les pide dinero o una mordida en especie, o las dos. Le estoy apostando a que la pequeña bailarina está más segura al estar con un solo extranjero, con Richard. El gobierno no estimula directamente esas relaciones a largo plazo, pero ciertamente se hace el de la vista gorda con la mayor parte de ellas, porque sabe que los turistas que vuelven y los que envían dinero de manera regular ayudan a empujar una economía que se está hundiendo.

"¿Vas a decirme qué es lo que pasa?" le pregunto.

"Richard tiene una maldición," dice Daya en voz baja. Las maldiciones son la moneda nacional con la que mucha gente negocia, y se vuelven todavía más importantes gracias a la santería, una religión que trajeron los africanos y que, en cierto modo, practica una buena parte de la población.

"¿Por qué dices que tiene una maldición?" pregunto con paciencia.

Daya me susurra algo al oído. "Su pinga nunca se afloja, siempre está parada. Él se viene, pero sigue con el rabo parado, y mete llello—cocaína—y toma ron, y es tan viejo, y aun así mantiene el rabo parado, por eso sé que es una maldición." Daya tiene los ojos muy abiertos. "Quiere hacer el amor todo el tiempo y su pinga nunca se cansa, así que le arrojé una bebida para ver si se refrescaba, pero siguió parada y me asusté." La bailarina adolescente se vuelve a meter el dedo a la boca.

Si Daya no estuviera a punto de llorar, estoy segura de que habría soltado una carcajada. "Daya, ¿te has fijado si Richard toma alguna píldora?"

Piensa un momento y luego se busca algo entre el sostén. Daya me muestra una tableta azul, ligeramente húmeda a causa del sudor.

"Quería que yo también me tomara una. Pero la escupí mientras no me estaba mirando." Le explico a Daya las maravillas del Viagra, aunque me toma unos cuantos minutos convencerla de que la mayor parte del mundo ya conoce de la existencia de esta pastilla. Daya hace una expresión de alivio.

"Estás loca," dice y me abraza. Los cubanos rara vez dicen "gracias," así que tomo el abrazo como una muestra de gratitud.

29

El edificio que ocupa la Sección de Intereses de los Estados Unidos de América, diseñado por los americanos en 1953, es una lisa construcción de siete pisos, ubicada en el Malecón. Su fachada exterior, que parece un espejo, refleja y refracta el sol caribeño, increíblemente luminoso, y lo convierte en un faro de intimidación que quema la retina.

En 1961, durante los últimos días de su administración, el presidente Eisenhower retiró de La Habana al cuerpo diplomático americano. Pocos meses después, bajo la naciente administración Kennedy, la Bahía de Cochinos fue invadida por tropas entrenadas por la CIA. Al año siguiente, a medida que se iban polarizando las relaciones, aviones espía americanos tomaron fotografías de misiles nucleares escondidos en las costas del norte de la isla, lo suficientemente potentes como para borrar del mapa la costa este de los Estados Unidos.

Pero con el tiempo, el optimismo primó. A solicitud del presidente Carter—que ordenó que la embajada fuera limpiada, fumigada y vuelta a poner en pie después de dieciséis años de abandono—el cuerpo diplomático regresó, bajo la protección de la guardia neutral suiza. Las funciones de la embajada fueron reducidas al nivel de un encargado de negocios, que es donde se mantienen todavía hoy.

Después de estar ausentes de La Habana durante mucho tiempo, los norteamericanos recién llegados fueron tratados con amabilidad y con un poco de curiosidad, y los observaban a distancia.

Los extranjeros más comunes en La Habana eran los naturales de la Unión Soviética, el santo patrón de la isla y la gran amenaza de América.

Mi madre recordaba que las ondas radiales estaban invadidas de clases de ruso y que los cubanos—unos lingüistas natos—practicaban orgullosamente la lengua eslava en las calles y los mercados.

La Sección de Intereses de los Estados Unidos de América abrió en 1977 con poco alboroto. John llegó a trabajar en septiembre de ese año y fue encargado de divulgar entre el público cubano el carácter de la democracia americana.

Para John fue la oportunidad profesional de su vida.

Mi madre, sin embargo, no estaba muy contenta, pues creía que lo que más le gustaba a John era el aspecto polémico de su trabajo y que mostraba muy poco respeto por la soberanía cubana.

Era otra de las muchas fisuras de un matrimonio ya bastante minado.

MI MADRE CONOCIÓ a José Antonio bajo la bandera amarilla y roja de la embajada española, que funcionaba en un palacio art nouveau de la Habana Vieja.

Los españoles—que se habían vuelto a establecer en Cuba recientemente y estaban disfrutando de la era post-Franco—fueron los anfitriones de la fiesta de presentación del cuerpo diplomático americano en terreno neutral. Asistieron rusos, cubanos y americanos. Para diluir la tensión, los españoles invitaron también a los suecos, los franceses y los daneses.

Mi madre se puso un vestido de cóctel negro, un collar de perlas que había pertenecido a su abuela y un delicado chal español de seda que había comprado en Madrid. En su opinión, el palacio era la joya más hermosa de toda la inspirada arquitectura de La Habana, y así quiso expresárselo a John, hablándole al oído.

Pero resultó que el que estaba a su lado era José Antonio.

Sintiéndose incómoda por ese acercamiento involuntario, mi madre buscó a John por toda la habitación, y al no encontrarlo aceptó fríamente que José Antonio se presentara. José Antonio era un traductor cubano que había trabajado en Moscú y África, y que en este momento les estaba sirviendo de intérprete a sus jefes soviéticos. Al oír esto, mi madre se frunció y se presentó como la esposa de un diplomático americano.

"No se inquiete," dijo José Antonio en voz baja y con tono travieso. "Aquí tampoco nos gustan los rusos."

Lo que sí no necesitaba aclaración era la intensidad de la química entre ellos.

Más tarde en la noche, los invitados a la fiesta estaban sentados formando un semicírculo alrededor de una tarima de madera un poco más alta. Una encantadora y ágil bailadora de flamenco danzaba bajo la luz de una sola lámpara, acompañada por un guitarrista y un percusionista que llevaba el ritmo con las palmas. Los ojos de mi madre estaban fijos en los pies de la bailarina y en la vigorosa musculatura de su cuerpo, que respondía con sensualidad a los complejos ritmos.

De pronto mi madre sintió que unos ojos le quemaban la piel. Se esforzó por ver a través de la audiencia en penumbra y vio que José Antonio estaba sentado justo frente a ella. A pesar del deslumbrante espectáculo que se presentaba en el escenario que había. Entre ellos, José Antonio sólo la miraba a ella, a través de un camino obstruido únicamente por el movimiento ocasional de la falda roja de la bailadora.

DURANTE LOS MESES que siguieron, mi madre y José Antonio se encontraron por casualidad casi media docena de veces en galerías, fiestas y restaurantes. Mi madre se negaba a admitir la atracción que había entre ellos, al igual que el irrefutable encanto de José Antonio.

Mamá anotó cuidadosamente en su diario esos encuentros, y una parte de ella deseaba en secreto que cada salida trajera otra ronda de coqueteo clandestino con el apuesto cubano. Sus fantasías fueron creciendo en directa proporción a la manera como se fue profundizando la crisis de su matrimonio, que se deslizaba gradualmente hacia el olvido.

En las noches en que John había prometido estar a su lado, mi madre se sentaba sola entre las palmeras y las impetuosas y perfumadas brisas de las noches cubanas, voluptuosas y de cielos estrellados, sinfonías de belleza celestial que se presentaban cada noche con la suave perfección de un viejo espectáculo de Broadway.

John estaba cada vez más obsesionado con su carrera y trabajaba a todas horas. Mi madre creía que su ambición se fundaba parcialmente en la vergüenza siempre latente por la incapacidad de su cuerpo para concebir hijos. Ella le dijo que no tenía importancia. Pero en los márgenes de su diario escribió los nombres de los ansiados niños: John, si era un niño; y si era una niña, Alysia.

En 1978 mi madre asistió a la fiesta de Año Nuevo de los diplomáticos en el Hotel Nacional. Fue sola, pues John había viajado a Washington por trabajo. Mamá recordaba haber llegado al sofisticado salón después de la medianoche y haber prometido quedarse sólo un momento, para hacer acto de presencia, antes de regresar a la soledad de su casa en Miramar. Recordaba haberse quitado los tacones y haber caminado por el suave tapete de prado verde, esquivando pavos reales y cañones viejos.

El jardín tenía vista sobre la bahía de La Habana, que estaba iluminada por la cálida luz dorada del castillo de El Morro y la lámpara giratoria del poderoso faro del acantilado. El paisaje era tan bello que el mamá contuvo la respiración.

Esa noche se preguntó cómo una mujer que estaba en la flor de la vida y en medio de un país que inspiraba a los poetas con su aire y su mística belleza, podía estar sola y no ser deseada por el hombre que más amaba. O cómo era que su vida se había vuelto tan estrecha y llena de una ansiedad tan palpable que vivía en su casa como si fuera otra persona.

Pero mi madre sabía que el Hotel Nacional en la velada de Año Nuevo encerraba un histórico precedente de cambio. Recordaba haber leído que Batista había pasado sus últimos minutos como presidente de Cuba en ese mismo hotel, precisamente una noche como esta diecinueve años antes.

Estaba pensando en eso cuando sintió que una mano le tocaba el codo. Sin levantar la vista, supo de quién se trataba y supo que sucumbiría finalmente al encanto del cubano.

Mi madre sintió que la espalda se le arqueaba y los brazos se estiraban y su vestido revoloteaba tras ella mientras se zambullía de cabeza en la bahía de La Habana, recibiendo el calor y el oro y la luz. Lo que precedió su sublime caída fueron los versos de José Martí, recitados por José Antonio, el hombre que alteraría el curso de muchas vidas:

Todo es hermoso y constante,
Todo es música y razón,
Y todo es como el diamante,
Que antes fue luz es carbón.

30

Con los brazos extendidos, Limón sostiene en las manos pedazos de una cosa café y peluda. Jesús, un dominicano con trenzas de rasta que fácilmente podría ser su gemelo, está apurando a Limón.

"¡Suelta ya ese maldito coco!" exige Jesús.

"Obí," dice Limón, al tiempo que cierra los ojos y trata de convocar el oráculo del coco. "Obí, dinos, ¿está vivo el padre de Alysia y vive en La Habana?"

Limón suelta los pedazos de fruta y abre los ojos. Los cuatro pedazos caen con la corteza hacia arriba. Limón le da un golpe a la pared y me mira con humildad.

"Necesitamos un experto," dice. "Tendremos que preguntarle a mi sacerdote. No tengo idea de qué significa la corteza hacia arriba."

"Una bola de cristal también nos podría servir," contesto con sarcasmo.

A pesar de la frecuencia con que le digo a Limón que no creo en su práctica religiosa, la santería, ni en su fe en los orishas—dioses que representan los atributos humanos, una teantropía similar a la que practicaban los griegos—, él está convencido de que sus creencias nos proporcionarán indicios para hallar a mi padre.

La fe de Limón no le ayudó cuando trató de explorar mi viejo vecindario. La misión fue un fracaso. Nadie recordaba a una familia de diplomáticos americanos que hubiese vivido ahí hacía dos décadas. Sin embargo, Limón logró confirmar la existencia de la piscina en forma de ocho de la casa de al lado de mi supuesta casa de infancia, un detallito que confirma la descripción de los diarios de mi madre.

"Nosotros los santeros nos comunicamos con los ancestros," dice Limón con solemnidad. "¿Acaso no es eso lo que quieres?"

Yo hago un gesto de asentimiento. Limón lleva rato insistiéndome en que visitemos a su sacerdote, y yo accedo. Supongo que no puede hacerme daño.

"No vamos a ir a ninguna parte hasta que no hagamos el recorrido," dice Jesús, que está ansioso por comenzar nuestro día de este diciembre claro y brillante.

Limón raspa las cortezas de la fruta y mastica la carne blanca, mientras recorremos la Habana Vieja en busca de un taxi que cobre en pesos. Limón me confiesa después que Jesús, que lo abordó en la calle, le pagó 3,000 dólares por su carné de identidad. Jesús vino a pasar unas semanas en La Habana con el fin de aprender suficientes expresiones cubanas y nombres de lugares para poder entrar al Krome Detention Center, en la Florida, el centro de detención al que llevan a los balseros cubanos, donde los procesan y después les entregan una *green card* con residencia garantizada después de un año. Los cubanos son los únicos inmigrantes a los que automáticamente se les concede ese privilegio en los Estados Unidos. Mexicanos, europeos y asiáticos deben abrirse paso a través de los recovecos de la burocracia para tener una oportunidad de convertirse en ciudadanos americanos.

No obstante, Jesús ha encontrado una rendija en el sistema. Va a usar su pasaporte dominicano para entrar a la Florida con una visa temporal como trabajador del campo. Después de estar en Miami, él y otros amigos que también han comprado identidades cubanas van a desaparecer sus verdaderos pasaportes y se echarán al agua cerca de las poco profundas costas de Cayo Biscayne, diciendo que son balseros cubanos que acaban de naufragar. Los carnés cubanos que compraron les servirán de prueba ante la inmigración. Le digo a Limón que es un engaño indignante, pero él sólo encoge los hombros y dice que es más común de lo que me imagino.

"Muchos de los africanos occidentales, venezolanos y españoles que ves aquí," dice, "probablemente están buscando el carné de identidad de un cubano que se les parezca. Para nosotros también funciona. Simplemente voy a la estación de policía y digo que me robaron la identificación y me dan otra. Sin problema."

En Cuba hay pocas tiendas y casi ninguna tiene letrero o un toldo, o luces fluorescentes. Sin embargo todo está a la venta, y a cualquier hora se puede comprar cualquier cosa, en mitad de la noche, en los días de fiesta, durante un huracán de categoría cinco.

A eso se le conoce como mercado negro, pero el nombre no está bien puesto pues la palabra 'negro' implica que es algo oscuro—y por lo tanto malo o siniestro—y aquí nadie se preocupa por hacer juicos morales. Si todos los colores, cuando giran juntos, forman el gris, entonces ese es el verdadero color del mercado cubano. Porque todo, desde un billete de lotería hasta jabón para la ropa o la virginidad de una niña de doce años, se puede obtener. Lo único que se necesita es decírselo al oído a un jinetero, o a un mecánico, o a un maestro escolar retirado, y suficientes verdes para pagarlo. Y en efecto, cualquier cosa se hace realidad.

EN EL CAFÉ INTERNET les escribo a Susie y mis amigos disculpándome, y justifico mi demora en escribir con la excusa de que unos pocos minutos de acceso al correo electrónico cuestan lo mismo que los taxis de una semana. Susie dice que está preocupada por mí, y no parece creer nada de lo que le invento sobre mi feliz vida aquí en La Habana. Quiere saber qué hago con mis días. Le cuento sobre el cine y hoy la deleito con historias sobre lo horrible que es comprar ropa.

Anatole France escribió: "Muéstrenme la ropa de un país y podré escribir su historia." Tal vez la historia reciente de Cuba se puede ilustrar con la tienda de ropa femenina que está cerca de mi casa. En una de las vitrinas sólo hay exhibida ropa interior de poliéster de tallas grandes, y los calzones están colgados con cuerda de pescar. Encima hay un letrero que dice: *No compre de prisa.* Esa reflexión absurda de la economía cubana me hace mover la cabeza y, cuando lo hago, la gente se me queda mirando con curiosidad y es probable que una de las personas que me mira sea una altiva y sexy belleza, que se bambolea calle abajo vestida con unos pantalones blancos muy ajustados y transparentes, debajo de los cuales lleva unos enormes calzones de abuelita.

Las cubanas tienen una belleza natural, pero carecen de la sofisticación y el refinamiento que se puede sacar de unos cuantos números de la revista *Elle* en español.

Espero que estos chismecitos mantengan a raya la preocupación de

Susie. Lo que no le cuento es que cada mañana me despierto con la esperanza de que ese día me traiga una visita de Víctor y la dirección de José Antonio.

Mentirle a Susie es la peor parte de todo.

"¿NO QUIERES DECIR hola?" pregunta Limón, al tiempo que señala a un extranjero de mediana edad que lleva de la mano a una cubana adolescente.

"De ninguna manera," digo, sacudiendo la cabeza y agachándome en el espacioso asiento trasero del Ford Fairlane 1956 que alquilamos con conductor durante el día. Los tapetes del piso están impregnados de gasolina.

Observamos a la pareja. Daya tiene cara de aburrimiento y Richard está tan apurado que prácticamente la va arrastrando.

"¿Quién se divierte más: la gente o los monos?" bromea Limón, usando otro de los dichos de mi abuelo, al tiempo que da unos golpecitos en la ventana.

"Tenemos tiempo de detenernos en caso de que quieras decir qué bolá," dice Jesús, al tiempo que salta al asiento trasero con una botella de ron y un cigarrillo de marihuana de 10 dólares que, como pronto descubre, es, casi literalmente, pasto.

"Olvídenlo. Vamos. Esos dos son como la mantequilla de maní y la mermelada," contesto, al tiempo que observo a la pareja perderse entre la multitud. "Van bien juntas, pero después de unos cuantos bocados se vuelven empalagosas y pegajosas, y uno necesita algo fuerte para pasarlas."

"¿Mantequilla de maní?" pregunta Limón.

"No me digas," dice Jesús. "¿Tampoco hay de eso aquí? Hermano, a ustedes les va a dar un ataque cuando las cosas cambien…"

"No importa," le digo a Limón, cuyo orgullo ha quedado visiblemente herido. Como la mayoría de sus compatriotas, Limón se ve a sí mismo como una persona erudita y sofisticada. Teniendo en cuenta el alto nivel de la educación aquí, es una creencia bastante justificada, y Limón es una de las personas más inteligentes que conozco. Cada vez que los extranjeros sugieren—de manera consciente o no—que los cubanos no son mundanos, hay problemas.

"Es como la mayoría de las cosas que no hay aquí," digo, tratando de tranquilizar a Limón. "Un producto sobrevalorado."

Pero Limón queda enfurruñado de todas maneras.

Pasamos el día haciendo un recorrido turístico. Una clínica para niños discapacitados. Una casa para pacientes con Alzheimer. Un refugio en el campo—bucólico y relativamente lujoso—para pacientes con Sida. Un complejo vacacional para ucranianos, rusos y bielorrusos que padecen los efectos discapacitantes y a veces terribles de Chernobyl. Todos gratuitos para la gente más pobre.

A pesar de sus sentimientos antigubernamentales, Limón se hincha de orgullo durante nuestro recorrido, que Jesús necesitaba hacer para conocer la cultura local. Los comentarios exultantes de Limón me dan la sensación de que son el pago por nuestra referencia a la mantequilla de maní.

"A diferencia de la mayor parte de los países latinoamericanos, a nosotros no nos gobierna un Estado títere de los Estados Unidos," dice Limón. "Y ningún otro país tiene este tipo de beneficios, ni atención médica y educación gratuitas."

Yo entorno los ojos. Todo el tiempo oigo el mismo argumento. "Ninguno, excepto Canadá y la mayor parte de Europa, ¿cierto?" digo, pero Limón no está escuchando.

"Esto es una mierda," dice Jesús. "Uno está bien si es pobre o está enfermo, pero ¿qué pasa si quiere ganar dinero?"

"El dinero no lo es todo," digo.

Pero Jesús hace caso omiso de mi comentario. "Yo me voy a ir a los Estados Unidos para ganar dinero. Mucho, mucho, mucho dinero. Para unirme a una pandilla de verdad y ser como Tony Montana. Como Scarface, coño," dice, al tiempo que dispara un arma imaginaria.

Limón se mueve con incomodidad. En las sociedades machistas como la cubana, se espera que las mujeres exhiban las formas extremas de la feminidad, y los hombres están obsesionados con la idea de probar su hombría. Y la capacidad del hombre para mantener financieramente a sus seres queridos es la característica del latino. Pero la falta de medios, legales o ilegales, para que los cubanos puedan ganarse la vida es un factor particularmente desmasculinizante. Además, ver diariamente a sus bellezas cubanas con hombres extranjeros y ricos es una bofetada en la cara.

"Mira, dime qué es lo que la gente de aquí piensa realmente del gobierno," dice Jesús con una sonrisa malévola. "Para mi entrevista con los americanos."

"Es un sentimiento ambivalente," dice Limón, después de unos minutos. "Unas pocas personas lo odian y otras lo aman y la mayoría de la gente lo ama y lo odia al mismo tiempo."

Como norteamericana, no estoy acostumbrada a la idea latina de que un corazón puede albergar simultáneamente dos creencias opuestas, sin necesidad de dirimir el conflicto. Pero ahora como cubana, como latina, trato de abrirme a las duplicidades y permitir que crezcan y coexistan pacíficamente en mi conciencia. Sin embargo, es toda una adaptación.

Al observar las discretas protestas de Limón por la manera estricta como juzgan sus trenzas de rasta, me pregunto cómo es posible que él sea tan ambivalente, particularmente teniendo en cuenta que, siendo negro, la policía lo molesta con más frecuencia que a los blancos, en especial cuando anda en público con extranjeras de piel blanca.

"¿Qué opinas tú?" me pregunta Jesús. "¿Sobre el gobierno?"

"No se me permite tener una opinión," digo, al tiempo que hago el gesto de cerrar una cremallera imaginaria entre mis labios. "Si digo que lo odio, me dicen que mi opinión no cuenta porque no vivo realmente aquí, y si digo que me gusta, me dicen que soy de afuera."

"Tu país también comenzó a partir de una revolución," dice Limón, observándome. "Hubo épocas difíciles al comienzo. Como aquí."

"¿Quién fue el que dijo," digo, consciente de que es más seguro discutir de política en abstracto, "que las revoluciones de la izquierda y las de la derecha apenas se distinguen? ¿Camus?"

"Sí, Camus," dice Limón. "El escritor francés, un hombre interesante."

"¿Quién?" dice Jesús, con cara de desconcierto.

"¿Les permiten leer a Camus aquí? Me imaginé que sería casi un hereje," digo.

"¿Quién diablos es Camus?" dice Jesús, al tiempo que sacude el cigarrillo por la ventana.

"Pero sí sabes qué es la… ¿qué era? ¿Mantequilla de maní?" comenta Limón en voz baja, al tiempo que le lanza una mirada de triunfo a Jesús.

Como la mayoría de los buscavidas cubanos, y nunca se lo diría, la apariencia bufonesca de Limón esconde una sabiduría y una erudición a la que accede con facilidad y diligencia. Le daría varias vueltas en el nivel intelectual a un chico de una fraternidad americana y sería una compañía estimulante para cualquier intelectual. Una vez le dije que creía que era muy afortunado por ser tan educado, en comparación con los ciudadanos de otros países latinoamericanos, y desechó mi comentario con una risita. Somos europeos y africanos, me dijo, compararnos con México o Centroamérica es hacer una mezcolanza, como arroz con mango.

"Les digo que creo que esto es una mierda," dice el ignorante dominicano, que no se aguanta las ganas de tener la última palabra. "Nunca podría vivir aquí. Nunca."

El sistema cubano es amado y odiado al mismo tiempo. Pero el orgullo y el miedo—que alberga un cierto recelo con respecto a cualquier otro sistema—no dejan que la mayoría de la gente proteste en voz muy alta.

Cuando el día está llegando a su fin, Limón y Jesús juegan un partido de fútbol con sobrevivientes del desastre de Chernobyl, que tienen apartamentos de cortesía en la playa cerca de La Habana, donde descansan gracias al buen clima y son atendidos por hábiles médicos. Algunos tienen enfermedades silenciosas e invisibles, que se están comiendo sus células. Otros tienen tumores en la cabeza o en la espalda del tamaño de una naranja. La posibilidad de pasar su convalecencia en la isla, regalo del pueblo cubano, sigue vigente a pesar de que ya no tienen una deuda política con Rusia. Esa pequeña felicidad, me dice Limón, hace que su frágil vida sea más soportable.

31

El Cerro es un barrio obrero famoso por sus ladrones. No hay ninguna decoración que indique la proximidad de la Navidad, porque no venden ni luces intermitentes ni renos de plástico. De todas maneras, este invierno calentito difícilmente se asemeja a la época navideña.

Habiendo pasado ya medio año, me siento cada día más frustrada por la falta de información sobre mi familia, y espero que el hombre de esta casa sea mi Papá Noel.

Limón llama a la puerta y esperamos.

La piel renegrida de Limón forma un llamativo contraste con sus pantalones, camisa y cachucha impecablemente blancos. Pequeñas gotas de sudor le escurren por la cara.

"¿Qué quieres decir con que ya te gastaste los tres mil?" murmuro con incredulidad.

Con timidez, Limón me enumera lo que compró con la venta de su carné de identidad al dominicano: una lavadora nueva para su mamá; una fiesta de quince para su hermana; un tanque de agua que no suelte óxido; y camas para toda la familia, que dormía sobre tablas de madera y mantas.

Aunque está orgulloso de las contribuciones que le hizo a su familia, lo regaño por no ahorrar parte de su lotería para días más difíciles.

"¿Para qué?," pregunta. "No puedo ponerlo en el banco porque podrían establecer una relación entre el carné perdido y el dinero. Además, me lo podrían robar, o los precios de los almacenes de dólares podrían, ya tú sabes…" dice y levanta el pulgar hacia arriba.

Limón no es el único que piensa así. Pocas personas entienden el concepto de una cuenta de ahorros. Si tienen dinero, lo gastan. En fiestas, ropa, asados de puerco. En una cultura que no mira mucho hacia el futuro, lo que pase mañana es problema de mañana.

Una jovencita tímida atiende la puerta y nos hace seguir. Es la casa de un famoso babalawo, un sacerdote santero capaz de comunicarse con los oráculos del coco y los ancestros muertos. Trato de contener mi escepticismo, pero cuando veo las manchas de sangre fresca en la pared, nuevamente me invaden las dudas.

"¿Sacrificios animales?" le digo en un susurro a Limón.

Me dice "Shhh," con la boca, pero sus ojos confirman mi apreciación. Del techo cuelgan jaulas en las que hay palomas y gallinas, y la niña arrastra una banqueta que pone debajo de cada jaula para ponerles comida a las aves en cubetas de madera. Esperamos durante casi dos horas sentados en una raquítica banca y yo me quedo dormida sobre el hombro de Limón. Me despierta justo a tiempo para ver, a través de una dramática abertura de las cortinas confeccionadas con sábanas, al hombre más gordo que he visto en mi segunda tierra natal.

Su barriga descansa sobre unas piernas huesudas y una desteñida camiseta de Fruit Loops muestra a un tucán un poco distorsionado encima de la tripa de frijoles y arroz. Contengo la risa al sentir el profundo respeto que Limón le profesa al hombre.

El babalawo está sentado en el piso, sobre una estera, con la espalda apoyada contra la pared manchada de sangre. Limón y yo nos sentamos al frente, en un par de sillas. El babalawo invoca a Eleggua, el dueño de los caminos, el portero que controla las sogas de terciopelo del otro mundo. Aparentemente, Eleggua piensa que somos aceptables, porque el babalawo sonríe y me da la bienvenida.

"Cada persona es hija de un orisha especial," murmura Limón. "El babalawo va a preguntar quién te reclama. Mi apuesta es que será Changó." El juguetón, el dios del fuego y el trueno.

El babalawo abre una bolsa roja y negra y de allí saca unas conchas de molusco que me pone en las manos. Me dice que las sacuda. Cuando le devuelvo las conchas moteadas, el hombre las pone en el piso y anota su configuración en un cuaderno. Le doy una mirada furtiva al papel y veo que está escribiendo una serie de complejas fórmulas de unos y ceros. Código binario.

Limón me explicó que la santería es una religión yoruba que trajeron a Cuba los esclavos venidos de África Occidental. Como los amos cubanos no les permitían la práctica abierta de su religión, los esclavos fusionaron sus creencias con el catolicismo; la práctica dominante entre los pobladores españoles, y adoptaron los santos como la representación visible de sus orishas.

San Antonio, por ejemplo, representa a Eleggua. Y la Virgen María—la santa patrona de Cuba, conocida como la Virgen de la Caridad del Cobre—es la representación del orisha llamado Oshún. Los sacerdotes también enseñan a venerar a los ancestros, que se dice que ofrecen orientación moral desde el otro mundo. Muy similar al modelo de comunicación católico, los sacerdotes se acercan a los orishas a través de un mediador.

Después de una larga y silenciosa contemplación, el babalawo me observa con una tranquilidad embarazosa. "Eres hija," dice, "de Oshún."

"¿Oshún?" repite Limón con incredulidad.

"La diosa del amor y la belleza," confirma el babalawo.

"¡Imposible!" tartamudea Limón. "Inténtalo otra vez. No hay manera que esta chica sea hija de Oshún."

Le lanzo una mirada a Limón al tiempo que le doy un pisotón. "¿Por qué no?"

"Oshún gobierna las corrientes y los ríos, y opera en un sistema de flujo," explica el sacerdote. "Representa la fertilidad, es coqueta y espléndida bailarina."

"Por eso es que no es posible," dice Limón.

Una sonrisa se desliza por las esquinas de la boca del babalawo. "Oshún te da la bienvenida y te tiene algunas tareas."

"¿Tareas? Lo siento, pero a menos de que me pague en dólares, no tengo tiempo."

"Ay, coño, no bromees," dice Limón, al tiempo que me lanza una mirada de advertencia.

El sacerdote continúa. "Oshún dice que tienes muchas tareas difíciles aquí en Cuba, y está orgullosa de ti. Promete darte," dice y después hace una pausa y se inclina hacia mí para susurrarme al oído, "todo lo que viniste a buscar."

"¡Qué suerte!" dice Limón, impresionado.

"Pero tienes que cambiar tu manera de ver las cosas para poder recibir su espíritu y su orientación," ordena el sacerdote.

"¿Cambiar mi manera de ver las cosas?"

"Ella quiere que tú dejes de pensar todo el tiempo." El babalawo me toma la mano y la pone sobre mi pecho. "Y empieces a sentir. Oshún es la diosa del río. Piensa en el ritmo de un río, y muévete con esa corriente."

"El ritmo de un río."

"¡Coño, cualquier ritmo sería un progreso enorme!" dice Limón, que sigue moviendo la cabeza con incredulidad.

"Estás buscando a alguien, alguien cercano, ¿verdad?" pregunta el sacerdote.

Consciente de que Limón fácilmente pudo haberle contado al babalawo sobre la búsqueda de mi padre, asiento de manera evasiva.

"A su padre," dice Limón.

"Sí, el padre," dice el sacerdote. "Oshún dice que toda tu vida tu padre ha estado más cerca de lo que crees."

"Pero, ¿no dice nada más específico?" pregunto. "¿Tal vez un número telefónico?"

"Oshún dice que tu padre vendrá a ti, Alysia, cuando sea el momento indicado. También hay una fuerte presencia femenina. Veo a tu abuela, y una tía, y algunos primos. Te han estado llamando. Parece que estás bajo una protección especial, gracias a sus conjuros." El babalawo hace una pausa corta, mientras recibe información. "Conjuros que ellas han hecho a favor tuyo desde que eras una niña."

"Pero ¿estas personas…?" digo y toso y vuelvo a empezar. "¿Esta familia está viva?"

Vuelve a hacer una pausa. "Sí, están aquí, en La Habana. Muy, muy cerquita."

"Chévere," dice Limón con tono de seriedad.

"Parece," dice el sacerdote, "que la lluvia que cae de tu techo es el agua que ellos pisan camino al mercado."

Siento un ataque de entusiasmo. Tiene que ser la familia de mi padre y el hecho de creer que viven cerca de mi casa es más de lo que puedo manejar. Recuerdo que mi madre me dijo en su lecho de muerte que la familia de mi padre me estaba esperando. Pero no quiero creer en las palabras del babalawo. Sólo siento un ligero ablandamiento en mi muro de dudas.

"¿Dice algo sobre mi madre?" pregunto.

"¿No vive?," pregunta el sacerdote, aunque pienso que es más una confirmación que una pregunta y además el hombre cierra los ojos antes de que yo mueva la cabeza en señal de asentimiento. "Ella está contigo ahora, observando. Quiere que tú sepas que su espíritu se puede sentir con más fuerza aquí en La Habana. ¿Tiene sentido?"

Todavía no estoy convencida, así que hago otra pregunta. "Pídale una señal, algo que sólo ella y yo reconozcamos."

El sacerdote me estudia durante largo rato. La luz del sol se ha esfumado de la habitación y las palomas y las gallinas se mecen lentamente en sus jaulas. Una ligera brisa mueve las sábanas que cubren la pared, y siento que el viento tiene una frescura extraña. Siento que se me pone la piel de gallina y me froto los brazos.

El sacerdote se concentra, mientras mueve los labios como si estuviera recitando palabras inaudibles, y sus ojos descansan. Pienso en los unos y los ceros que flotan en el aire, pasando de código a conciencia y luego nuevamente a código, y espero que la ciencia y el misticismo terrenal, cuyos poderes se afirman en las hierbas y la piedra, las flores y los animales, logren invocar los restos psíquicos de mi madre.

De repente el babalawo abre los ojos como los de una muñeca, totalmente redondos y alerta. Yo me inclino hacia delante.

"Pequeña monita," dice sin entender. "Una monita. Eso es lo que me dicen. ¿Significa algo?"

Encojo los hombros y me volteo hacia Limón para hacerle una sonrisa que sugiere que al final todo es un truco. Pero de repente se me vuelve a poner la piel de gallina y desde el fondo de mi memoria recuerdo el apodo cariñoso de mi infancia, un nombre que Limón nunca pudo saber, un sobrenombre que yo misma había olvidado desde hace tiempo.

Pequeña monita.

Frenética y con la respiración entrecortada, me pongo de pie y comienzo prácticamente a gritar: "Dígale que lo voy a encontrar. ¡Dígale que se lo prometo! ¡Lo voy a encontrar!"

"Ella lo sabe," dice el babalawo, sonriendo.

"¿Algo más?" pregunto, casi como una súplica.

"Tu madre quiere que sigas los dictados de tu corazón. Ella cometió un error muy grande una vez por no escuchar su propia voz. Y espera que no sigas ese mismo camino."

"¿Dijo algo más?" pregunto sumisamente.

"Sólo eso…" dijo y la voz se le quebró. "Sólo que lo siente mucho."

De pie en una intersección, me froto suavemente un huevo crudo por todo el cuerpo. Teniendo cuidado de no quebrar la frágil cáscara del huevo, le canto a Oshún pidiendo orientación, a Changó pidiendo protección y a Eleggua para poder recibir el mensaje completo hasta el código postal.

Las mujeres que están barriendo la acera me observan. Los autos pasan a mi lado lentamente y los pasajeros me lanzan comentarios obscenos. Tal como me dijeron, le doy la espalda a la intersección y arrojo el huevo a la mitad de la calle.

Pum.

El sacerdote me dio las instrucciones el día anterior y yo no tengo muchas ganas de seguirlas. Casi todas las personas que están observando saben exactamente qué estoy haciendo, porque han practicado la macumba. No obstante, me pongo roja como un tomate.

Por accidente rompo el segundo huevo contra mi pecho y una baba pegajosa y con embrión rueda por mi camiseta. Oigo una risita embozada que viene de uno de los balcones y suspiro: todavía me quedan ocho huevos.

"Es por protección," me advirtió el sacerdote. "Has hecho unos cuantos enemigos y estás a punto de hacer más." El único enemigo en el que puedo pensar es Walrus, mi sombra, pero Limón se preocupa más por la última parte de la advertencia del sacerdote.

Una que anticipa una época de disturbios sin precedente por todo el país.

Tengo a Camila abrazada y nuestros cuerpos se entrelazan. Las caderas se deslizan juntas en un movimiento circular.

Luego la piso y ella da un salto.

"¡Por favor!" grita Camila, al tiempo que detiene la música salsa y se frota el pie adolorido. "¿Estás segura de que el sacerdote dijo que tú eres hija de Oshún? Porque, chica, tu ritmo es una mierda."

Genial, pienso. Primera clase de baile y mi linaje espiritual ya está en duda.

"El único baile que conozco es este," digo, brincando como una cantante de hip-hop y agarrándome el trasero.

"¡Nunca vuelvas a hacer eso!" dice Camila horrorizada. Luego, usando una expresión con la que describen a las personas que son incapaces de bailar, grita: "¡Patona!"

Limón suelta una carcajada. "Mírala dando saltos como una pulga en una sartén caliente."

Limón está sentado en una esquina, escribiéndoles la misma carta de amor y nostalgia a yumas en cinco países diferentes. Su novia cubana, Osanay, lo ayuda señalándole los errores gramaticales. Bajo la pretensión del verdadero amor—una historia que Limón le teje a cada chica extranjera—el embaucador romántico está buscando que una de sus amantes se case con él y lo saque de Cuba.

Limón y su amor legítimo están fumando un cachito de hierba pisada por las vacas mezclada con una cantidad insignificante de marihuana. La marihuana es rara en Cuba, en la medida en que los granjeros del próspero interior, que están a favor del gobierno, se oponen a su cultivo. No obstante, los paquetes de droga se apilan en las playas, después de ser arrojados desde botes y aviones de traficantes nerviosos que cubren la ruta entre Suramérica y el Caribe, o Centroamérica y los Estados Unidos.

Limón me cuenta que los locales han hecho alianzas y reclaman la propiedad de franjas de tierra a lo largo de la costa. Límites definitivos en la arena. El punto preciso en el cual aterrizan los paquetes de droga determina qué banda es la feliz ganadora. Es un sistema de honor que funciona sorprendentemente bien, pues la violencia relacionada con drogas es poco común en Cuba.

También me dice que el principal narcótico que se consigue en Cuba es la cocaína, y la demanda proviene tanto de los turistas como de los locales que tienen la suerte de forrar sus bolsillos con dólares. Entra subrepticiamente al país en barcos de carga o de placer, pero es un juego peligroso, pues si los atrapan los narcotraficantes son duramente castigados.

El Prado es un paseo peatonal de mármol que va del Malecón al Capitolio. Y en el barrio que está al occidente de El Prado, como lo sabe cualquier jinetero que se respete, es donde los capos llevan a cabo su negocio. En esos laberintos de apartamentos divididos y habitaciones y puertas secretas, los allanamientos de la policía rara vez son efectivos. El riesgo es bastante rentable. Una onza de cocaína pura, que se puede comprar a 20 ó 30 dólares, los jineteros pueden vendérsela a sus yumas en tres veces ese precio. Con una venta, los buscavidas pueden hacerse el salario anual del gerente de un hotel.

"Camila, tómate un descanso," dice Limón, mientras Camila hace un gesto de dolor por el pisotón. "Yo le enseñaré a partir de ahora."

Pero Camila mueve la cabeza. Las mejores jineteras también son las mejores bailarinas de la isla y en La Habana la música es un asunto serio. Los pies de los bailarines son un instrumento importante en las bandas que tocan cha-cha-chá, mambo, casino y danzón. Saber cómo moverse es más que un arte, también es un negocio. Las jineteras que mejor bailan llevan buenos clientes a los clubes y por lo general los músicos les dan un porcentaje de las ganancias de la noche.

"En la pista de baile estás haciendo audición para la alcoba," sentencia Camila. "Todos los hombres saben que una mujer que puede bailar es una buena hoja. Así que tienes que aprender a moverte."

Camila me está preparando para hacer grandes jugadas en el jineterismo, pero no puedo evitar pensar que los pasos de danza también me pueden servir para impresionar a Rafael. He estado pensando en él más de lo normal desde que lo vi ayer, cuando me prometí a mí misma que retomaría el hábito de trotar. Aunque estoy más delgada de lo que nunca había estado, estoy decidida a fortalecer los músculos. Mi nueva profesión exige que me pueda defender en una situación de peligro.

A pesar del énfasis que le ponen al hecho de estar en buena forma física y de los numerosos atletas que produce Cuba, pocas personas tienen la costumbre de trotar en las calles o a lo largo del Malecón, de la manera en que sucede en los Estados Unidos. A veces se ven corredores, pero por lo general son hombres, pues las mujeres nunca se dejarían ver a la salida de una pista o un gimnasio sin suficiente pintura en su cara como para hacer un Van Gogh. A pesar de las miradas y los comentarios de los cubanos, decidí que esa costumbre era una tontería y salí a darme una buena sudada a lo largo del Malecón.

Haciendo caso omiso de las rechiflas, me concentré en la respiración y en las piernas y en la manera como se iban calentando a medida que pisaba el cemento irregular, y en la energía que comenzaba a correrme por el cuerpo y la mente. Cuando sentí que alguien me pellizcó el trasero, di media vuelta y me encontré con Rafael en sudadera y corriendo.

"Una chica tiene que tener cojones para correr aquí," dijo sonriendo.

Yo estaba resoplando y sudando, y me veía muy pálida comparada con las mamacitas que se paseaban por ahí, coqueteando con Rafael. Aceleré el paso, pero él me siguió el ritmo con facilidad.

"¿Cuánto tiempo voy a tener que correr detrás tuyo para que aceptes salir conmigo?"

"¿Por qué haría eso?"

"Porque, tal como lo veo, tú puedes ser una corredora de carreras cortas, pero yo voy a ganar la maratón." Para esconder la sonrisa, corrí todavía más rápido, pero él comenzó a trotar de espaldas, manteniendo el paso con facilidad.

"Cuéntame, ¿cómo es una cita con Rafael?" pregunté.

En ese momento bajamos la velocidad y casi nos detuvimos en una intersección cerca de la Habana Vieja. Caminamos un poco, para recuperar el aliento y alargar el silencio. Traté de ocultar mi decepción, cuando Rafael se puso una camisa encima de su musculoso estómago.

"Cena," dijo. "Preparo la cena en mi casa. Tú tomas una ducha, te pones un vestido y apareces a las nueve. Oye, ¿cuántos cubanos conoces que quieran cocinar para ti?"

"¿Ese es el especial de los turistas?" pregunté, pero enseguida me di cuenta de que eso había sido un insulto.

Rafael mantuvo su buen humor. "¿Qué tal el sábado?"

Pero yo no podía, pues uno de los yumas de Camila llegaba ese día y ella estaba segura de que yo podría gustarle. Sabía que ella no me dejaría pasar en blanco. Cuando le dije a Rafael que estaba ocupada, encogió los hombros y entrecerró los ojos para mirar el tráfico que venía.

"Di que no todo lo que quieras, muchacha. Ya veremos quién llega arrastrándose a la meta."

En una pausa del tráfico, Rafael se lanzó a cruzar la congestionada calle y me dejó admirando cómo desafiaba la maquinaria pesada.

"HOLA, TIERRA LLAMANDO a Alysia," dice Camila, que tiene los brazos arriba. Le doy la mano y le paso el brazo por encima del hombro.

Aunque he relegado mi jineterismo a las horas de la noche, desde que me encontré con Rafael he hecho un esfuerzo consciente por vestirme con más cubanía durante el día. Hoy Camila y yo llevamos tacones altos de plataforma, jeans ultra ajustados y sobre los jeans, pañoletas tejidas de seda con flecos, amarradas a la cintura. De repente se me ocurre que cualquiera de mis abuelas conocidas se horrorizaría de ver mi atuendo y todavía más si vieran el movimiento que estoy tratando de hacer con la cadera.

La cadera de una verdadera cubana debe oscilar como la de una bailarina oriental de danzas sensuales, otra de las duraderas huellas que dejó Arabia en Cuba, pero mis articulaciones se niegan a separarse del torso superior y aún más a hacer la clásica figura del ocho.

Camila ajusta mi posición y me quita el brazo de su hombro. "Primero concentrémonos en los pies," dice. "Después nos preocuparemos por la cadera."

Las jineteras buscan las presas más ricas en clubes nocturnos sibaríticos como Johnny's, Macumba y Casa de la Música. La competencia es feroz. Tan pronto un turista solitario entra por la puerta, un enjambre de jineteras se le acerca. La tarea de cada mujer es destacarse de la competencia. Y Camila dice que el baile es el mejor método de exhibir los atractivos de la mercancía.

En esta cultura se espera que sea muy sexual en mi apariencia y mi comportamiento. Pero también se me pide ser agresiva, ir por mi hombre, atrapar a mi yuma con un eficaz engaño romántico. Un engaño fulminante y veloz, que pase rápidamente de la primera mirada al sexo, y a que él me compre ropa y me proponga matrimonio y comience a mantener a toda la familia.

En mi propio país, en cambio, en los círculos sociales en los que me muevo, el hecho de mostrar la propia sexualidad a través de la ropa o conductas provocativas es censurable, porque es una manera agresiva de cazar hombres. Estas cosas también pasan, desde luego, pero de donde yo vengo el arte está en las sutilezas. En Cuba me estoy adaptando a los extremos. Se espera que los hombres sean hombres y que las mujeres sean mujeres, y se espera que las jineteras persigan a los yumas con la voracidad de un bombero que combate un incendio en un patio escolar. Nunca me he sentido totalmente cómoda con mi feminidad. Aquí me he visto forzada a aumentar mi poder sexual, a exhibirlo y a vender mis atractivos a aquellos que puedan darme seguridad. Eso es al mismo tiempo liberador y aterrador.

"¿Crees en la santería?" le pregunto a Camila, mientras que ella me levanta la quijada.

"Claro, mi corazón. Todos creemos en la santería en mayor o menor medida," dice y me hace un guiño. "¿Sabes? Tú no eres la única hija de Oshún. Pero claro, todo este tiempo yo sabía que debíamos ser hermanas."

La música comienza y, a pesar de la confianza de Camila en mis capacidades, yo confundo todos los pasos. Las palabras del babalawo me vienen a la mente y le cuento a Camila lo que dijo sobre sentir más y pensar menos.

Camila se detiene en seco y vuelve a suspender la música. "¿Dijo eso?" le pregunta a Limón, que hace un gesto de asentimiento.

"Estoy de acuerdo con el sacerdote," dice. Camila se masajea el cuello con un gesto pensativo, mientras mira a través de la ventana y luego alrededor de la habitación. Las paredes están cubiertas de retratos de Camila desnuda y semidesnuda. Talentosos y enamorados artistas cubanos vienen pintando a Camila desde que entró en la adolescencia. El óleo del último intento todavía está fresco y Camila admira la maestría del cuadro, que le resulta muy halagador, con el criterio de un *sommelier*. Luego se voltea hacia mí y me pone un trapo en la cabeza, tapándome los ojos. Limón levanta una ceja. La música vuelve con altísimos decibeles.

"Escucha," me dice Camila. "No cuentes los pasos. No pienses en tus movimientos."

"¿Cómo hago para no pensar?"

"Shhhhh. Escucha. Hay una melodía para todo en la vida: para cocinar, para caminar, para conversar y, especialmente, para el sexo. Hay un ritmo para todo, pero tienes que descubrirlo. Moverte a ese ritmo."

Durante días escucho música cubana con los ojos vendados, y voy moviendo las extremidades y la cadera, primero de manera torpe, pero cada vez más segura a medida que distingo el sonido de las maracas y los bongós, los timbales y los güiros, y luego dejo que todos se mezclen en el fondo de mi mente. Cuando me quito la venda, los pies encuentran su lugar sin mucha resistencia. La cadera empieza a hacer círculos y una primitiva elegancia comienza a aparecer. Camila aplaude de felicidad.

Esta jinetera no ha ganado el derby, pero definitivamente sigue en la competencia.

34

El país al que pertenece la mitad de mi sangre lanza un ataque contra Irak en marzo, despertando la ira de la mayor parte del mundo. Las líneas telefónicas cubanas se queman. Unas pocas horas después, se encienden los conmutadores de Radio Bemba, el sistema del boca-boca perfeccionado por los chismosos habaneros. La noticia es que casi ochenta periodistas, bibliotecólogos y disidentes han sido capturados y arrestados en La Habana. Les harán juicios relámpago y serán sentenciados, algunos a cadena perpetua.

A la tía de Limón, una bibliotecóloga antigubernamental, le echarán diez años.

Al día siguiente, cubanos descontentos secuestran un DC-3 Aerojet, le ponen un cuchillo en la garganta al piloto y le exigen ir a Florida. Aviones de guerra americanos escoltan el avión hasta un campo de aterrizaje. Muchos pasajeros y la tripulación desertan.

Once días después, un avión de fabricación rusa Antonov-24 de dos motores es secuestrado y aterriza en Cayo Hueso. La mitad de sus treinta y dos pasajeros cubanos solicita asilo.

A la mañana siguiente, un grupo de cubanos secuestra un ferry que se desliza por la bahía de La Habana. Se le acaba la gasolina justo antes de entrar en aguas internacionales y es remolcado hasta la costa. Permanecen sitiados durante cuarenta y ocho horas. Al final rescatan a los pasajeros.

La refriega queda documentada en video y la televisión estatal la difunde a lo largo y ancho de la isla. Las familias se reúnen alrededor de sus aparatos y la gente que no tiene televisión observa a través de las ventanas de los vecinos para ver el extraño encuentro.

La policía de la isla hace sonar sus bastones.

Por toda la isla comienza una enérgica operación de control.

Nadie escapa a la ira de su rey.

Cuatro

35

Plumas rosadas. Cubrepezones engastados con rubíes. Tangas doradas y tacones altos y piernas que se levantan todavía más alto. Los senos y los traseros se bambolean y se sacuden. Candeleros de frutas y tocados de plumas adornando la cabeza de esbeltas modelos.

El club nocturno Tropicana abrió por primera vez en los años cincuenta y cada noche mejora más a las afueras de La Habana, ante una multitud de turistas, pues los habaneros promedio nunca podrían pagar los precios que cobran. Sin la presencia de luces o contaminación de la ciudad, que interfiera con el cielo nocturno, la luna creciente o en cuarto menguante parece estar tan cerca que casi se puede tocar. El salón al aire libre está iluminado con luces rosadas, durazno y rojas. Las estrellas fugaces pasan velozmente por encima de la cabeza del público.

En el Tropicana es donde se inicia el festival anual de los cigarros Habanos. Para una chica cubana ambiciosa, esto es como un paraíso en el que los playboys y los solteros más bohemios, visitan La Habana durante un fin de semana de Cohibas, coñac y sol. Las jineteras más intrépidas animan la fiesta y hacen las veces de sensuales bacantes de las festividades.

Camila me presenta al socio de negocios de uno de sus novios de vieja data, Ignacio, un hombre que la llena de zapatos de plumas Christian Louboutin, bolsos Balenciaga y diamantes Stephen Dweck para ponerse en las muñecas, el cuello y las orejas. No sé si Camila es consciente de que esos regalos serían lujosos en cualquier ciudad, y aún más en una de las ciudades más apaleadas del mundo.

El socio de negocios, Reinaldo, está recién afeitado y se ve muy elegante con una camisa de seda color turquesa, pantalones blancos y una chaqueta informal iridiscente, cortesía de Armani. Es el tipo de hombre que nunca me voltearía a mirar en ninguna parte, y mucho menos en un país de diosas mulatas dignas de una fotografía a doble página de Herb Ritts. Siento el estómago como una piedra y estoy muerta del pánico y la inseguridad. Camila debe percibir mi miedo, porque me da unas ligeras palmaditas en el brazo, como para recordarme nuestra charla preparatoria. Me obligo a hacer una sonrisa.

Los cuatro nos sentamos frente al escenario. A una imperceptible señal de Camila, el jefe de meseros se acerca a la mesa con premura, a sabiendas de que ella lleva clientes importantes y distribuye sus ganancias. El mesero enseguida chasquea los dedos y una botella de Matusalem Gran Reserva—añejado durante quince años, un raro espécimen—llega de inmediato a la mesa acompañado de hielo.

Bajo el régimen anterior, la mayor parte de las cubanas que estaban en el negocio del sexo les rendían cuentas a proxenetas, novios y matones. Bajo el régimen actual, las mujeres son las que están a cargo y ellas son las que pueden llevar a casa los salarios más altos. Teniendo en cuenta el machismo que caracteriza esta sociedad, no puedo evitar sentir pena por los hombres, que no tienen las mismas posibilidades. Pero si bien la revolución prometió traerles el progreso a las mujeres, nadie se imaginó que la promesa se cumpliría de una manera tan peculiar.

Los españoles están llegando a los cincuenta e irradian una seguridad serena e inmutable, acompañada de un cierto aire de modestia. Una actitud que encarnan sólo los hombres que se han hecho a sí mismos y han alcanzado un éxito increíble. Camila me contó que los dos trabajan en la exploración petrolera con financiación europea y que hicieron su fortuna en la costas de Venezuela.

Camila conoció a Ignacio el año anterior, cuando él estaba en La Habana negociando derechos de exploración en mares cubanos. En medio de las discusiones, Ignacio tuvo un ataque cardíaco leve. Camila le practicó un by-pass en la arteria debilitada, que reemplazó por una vena del muslo, e Ignacio se recuperó.

Pero nunca pudo recuperarse totalmente del contacto sobrenatural de Camila.

Cuando el espectáculo se termina, un maestro de ceremonias anuncia un desfile de modas Christian Dior. Sabiendo que en Cuba ni siquiera venden ropa de alta costura, me río con disimulo y me excuso para ir al baño. Reinaldo se pone de pie con cortesía cuando me levanto, pero la ausencia de contacto visual confirma que está aburrido conmigo.

Respirando profundo y haciendo caso de la sagacidad de Camila, le susurro al oído un tremendo piropo. Reinaldo sonríe y da un paso hacia atrás, como si me viera por primera vez. Una mentira que estimule el ego es efectiva sólo una vez, y funciona mejor si se usa en el primer encuentro. Camila dice que, independientemente de sus logros, no hay hombre que sea impermeable a ese tipo de comentario.

El piropo debe estar precedido—o seguido—de La Mirada. En el caso de Camila, La Mirada es directa, con el labio inferior un poco pronunciado y sale disparada a través del cañón por encima del hombro. Es una maniobra de media vuelta hacia la derecha, con la mano izquierda en la cadera y el hombro hacia delante, que favorece el cuerpo.

Cuando Camila la usa, La Mirada es larga y lujuriosa, y congela las moléculas de aire que hay entre el tirador y su presa. La Mirada es el primer dardo. El blanco, tomado por sorpresa, se siente feliz de que lo hayan herido.

El blanco pronto descubre que pocos minutos después de que Camila finge por primera vez un breve desinterés, viene una mirada de seguimiento. Cuando vuelve a prestarle atención, ella sostiene la mirada durante tres o cuatro compases y luego viene el golpe mortal.

El objetivo está capturado.

La cornamenta está sobre la parrilla.

Por insistencia de Camila he estado practicando mi propia versión de La Mirada, pero estoy segura de que más que una voluptuosa sirena, parezco una enfurecida maestra de segundo grado. No obstante, con Reinaldo en la mira decido apretar el gatillo. La bala parece rebotar unas cuantas veces y clavarse después en algún lugar cercano al corazón de Reinaldo. Camila me lanza una mirada de aprobación, pero yo sé que sólo es suerte de principiante.

Reinaldo no me quita los ojos de encima durante toda la noche. Excepto una vez.

Modesta.

· · ·

EL BAÑO DE DAMAS del Tropicana está lleno. Desesperada, entro furtivamente al camerino de las bailarinas, en busca de un baño. Las esbeltas y altísimas bailarinas se están quitando los cubrepezones—las más hermosas tienen la piel del color del café con leche y los ojos del color de la naranja lima—y están charlando animadamente sobre la ropa que van a modelar.

El perfume Jean-Paul Gautier—vainilla, orquídeas y ámbar envasado en una botella que tiene esculpido el torso de una mujer—es el aroma favorito de las jineteras. Es imposible conseguirlo en Cuba y su poder reside en la intimidación, pues quien lo usa está anunciándole a todo el mundo su éxito con un yuma que va a regresar y le manda regalos. En este vestidor, el voltaje sexual es abrumador. Cuando encuentro un baño, dejo la puerta entreabierta para alcanzar a oír lo que dicen.

"Quisiera que llevaran banderas en la cabeza," dice una bailarina.

"Sería mucho más fácil," secunda otra.

"Los suizos son los mejores."

"¡Ay, no!" replica otra. "Los noruegos y los suecos son los mejores."

"Ella tiene razón. Después de que uno entra, el país se encarga de suplirle todas las necesidades. Salud, educación, vivienda, trabajo."

"Lo mismo pasa en Canadá."

"¡Mira, pero los canadienses son tan tacaños! Tuve uno durante dos años y apenas me sacaba. Decía que la comida de mi madre era tan buena que no había razón para salir. Tacaño, todo por guardarse su fula." Las otras mujeres se ríen.

"Los mexicanos," dice una, "son los peores. Unas escorias." Hay acuerdo general.

"¡Y son mala, mala hoja!" dice otra.

"Sólo saliva y sudor. ¡Qué asco!"

"Este año sólo hay uno o dos norteamericanos en el festival," dice una bailarina melancólica. "Eso es lo que dice la gerencia."

"Ay," dice otra, moviendo la muñeca y chasqueando los dedos. "¡Sólo porque unos cuantos periodistas fueron arrestados la semana pasada y enviados a prisión sin razón alguna!"

La habitación queda en silencio. Es raro que los cubanos expresen sus sentimientos políticos de manera tan abierta. Un aire de nerviosismo invade el ambiente. Me abrocho el vestido dorado, el color favorito de Oshún, y miro a través de la puerta.

Por fin alguien habla. "Partida de gringos cobardes. ¡En todo caso, lo que necesitamos es hombres de verdad!"

Todo el mundo suelta la carcajada. Vuelvo a respirar y salgo otra vez furtivamente de la habitación al cielo abierto, lleno de estrellas fugaces. Al salir, me encuentro con Rafael.

"Déjame entender esto," dice.

Está más bronceado que lo normal y su aliento huele a menta y a mojito. Rafael pone un brazo contra la pared, donde tengo apoyada la espalda, y se inclina sobre mí. Si fuera una jinetera más talentosa, le lanzaría La Mirada, pero como siento que me voy a caer, apoyarme contra la pared es lo único que puedo hacer para mantenerme en pie. Otra vez pienso en mi madre y en lo que sentía cada vez que José Antonio estaba cerca. Anemia.

"¿Qué pasa? ¿Sólo sales con extranjeros?" pregunta Rafael. "Cada vez que te veo es con otro extranjero. Les vas a quitar el trabajo a las jineteras. Imagínate si se sabe que haces su mismo trabajo y gratis."

Mientras trato de esquivar el brazo de Rafael, suelto una risita nerviosa y trato de huir, sorprendida y agradecida por el hecho de que él aún no sepa de mi ocupación de medio tiempo y consciente de que no podrá permanecer en secreto por mucho más. Me agarra con una mano.

"Oye, Alysia, la malcriada. No me has devuelto ni una sola de mis llamadas. ¿Acaso no sabes que no eres cubana hasta que no estás con un cubano?"

"¿En serio?"

"Seguro."

"Y hablando de trabajo," digo. "¿no deberías estar buscando a tu próxima víctima?"

"¿Y tú no deberías estar buscando a tu padre?"

"Eso no va muy bien."

"Oye, mija, yo conozco a media ciudad. Tal vez si me dejaras ayudar…"

Ella se desliza hasta donde está Rafael como un gato en una cuerda floja. Tiene los labios pintados de rojo Chanel y el pelo grueso y liso le llega hasta la cintura y se mece sobre su cuerpo perfecto, como un reloj de arena. Un vestido negro de flecos Christian Dior le ciñe el torso redondeado, la cintura de avispa y las caderas anchas. La modelo me mira como si fuera una jutía, ese roedor que vive en los árboles y es típico de Cuba. Veo que es la odiosa Modesta, tal vez la jinetera más hermosa de toda La Habana. Le pasa a Rafael el brazo por encima del hombro, en un gesto protector.

"¿Me subes el cierre, cariño?" dice con voz dulzona, al tiempo que arquea la espalda y se mira su propio trasero. Tiene las cejas como pájaros de Van Gogh que se divisan en el horizonte y sus ojos color almendra son un poco aindiados. Se ve que mi presencia la irrita.

Rafael le sube el cierre del vestido con una sola mano, sin quitarme los ojos de encima.

Luego, en un español golpeado, la mujer agarra la camisa de Rafael y le pregunta: "¿Ella es cubana o extranjera?"

"Ella," dice Rafael, "todavía no lo ha decidido."

EL DESFILE CHRISTIAN DIOR comienza con una canción de los Orishas, un grupo cubano de hip-hop que huyó a París y es una de las exportaciones más famosas de la isla. Es una fiesta basada en la santería y rápidamente la música da paso a una animada rumba afrocubana. Bailarines y percusionistas hacen una magnífica presentación, que recuerda el sistema de comunicación de los esclavos a través del sonar de los tambores.

Los bailarines, vestidos con feroces disfraces de Changó, representan el ritual de un trance con movimientos corporales primero entrecortados y después fluidos. Las modelos se pavonean por la pasarela temporal, vestidas con trajes del diseñador francés y collares de patas de paloma y piedras de colores. En el salón, las chicas de los cigarros se pasean por todas partes, y los conocedores de tabaco envían sus volutas de humo hasta Alpha Centauro.

Un hombre alto y elegante está sentado en la mesa de al lado, coqueteando con un grupo de bellezas cubanas. Sin ninguna sutileza, moja la punta encendida de su Cohiba en una lata de llello. Teniendo en cuenta el número de altos oficiales militares que hay en las mesas vecinas, me sorprende su descaro. Luego lo reconozco.

"Camila," le digo con entusiasmo, señalando la mesa de al lado.

"¿Quién es ese?"

"¿No lo conoces? Es un jugador de básquetbol súperfamoso y súper-casado."

"¿Un jugador de básquetbol?" pregunta, como si yo estuviera loca.

"Tú sabes, el deporte," digo. "Ese tipo es el Señor Pureza y tiene la repu-tación de ser un ejemplo para los jóvenes."

"¡Qué estupidez!"

Observando con cuidado la concurrencia, veo otra cara conocida. "¡Dios mío! Ese otro," digo, al tiempo que señalo una mesa donde un grupo de astutas mulatas acaricia a un hombre. "Ese es un actor. El año pasado firmó un acuerdo prenupcial que causó gran conmoción." Pero nada de eso tiene sentido para Camila, que entiende muy poco de lo que estoy diciendo. En Cuba no hay acuerdos prenupciales, y un divorcio cuesta cinco dólares y se demora veinte minutos.

"¿Dónde están los paparazzis?" pregunto, medio en broma, antes de darme cuenta de la estupidez de mi comentario. El embargo americano y su hermana gemela, la prohibición de viajar a la isla, mantienen a raya la cultura americana y hacen poco probable que los cubanos reconozcan los nombres de los personajes que salen en las noticias, y aún más que entien-dan lo valiosa que puede ser una fotografía de ellos en este momento para el *National Enquirer*. De repente me doy cuenta de lo aislada que estoy del resto del mundo, de lo lejos que estoy de la comodidad de saber cómo funcionan las cosas a noventa millas al norte de aquí.

Mientras exploran mis rodillas y mis muslos por debajo de la mesa, las manos de Reinaldo me traen de vuelta al momento presente. Camila me hace un guiño sutil de aprobación.

"Eres tan ardiente," dice Reinaldo, mientras yo acepto pícaramente una fumada de su cigarro. Tan pronto termina de decirme el piropo, me atoro con el humo y me dan náuseas y comienzo a toser tan fuerte que tengo que tomarme un vaso completo de ron. La cara de Camila pasa de la apro-bación a la incredulidad y comienza a mover la cabeza.

Su protegida es una jinete que apenas se puede tener en la silla.

Un tembloroso bailarín está representado el guaguancó de juegos se-xuales entre hombre y mujer—seducción, rendición y luego rechazo—y el ciclo se repite una y otra vez con distintas compañeras. El sonido de los tambores estremece a la audiencia. Es una frenética orgía de modelos, bailarines, santos y orishas. Están exhibiendo los últimos vestidos y las modelos dan la última vuelta por la pasarela. Claramente Modesta es la más sensual, con su vestido rojo azafrán de volantes, y pocas personas pueden dejar de admirar la perfección de su rostro. Luego ella fija la mirada en nuestra mesa, primero en mí, y un momento después, con una sonrisa presuntuosa que se hace visible a medida que se reduce la intensidad de la luz, en mi nuevo novio, Reinaldo. A pesar de las recientes medidas de control, bailarines y modelos se abren paso entre la gente, endulzando el oído de los extranjeros, bajo la mirada complaciente del alto mando cubano. De repente una cara se interpone entre la de Reinaldo y la mía. Es Modesta, y está prácticamente montada sobre mi yuma, lanzándole su propia y letal versión de La Mirada.

Sólo cuando Camila le hace una señal para que se retire, Modesta se pasa a la mesa vecina. Pero no antes de disparar una advertencia de despedida en el oído de Camila.

"Dile que se mantenga alejada de Rafael," advierte. "O este será el último yuma de la jinetera norteamericana."

La jinetera norteamericana está de lado, tirada en el piso de la habitación de una casa particular, mientras Reinaldo la embiste bruscamente y se respira en el ambiente un olor acre, resultado de hedor de las baldosas de más de cien años, el gas propano guardado en tanques oxidados y cloroformo en descomposición. Mi asco aumenta con cada arremetida y a medida que él penetra más, me doy cuenta de que estamos experimentando un sexo mesiánico. Cuando toco su tatuaje de Cristo en la cruz, estoy segura de que el día del juicio final vendrá y, de repente, como en respuesta a mis elucubraciones, él me voltea sobre el estómago. Ha encontrado orificios para el placer sexual que yo no sabía que existían, y mientras explora orificio tras orificio, enterrando y empujando y consumiéndome entera, después de alcanzar su meta sin trabas, Reinaldo grita el nombre del salvador y cuanto más alto grita sus peticiones, más crece su devoción, mientras que el discípulo que está en el piso anhela un final profético a toda esta locura.

Cuando todo termina, Reinaldo se baña solo. Tras el ruido del agua alcanzo a oír una especie de recitación, y pego el oído a la puerta del baño justo a tiempo para alcanzarlo a oír pidiendo perdón. Cuando sale envuelto en toallas blancas y limpias, me pide que nos arrodillemos juntos al lado de la cama del pecado, para suplicar en medio de esa pureza que el espíritu nos ilumine. Y mientras que soporto su letanía de lugares comunes, encuentro mi propia oración, una que me dé fuerzas para sobrevivir, encontrar a mi padre y restaurar mi fe.

Ya está amaneciendo y yo todavía no me puedo dormir, aunque Reinaldo casi no se ha movido en toda la noche.

Salgo a hurtadillas de su habitación y me uno a los pescadores que están en las rocas, con la esperanza de que el primer rayo de sol de la mañana me ayude a calmar los nervios.

Más tarde me entero de que a esa misma hora, en un lugar lejano, se escuchan unos tiros y los cuerpos de tres hombres de piel oscura caen frente a un pelotón de fusilamiento. Días antes esos hombres habían sido acusados de secuestrar un ferry y tratar de escapar.

36

*L*a mansión neoclásica del siglo diecinueve se asienta detrás de una fila de palmeras y jacarandás moradas, en el elegante Cubanacán, cerca del antiguo Habana Country Club. Baldosas andaluzas azules y anaranjadas cubren los pisos. La luz del sol y la brisa salada entran por las puertaventanas, que conducen a un jardín lleno de colibríes y exóticas cotorras cubanas.

En una corriente de conciencia, como si sus pies no tocaran el piso, Camila está inspeccionando habitación por habitación y planeando con entusiasmo la decoración. Pero pronto su felicidad será reemplazada por otra emoción.

La casa es un regalo de Ignacio, cuya compañía la ha tomado en leasing de manera indefinida. Los extranjeros no pueden tener propiedades en La Habana, y los cubanos que son dueños de sus casas tampoco pueden venderlas, aunque técnicamente pueden intercambiar propiedades con otros cubanos, transacción que normalmente incluye también un intercambio ilegal de dinero. Estoy impresionada con el regalo. El hecho de que a Ignacio le hayan dado permiso de alquilar algo por largo tiempo muestra la gigantesca inversión que debe estar haciendo en el país.

Camila dice que su familia va a conservar el apartamento del Vedado, pero cuando Ignacio esté en la ciudad, ella vivirá en la mansión con él. Cuando él no esté, Camila quedará encargada de cuidar la casa, y podrá vivir en ella si quiere, aunque la casa será remodelada y no estará lista sino dentro de varios meses, mucho después de que yo regrese a los Estados Unidos. De hecho, podré salir en sólo catorce semanas.

Camila consulta con un jardinero el proyecto para el jardín y se voltea hacia mí. "¿Y qué te dejó Reinaldo?"

"Lapiceros," digo, haciendo un puchero.

"¿Lapiceros?"

"Y cuatro barras de jabón del hotel."

Camila suelta una carcajada. "Va a volver en dos semanas. No te preocupes, probablemente sólo te está poniendo a prueba para ver si vas a estar disponible cuando él regrese. Quiere creer que está enamorado. ¿Fuiste convincente?"

Yo encojo los hombros. Me he dado cuenta de que mi sexualidad se ha vuelto un juego de roles. Cuando tengo éxito y mi yuma está feliz, siento un ataque de orgullo por mi trabajo. Predecir el rol que hay que jugar para complacer a mi yuma, sin que él tenga que explicarme sus deseos, es la razón de ser de una jinetera y la distinción más clara entre nosotras y las prostitutas. El hecho de que yo haya jugado anoche el papel de la niña mala que tentó al virtuoso Reinaldo, tal como él lo esperaba, sólo es prueba de mi capacidad para intuir su fantasía. Cuando pienso en cómo es el sexo en mi país, siento que no es muy distinto. ¿Acaso los pocos novios que tuve en los Estados Unidos no esperaban también que yo jugara un cierto rol? ¿El rol que proyectaba en mi vida cotidiana, de una prudente hija del sur, que se vestía con elegancia y era atractiva, pero sin ser abiertamente intimidante? Esta revelación me estimula en el jineterismo, en la medida en que me doy cuenta de que la sexualidad es un arte por una razón, por dinero o por placer, o por los dos.

"¿Cómo estuvo el sexo con Reinaldo?" pregunta Camila.

"Bueno, le gusta explorar," digo, haciendo un guiño. "Ayer casi no podía caminar. Y además tiene un rollo con Jesús."

"¡Qué suerte, chica! Los religiosos son los más divertidos. Se desinhiben y se enloquecen durante el sexo, la fruta prohibida, porque saben que tendrán que arrepentirse después," dice con picardía. "Hazme caso en esto, ¿bueno? Es un asunto de pecar sin restricción."

A mí no me entusiasma tanto la culpa, pero no tengo tiempo de contestarle porque en ese momento llegan los obreros a entregar cartón de yeso y yeso por la puerta trasera. Como la mayor parte de los materiales de construcción, estos han sido robados de las fábricas y los almacenes del gobierno y vendidos a escondidas. El robo es una costumbre muy extendida en La Habana, y a juzgar por las agresivas justificaciones que dan quienes lo practican, estoy convencida de que muchos no están contentos con la idea de tener que robar para conseguir lo que necesitan.

"¿Te vas a casar con Ignacio?" le pregunto a Camila cuando los obreros se van.

"Ya está casado."

"¿Es casado?"

Camila sonríe, mientras yo me derrumbo en una silla, porque ya no soporto más la humedad. "La familia de su mujer respaldó sus aventuras en el campo del petróleo y todavía son los dueños de su compañía. Si se divorcian, tendrían que vender la compañía. Él y su esposa no tienen una relación romántica sino un acuerdo." Camila me retira con delicadeza un mechón de pelo de la ceja. "Estoy segura de que no soy la única astilla de canela en el chocolate de Ignacio."

"¿No te molesta?" Pero sé que su respuesta será la misma que dan los trabajadores cuando tratan de justificar por qué roban mercancía. No es la mejor forma de vivir, pero hay que satisfacer las necesidades básicas a lo cubano, pues los cubanos son increíblemente inteligentes para evadir la penuria y las reglas quijotescas.

"Ignacio y Reinaldo van a vivir por períodos largos en La Habana durante los próximos años," afirma Camila.

"¿Crees que tengo oportunidad con Reinaldo?" le pregunto a Camila.

"No hay que apresurarse, pero si lo puedes conquistar, es un regalo de Oshún. No tendrías que preocuparte por resolver tu situación."

Ser capaz de mantener completamente a mi padre sería un sueño hecho realidad. Esta mañana Víctor pasó por la casa donde vivo para decirme que estaba a punto de encontrar una dirección donde mi madre iba a visitar a José Antonio. Es lo mismo que me viene diciendo hace meses, y me estoy empezando a enloquecer, como si estuviera esperando a mi propio Godot. Pero nadie parece darme un consejo distinto de comenzar a practicar el pasatiempo nacional: esperar. Esperando a esperar. Esperar nada y esperarlo todo.

Las lágrimas de Camila interrumpen mis pensamientos. "'Mila, ¿qué te pasa?"

"No lo sé," dice, secándose las lágrimas y tratando de sonreír. "Es sólo que estoy abrumada. Tengo treinta y tres años y lo tengo todo. Trabajé muy duro para obtener todo lo que quería y ahora lo tengo. ¡Mira este lugar! ¡Es increíble!" La casa es preciosa, pero casi invivible de acuerdo con los estándares occidentales, con cielo rasos que se están cayendo, y pintura que no se ha tocado en cinco décadas. Pero yo sé qué quiere decir Camila con que lo tiene todo… todo lo que puede conseguir una cubana.

"¿Qué más se puede hacer?" dice. "Tengo una carrera, hombres…"

"¿Niños?" digo, al tiempo que bostezo a causa del calor.

Se queda mirándome durante un rato y luego vuelve a estallar en llanto. "Imposible," dice, al tiempo que se da unas palmaditas en el estómago. "Eso es lo que dicen todos los médicos." Camila se demorará aún varias semanas en contarme del brutal incidente que tuvo con un yuma durante sus años de adolescencia y que la dejó marcada para siempre y le quitó la posibilidad de tener hijos.

Conociendo el énfasis que le pone esta sociedad a la maternidad—el mayor logro de la feminidad—es la primera vez que siento pena por Camila.

EN LA TARDE les envío a mis amigos mi e-mail mensual. Estoy anonadada de saber que una está comprometida y se va a casar, y no conozco a su prometido. Igualmente, trato de no sentirme mal al enterarme de que mi inteligente mejor amiga, Susie, ha pasado con honores el examen para el servicio exterior y pronto saldrá de Washington para ir a cumplir su primera misión en Ghana.

En el buzón no hay ningún mensaje de mi padre en Washington. Mi rabia se ha suavizado y una parte de mí todavía espera que él cambie de opinión y me ofrezca su ayuda.

Con el fin de evitar pensar en mi otra vida en los Estados Unidos y convencida de que el cerebro se me está derritiendo a causa del sol, uso mi carné de estudiante para entrar a la biblioteca de la universidad.

No hay aire acondicionado, pero encuentro cierta tranquilidad entre los cubículos y los estantes llenos de libros. Leo acerca de Cuba antes de la revolución y acerca de José Martí, cuyos versos estudio para encontrar explicaciones acerca del alma cubana. En todos mis viajes, nunca había visto un pueblo que antes hubiese sido colonia, que se sintiera con tantos derechos y fuera tan orgulloso. Eso me encanta de ser cubana. Pero sólo al leer los poemas de ese escritor y estadista de finales de siglo, empiezo a ver el profundo sentido de la historia que tiene mi gente. Y su constante lucha por ser libres.

LAS PELÍCULAS DE estreno son tomadas directamente del satélite, rápidamente subtituladas y exhibidas en la televisión cubana, de manera gratuita, ante cerca de once millones de personas. Los productores de Hollywood no pueden hacer nada. Es uno de los pocos beneficios de estar vetado por el Tío Sam.

Camila y yo estamos en la mitad de *The Quiet American,* cuando ella quita el sonido.

"No hay jineteras en tu país, ¿cierto?" me pregunta, con los ojos brillantes y muy abiertos.

La pregunta me deja desconcertada. "Bueno, hay mujeres que son amantes."

"Háblame de las amantes," dice Camila, y se dispone a oírme con mucha atención.

"Las amantes son como novias permanentes, por lo general de hombres casados, y los hombres les instalan un apartamento o pagan sus gastos, o les compran regalos."

"Pero, ¿esas mujeres engañan a sus novios, como las jineteras?"

Este es un tema muy sensible para Camila, así que trato de plantear mis respuestas de forma diplomática. "Algunas mujeres sólo se casan con hombres ricos, ya sea que los quieran o no. Así que sí, supongo que si eres americana y sólo te casas con, digamos, un rico financista de Nueva York, o un exitoso cineasta de Hollywood, eso es muy parecido a lo que hacen las jineteras."

"¿Hay alguna diferencia?"

Lo pienso por un momento. "Si vivieras en casi cualquier otro país," digo, "con tu inteligencia y tu apariencia y tu ética de trabajo…"

"Y mi educación."

"Exacto, siendo una médico. Una cirujana. Bueno, habrías podido comprarte esta casa tú sola sin tener que acostarte con nadie que no quisieras. Tendrías posibilidad de elegir. Podrías convertirte en la amante de alguien o no, pero tendrías cien maneras diferentes de pagarte lo que necesitas o lo que quieres. No tendrías que acostarte con ningún viejo excéntrico. A menos de que quisieras hacerlo, claro."

Camila estalla en risas. "No es como aquí, ¿cierto?" Luego se queda pensando y agrega: "Entonces las chicas que jinetean en tu país, no se respetan mucho, ¿cierto?"

"¿A qué te refieres?"

"Si tienes la oportunidad de ganar tu propio dinero, ¿por qué querrías depender de alguien más para conseguirlo? ¿Por qué no hacerlo tú misma y encontrar un hombre que de verdad quieras?"

Yo hago un gesto afirmativo con la cabeza y Camila se vuelve a quedar pensativa por un momento. "Ignacio dijo algo que me molesta. Dijo que los cubanos no vemos que nuestro gobierno hace todo lo que está en su poder para mantener el embargo americano, porque esa es una manera de controlarnos. ¡Ignacio lo dijo como si yo fuera estúpida!"

"Y tú, ¿qué le dijiste?"

"Nada, mi vida. Él necesita sentirse importante y sentir que lo sabe todo. Pero realmente me molesta que los extranjeros piensen que nosotros no entendemos nuestra propia situación."

Como siempre, cada vez que la conversación aterriza en el tema político, hablo poco porque mis visiones de afuera por lo general son desdeñadas. Pero Camila piensa que mi silencio es una manera de ocultarle información.

"Está decidido," dice, poniéndose de pie. "Voy a salir de Cuba." Me quedo mirándola aterrada.

"¡Mi corazón!" me dice. "No de manera permanente. Lo que pasa es que estoy lista para conocer otro país. El conocerte a ti me ha hecho ver que no entiendo la manera como funcionan las cosas allá afuera y necesito ir y ver por mí misma, para hacerme una idea."

Los únicos cubanos a los que les permiten viajar al exterior temporalmente son a los más educados y políticamente moderados, y a veces toma años de planeación, pero sé que Camila se las ingeniará de alguna manera.

Cuando Camila me pregunta qué es lo que más extraño de mi país y mi antigua vida, ni siquiera puedo pensar en tía June, o en John, o en mis amigos, cuyos mensajes son una de las mejores cosas de mis días. No quiero abrir mucho esa ventana, así que sólo abro una rendija y me permito sentir nostalgia por las cosas pequeñas. El primer golpe de la cuchara sobre una crème brûlée, la sensación de los dedos manchados de tinta después de leer el *International Herald Tribune,* y los Chesterfield Lights, uno de mis hábitos ocultos e irregulares. Aunque he sido increíblemente afortunada por el hecho de haber sido recibida por cubanos que no conocía y que se han convertido en mi familia, lo que más extraño es la gente de mi vida anterior, personas que conocían mi historia y mi pasado y a quienes no tenía que darles ninguna explicación. También extraño la sensación de tener una cita. Una cena normal con un muchacho de la universidad y de mi misma edad, con quien salgo de manera regular y que es un poco torpe. Un muchacho que soltaría una carcajada si alguna vez yo intentara hacer una tontería como lanzarle La Mirada.

37

Sobre las calles de La Habana ha caído un manto de mez-
quindad. Parece como si, de la noche a la mañana, la fuerza de policía se hubiese triplicado. Bajo los nuevos uniformes hay muchachos
campesinos, recién despachados desde la región de Oriente, que vienen a
conformar patrullas para combatir el jineterismo.

Mis amigos cubanos sólo han encogido los hombros y han dicho que
ya verán cómo manejan las nuevas medidas de seguridad. Yo no tengo
energía para preocuparme por los policías guajiros porque quien me
sigue incansablemente es Walrus, que a veces hasta anticipa los lugares a
los que voy. Muchas veces pienso que me quité de encima a mi sombra
permanente y al dar la vuelta a una esquina me lo encuentro, como un ca-
chorrito, esperando con ansiedad y fumándose un puro. Todo el mundo
me aconseja no hablar con él, temiendo que eso pueda estimular más su
extraño interés en mis vagabundeos por La Habana. Pero hoy me siento
temeraria y quiero visitar mi casa de infancia sin que Walrus me siga.

"La princesa," dice, al tiempo que se pone de pie y abandona el sitio
desde el que me vigila frente a mi casa.

"¿Por qué me estás siguiendo?"

Se ríe durante un rato. Sólo los extranjeros van al grano tan rápidamente, sin establecer antes una conversación.

"¿Debería seguirte?" pregunta, mientras sopla su puro.

"¿Acaso estoy en dificultades con las autoridades?"

"Tranquila. Si tuvieras problemas con las autoridades, no tendrías que
hacer esa pregunta."

"Entonces, ¿qué es lo que haces?"

Me pone un brazo sudoroso sobre el hombro. "Sólo digamos que hay gente que quiere saber cómo te va, princesa. Digamos que seguir a ciertas extranjeras es parte del protocolo. A extranjeras especiales."

Mirando hacia el horizonte, pienso durante unos minutos antes de mirar a Walrus directamente a los ojos. Le escurre sudor de la cabeza y tiene la piel colorada, llena de cicatrices de acné. No puedo evitar sentir pena por él.

"¿Puedo pedir un favor?"

Walrus encoge los hombros.

"Tómate el resto del día. Tengo que ir a un sitio."

Walrus suelta una carcajada. "Buen intento, princesa."

EL CHEVY BEL Air 1956 de Rafael, pintado a mano de verde, llega hasta la puerta de mi casera y el conductor hace sonar la bocina de barítono. El Chevy de Rafael es otra prueba de las ganancias de su jineterismo, pues son pocos los cubanos que pueden darse el lujo de tener un auto. De hecho, una buena porción de la población rural nunca se ha subido a uno.

En lugar de eso, la mayoría hace largas colas para abordar autobuses repletos, conocidos como guaguas, o se ven obligados a montar en camellos, los vagones de dos jorobas tirados por remolques. En estos vagones sofocantes y repletos, las personas son víctimas de los ladrones que les sacan sus pertenencias y de los amigos de manosear a los demás. Se dice que montar en camello es como ir a un cine pornográfico: hay sudor, sexo y crimen.

Rafael hace sonar nuevamente la bocina y apaga el motor. Es muy temprano. Tengo afuera los diarios de mi madre y estoy comparándolos con el mapa que tengo sobre mi modesto escritorio. He dibujado pequeñas estrellas rojas en los lugares de los que estoy segura: el edificio de la Sección de Intereses de los Estados Unidos, donde trabajaba John, y el hospital que está en Centro Habana, donde nací. La tercera estrella está puesta tentativamente en la casa de Miramar en la que Víctor cree que viví cuando niña y la cual tengo miedo de visitar en caso de que Walrus, mi eterno compañero, me siga hasta allá y a partir de ahí pueda relacionar a mi familia cubana conmigo, o con mis ilícitas andanzas nocturnas.

Mirar el mapa parece un esfuerzo inútil. Ayer Víctor me juró que tendría la dirección de mi padre para abril, dentro de unos pocos días. Pero estoy comenzando a perder la fe.

Una dulce fragancia llena la habitación y siento un brote de energía mientras oigo sus pasos subiendo la escalera. Rafael lleva pantalones de dril y una camiseta blanca sin mangas, que deja ver sus enormes hombros y brazos. Brazos en los que yo me podría refugiar fácilmente buscando seguridad. Rafael me entrega una maceta con una planta de flores rosadas.

"Hay setecientas variedades de orquídeas en Cuba," dice. "Esta es especial."

"¿Por qué?" digo, incapaz de mirarlo a los ojos. Una cosa que me encanta de los cubanos—a diferencia de muchos hombres de mi país—es que tanto las flores como el baile son considerados asuntos tanto femeninos como masculinos.

"Florece sólo durante un día. Y hoy," dice Rafael, "es ese día."

Toco la suavidad de las hojas y aspiro su aroma a frutas.

"Un solo día," repite.

"Esa es una florescencia muy corta," digo con indiferencia, aún muy tímida para enfrentar su mirada. Rafael me toma de las manos y me levanta de la silla.

"Un día juntos, muchacha," dice. Rafael tiene el tipo de encanto que despierta al mismo tiempo envidia y frustración en muchas de las personas que lo conocen, o que lo desean, y esa pretensión de tener derecho es lo que me hace dudar de ceder. Muevo la cabeza en señal de negación.

"Tengo trabajo que hacer…" digo y señalo el mapa.

Rafael dice que Camila lo llamó y le contó sobre Walrus y que yo tenía miedo de visitar la casa de mi familia pensando que él me podía seguir. Y puedo ver que cuando lo dice está pensando que soy ridículamente paranoica.

"Ño," dice. "Vamos a ir a tu casa juntos. Tengo un plan para perder al caballero del G-2." Su plan para engañar a Walrus suena viable, así que yo accedo, agradecida por su ayuda.

Cuando vamos saliendo, mi casera, con su palidez y su depresión habituales, me lanza una sonrisita que sugiere que mi apuesto pretendiente está más interesado en mi pasaporte que en mi corazón. También me recuerda con voz grave que las visitas están prohibidas.

• • •

AL ORIENTE DE La Habana hay grandes extensiones de playas y hoteles turísticos, y todavía más allá hay playas vacías, en las que el agua es prístina y tranquila. Las restricciones para invertir en Cuba han preservado gran parte del frágil ecosistema de la isla y, lejos de los hoteles y las multitudes, el país sigue siendo exuberante y productivo. Rafael detiene su Chevy cerca de una playa desierta y nadamos cuatrocientas yardas mar adentro. A mi máscara le entra el agua, y cuando empiezo a ponerme nerviosa por lo lejos que estamos de la playa, aparece un oasis a través del borroso lente. El arrecife es enorme y no tiene señas de haber sido explorado. Es tan impresionante como cualquier parque subterráneo turístico de Yucatán. Sin embargo, somos los únicos que estamos buceando y me siento como haciendo un descubrimiento digno de Cousteau. Pasamos la mañana persiguiendo anguilas y barracudas y brillantes pececitos azules y amarillos alrededor de antiguos corales. De vuelta a la playa, Rafael y yo comemos mangos con la mano, cotorreando como los totíes que abundan en los árboles a nuestro alrededor.

Finalmente convencida de que Walrus no nos siguió hasta ese sitio tan solitario, propongo que empaquemos y vayamos a mi casa de infancia. Estoy nerviosa, aunque me entusiasma ver el lugar donde viví durante mi primer año de vida.

Los ocupantes de la casa confirman lo que Limón había descubierto: que nadie recuerda a una chica americana rubia, ni a sus padres americanos que vivieron allí hace muchos años. Visitamos a los vecinos, que nos invitan a seguir para tomarnos un café o un jugo de naranja. A pesar de lo cansados que estamos y aunque constantemente estoy mirando por encima del hombro, Rafael me empuja hacia cada una de las puertas de la calle, para preguntarle a todo el mundo qué sabe. Al final no es mucho, pero de todas maneras me siento victoriosa.

Frente a la puerta de mi casa Rafael se inclina para besarme y la pasión que siento es extraña; me doy cuenta de que se debe a que no estoy fingiendo ni forzándome a sentir falsos deseos. Muerta de pánico, me pregunto si se me habrá olvidado cómo tener una experiencia romántica de verdad. Pero tengo poco tiempo para pensar, porque su boca aterriza en la mía y no es menos deslumbrante que nuestro primer beso en esa discoteca llena de gente hace casi ocho meses, y mientras lo dejo atrás y regreso a mi habitación y mis papeles y mi mapa, con la boca ardiendo, soy consciente de que he complicado mi vida de una manera que jamás planeé.

38

Mi bikini está colgado del gancho.

Estoy en la bañadera. Es un lujo y por eso me demoro más de lo necesario. Pienso en la casa de mi familia en Miramar, las flores que cuelgan de las columnas, los patios enrejados y los mosaicos españoles. No pude invocar ningún recuerdo cuando Rafael y yo encontramos la casa ayer en la nochecita. Si de verdad fue mi casa, la verdad es que sólo era una niñita que estaba aprendiendo a caminar cuando viví ahí. Pero lo que me convenció fue el aroma. Fue sólo respirar profundo y las notas resonaron, convenciéndome de que pertenezco a algún lugar de Cuba.

Era un olor que hablaba de hogar.

Salgo de la bañadera, me seco y tomo lo que creo que es mi ropa interior, pero hay un nuevo juego de ropa interior colgado del gancho. Es una camiseta blanca sin mangas y unos calzoncillos blancos ajustados. De hombre. Intrigada, asomo la cabeza por la puerta.

"¡Póntelos!" me ladra Jaap, desde algún lugar de la habitación en penumbra. Me pongo nerviosa. Jinetear con turistas agradecidos—hombres que no necesariamente tienen en su país acceso a carne joven o exaltada pasión—proporciona cierta inviolabilidad. Puede que yo no tenga el dominio físico del asunto, pero sí tengo el dominio emocional.

Hasta ahora.

Jaap es holandés y en los días que llevamos juntos parecía bastante inofensivo. Pero ahora me arroja sobre la cama con una agresividad inusual, y cuando estoy recuperando el control, se acuesta al lado mío. Enciende una luz, me agarra con fuerza y me pone sobre él, mientras sus musculosas piernas rodean mi espalda. Miro hacia abajo y me sorprendo al ver un sostén negro abrochado alrededor de su pecho, con las copas vacías aleteando con tristeza, mientras él murmura: "Tómame, chico malo, malo." Enseguida Jaap se saca hábilmente su pene erecto por una esquina de los panties de encaje y me penetra a través de la abertura de mis calzoncillos, mientras me ordena que me mueva al estilo misionero, con las piernas estiradas hacia atrás, y yo comienzo a empujar hacia arriba y hacia abajo, de manera torpe y dolorosa debido a mi aprehensión y mi desconcierto. Sin embargo Jaap comienza a aullar con juvenil entusiasmo y se frota los pezones y se deja ir, agarrando mi trasero a manos llenas, gruñendo de placer, mientras me convierte en un hombre. Cuando terminamos me hago a un lado, sintiéndome mareada. Su respiración se vuelve a regularizar y él me busca y me pregunta si me gustó. Supongo que si quiere que actúe como un hombre, no hay necesidad de que me quede ahí un rato, acariciándolo.

Mientras Jaap me observa, busco su billetera, saco setecientos euros y me los meto entre los calzoncillos nuevos. Enseguida tomo un par de sus pantalonetas de dril y me abrocho el cinturón.

"Quédate con mi bikini," le digo al salir. "En todo caso, te quedará mejor a ti."

CAMILA SALE DE la sala de cirugía en ropa de operar, triunfante porque acaba de realizar otro exitoso by-pass de corazón. Los médicos y las enfermeras son los mejores del hemisferio, pero desde afuera el hospital se ve en ruinas, como un expendio de droga de Harlem. Adentro, Camila me hace señas y se va a cambiar.

A unas cuantas calles del hospital, nos sentamos en el Malecón a fumar cigarrillos y a disfrutar de los últimos rayos de sol. Al otro lado de la calle, la luz se refleja en el edificio de la Sección de Intereses de los Estados Unidos y yo me pregunto cuál sería la oficina de John.

Pienso en mi padrasto trabajando obsesivamente todos los atardeceres, mientras dejaba sola a mi madre y ella iba abriendo en su corazón el espacio para que llegara un hombre como el cubano que me engendró. Me pregunto acerca de José Antonio, cómo será, cómo será su cara, la sonrisa que conquistó a mi madre.

"¡Otra vez estás pensado en él!" me dice Camila con tono acusador, rompiendo el silencio. "¿Alguna noticia?"

"Ninguna," digo.

"Lo vas a encontrar, no te preocupes. Ten fe en Radio Bemba," dice. "Si tu padre está vivo, lo conocerás. Y cuando lo hagas, prométeme que no usarás esa horrible ropa de hombre."

Yo suspiro y le cuento sobre la aventura de la tarde.

"¡Es un asunto de puro poder!" exclama. "¿No lo entiendes? En el campo del juego sexual es crucial quién tiene el dominio y quién no. Ochenta por ciento de los hombres no se sienten satisfechos con sus parejas. Pero les da pena pedir lo que quieren, pues les preocupa mucho lo que sus esposas o novias puedan pensar. Para ser un buen amante tienes que dejar que los hombres crean que tú los estás convenciendo de hacer lo que de verdad ellos quieren hacer. Dales lo que quieren y no los hagas sentir como si fueran amanerados."

Junto a Camila yo me siento como una cubana absolutamente frustrada, pues mis instintos románticos todavía están por desarrollarse y mis gustos sexuales parecen inmaduros.

"Dile a un hombre que tu brasier o tus tacones se le verían bien," dice. "O que él necesita que le den unas palmadas. Y saca tus conclusiones de su reacción."

"¿Qué estás diciendo, que si uno deja que un hombre se ponga su ropa interior él le será fiel?"

"Nunca se descarriará."

"Camila, ¿por qué no estudiaste psicología en lugar de ser cirujana de corazón?"

Camila se queda pensando por un momento y luego responde: "Los dos son lo mismo, mi vida. Sólo es abrir el corazón y explorar un poco."

¿*Q*ué hay de nuevo?" susurro.

Víctor y yo nos estamos escondiendo entre las sombras y las cortinas pesadas, a la derecha del escenario del teatro García Lorca. Construido en 1837, hubo una época en que este teatro fue considerado el más deslumbrante del mundo. Ahora lo mantienen en pie con redes y alambres.

Es la primera noche del montaje de *Don Quijote* por parte del Ballet Nacional y las doscientas sillas que hay bajo el domo y el enorme candelero están llenas. Asisten porteros y dignatarios y personalidades del gobierno. Para los locales, las boletas tienen un costo de diez proletarios pesos, cerca de cuarenta centavos de dólar.

En Cuba el ballet es un asunto serio. Bajo la revolución, el Ballet Nacional ha obtenido reconocimiento mundial; la única nota oscura es la constante deserción de sus bailarines cuando están viajando. *Don Quijote,* como la mayoría de los ballets importantes, tiene coreografía de Alicia Alonso, la legendaria y casi ciega bailarina que llegó a los ochenta años. Ella combinó los movimientos cubanos—una mezcla de los ritmos africanos y españoles—con el entrenamiento clásico perfeccionado por los franceses y los rusos.

A pesar de la indiscutible maestría de las bailarinas, estando tan cerca del escenario puedo ver los tropiezos y las carreras en sus mallas, y sus zapatillas rosadas que se han vuelto negras por el uso.

"Son las nuevas medidas de control," dice Víctor, moviendo la cabeza. "Se está volviendo muy peligroso consultar tus archivos."

Teniendo en cuenta la cantidad de gente y de funcionarios del Estado que hay entre la audiencia, me sorprende que Víctor haya elegido este lugar para nuestro encuentro. Pero me asegura que el alboroto que despierta un ballet de Alicia Alonso es la coartada perfecta.

"¿Qué tan peligroso es recuperar esos archivos?" pregunto. Estoy pensando si la posición tan recalcitrante de Víctor no será una manera de buscar otro soborno, o si realmente los secretos de una familia del Departamento de Estado de los Estados Unidos de hace dos décadas estarán tan vigilados.

Mientras Don Quijote asesina dragones en el escenario, Víctor responde rápidamente: "Todo el mundo sospecha de todo el mundo. Las secciones se están reorganizando, hay cambios en las cabezas de los departamentos. Me está costando trabajo no llamar la atención."

"¿El problema es dinero?"

Víctor hace un gesto de asentimiento y suspira. Siempre se trata de dinero, y mientras las bailarinas hacen piruetas a una corta distancia, lamento que mi propio caballero errante se haya vuelto tan costoso. Le entrego a Víctor la mitad de los euros del cáustico encuentro de ayer con el holandés travesti.

"Esto abrirá más puertas," dice Víctor, mientras se guarda los billetes en la chaqueta. "Cuando te llame la próxima vez, no me devuelvas la llamada. Sólo recuerda que un mensaje mío significa que nos encontraremos al día siguiente, a las cuatro de la tarde, en el jardín de la universidad, en la banca que está junto al tanque. Ahí tendré tu dirección."

"Me siento tan decepcionada, Víctor, no puedo entender por qué se demora tanto."

"A las cuatro en punto, al lado del tanque."

"¿Cómo hace la gente para vivir así, con toda esta espera?"

"El tanque que está en la plaza. Recuerda eso, compañera. Tienes que prometer que no vas a tratar de contactarme," dice Víctor, secándose la ceja.

Yo asiento con la cabeza, pero él me hace jurar y dice que su vida está en peligro.

"Dos semanas, mi vida. Sólo dame dos semanas y sabremos dónde vivía José Antonio," dice y me besa la mano con cortesía. Víctor sale rápidamente y después lo veo en el palco, sentándose junto a su esposa y sus hijas.

Durante unos momentos observo a las bailarinas y su montaje de *Don Quijote*, pero después de un rato mi mente se distrae pensando en Walrus, que sin duda debe estar esperando afuera, y luego comienzo a preguntarme si yo también estaré embistiendo molinos de viento.

40

Mi madre estaba de pie, desnuda, frente al espejo de tres cuartos. Su reflejo se veía un poco desvanecido, debido a que la mayoría de los espejos cubanos están un poco gastados por el tiempo y el material cobrizo que tienen debajo empieza a asomarse. Dándose la vuelta para ver el perfil cada vez más protuberante de su cuerpo, se quedó mirando esa nueva redondez.

Anunciaba problemas, sin duda, pero se juró dejar de lado los sentimientos de culpa y arrepentimiento. Según le había dicho el doctor, pensar en eso no sería bueno para el bebé.

El bebé.

Apenas podía contener la alegría de decir esas palabras, una y otra vez, hasta que finalmente se vistió y bajó para encontrarse con John en la mesa del desayuno. La casa hervía de jardineros y mucamas—los empleados que les proporcionan a los diplomáticos—, así que decidió dar la noticia allí mismo, delante de todo el mundo, creyendo que en presencia de los empleados John optaría por una reacción consecuente con su personalidad, una reacción orientada a avanzar en su carrera profesional. Tranquilo, seguro y con el tremor emocional de una línea recta.

Pero esa mañana John rompió el molde. Abrazó a su esposa con los ojos llenos de unas sorprendentes lágrimas y ordenó que pusieran a enfriar champaña, a las siete y media de la mañana, aunque en esa ciudad regida por los soviéticos sólo se conseguía vino espumoso desde cerca de 1978. Mi madre buscó en los ojos de John señales de crueldad, o por lo menos sarcasmo, pero al no ver ninguna entendió que John realmente creía que había sido capaz de engendrar un hijo. Que de alguna manera había logrado volverse fértil por voluntad propia.

Pero el entusiasmo por la futura paternidad pronto se fue desvaneciendo. Después de unas pocas semanas, John volvió a su pasatiempo favorito: el trabajo. Y mi madre quedó a la deriva, abandonada para enfrentar sola su embarazo.

Aunque no estaba tan sola.

La revolución había convertido a la iglesia católica en un eunuco. El sentimiento de culpa motivado por el sexo, extramarital o no, y sus consecuencias, fue erradicado junto con el poder de la religión. Así que cuando mi madre le contó a José Antonio la noticia, no fue ninguna sorpresa que éste se pusiera feliz.

"¿Es mío?" preguntó, con los ojos brillantes y llenos de esperanza.

"Sinceramente, no lo sé," contestó ella.

"No importa. Es parte de ti, así que lo amaré." Y entonces José Antonio volvió a demostrarle su afecto a mi madre. Y continuó haciéndolo hasta antes de que ella diera a luz una bebita de siete libras, en diciembre de 1978. Casi un año después de que hubiesen comenzado su romance.

Mi madre nunca había conocido tanta felicidad. El arrepentimiento y la culpa que se había prometido enfrentar después, fueron relegados a un lugar todavía más remoto, aunque ella era consciente de su existencia. Y como cualquier deuda desafortunada, fue acumulando intereses y volviéndose más grande.

A medida que fui creciendo, mi madre se fue volviendo más descarada en lo que se refería a sus actividades extramaritales. Frases como "voy a ir a dar un paseo" o "estaré en el mercado toda la tarde," apenas escondían sus encuentros con José Antonio. Una parte de ella esperaba que John la detuviera un día a la salida y le exigiera que regresara con él, que regresara con ellos. Pero él nunca la detuvo. La dejó salir de la casa conmigo en los brazos y regresar tarde, día tras día, durante casi otro año, sin decir nada sobre su comportamiento.

Sin decir nada.

41

*C*enar el sábado en el restaurante El Aljibe de La Habana es el equivalente cubano de tener un almuerzo de trabajo el viernes en The Grill, en Hollywwod, en uno de los reservados que están cerca de la entrada.

Los manteles verdes se agitan en la brisa, bajo el techo de palmeras del comedor al aire libre. Un son de Compay Segundo retumba en los parlantes y los meseros toman las órdenes vestidos con elegantes smokings.

Los conductores suben una rampa hasta donde está el *maître d'station* y dejan a sus pasajeros. Una cubana muy elegante ha elegido intencionalmente el asiento de la derecha del auto para que la salida que tanto ha practicado sea un esfuerzo coreográfico ágil, en la medida en que es consciente de que sus maniobras serán observadas por cada cliente del salón, mientras disfrutan un pollo a la naranja.

Las mesas están puestas en fila una al lado de la otra, y los cuerpos, muy cerca unos de otros, parecen electrizados. Camila e Ignacio están ubicados en una esquina privilegiada. Reinaldo y yo intercambiamos saludos con la pareja y nos sentamos. Mi amiga tiene puesto un vestido azul muy ajustado y yo llevo una camiseta rosada sin mangas y jeans. El tatuaje de Reinaldo, con su cruz y su salvador, se alcanza a ver a través de una clásica camisa hawaiana de rayón.

De verdad estoy feliz de ver a Reinaldo, que regresó el día anterior, sólo dos semanas después de nuestra cita en el Tropicana. Hoy estoy optimista con respecto a mi oportunidad de atraparlo por largo tiempo y me siento relajada en su presencia.

Mi madre describió en sus diarios varias cenas en El Aljibe con John.

En los días previos al comienzo de su aventura secreta, a menudo veía a José Antonio aquí y los dos compartían una sonrisa de complicidad por la inmensa fortuna de haberse encontrado, inesperadamente, una vez más. Miro a mi alrededor en el restaurante, preguntándome dónde se sentarían y qué ropa llevarían puesta. ¿Acaso José Antonio levantaba su copa y brindaba por ella de mesa a mesa? ¿Acaso los rodeaba la misma brisa húmeda que genera la clase de voltaje que se percibe ahora?

Pero no tengo tiempo de contemplar el pasado, porque estoy cautivada por el presente. Un rápido análisis me dice que este no es un restaurante ordinario, y cuento principalmente tres tipos distintos de encuentros sociales.

En primer lugar y de manera predominante están las parejas formadas por extranjeros mayores y barrigones, acompañados de cubanas adolescentes o muy jóvenes, cuya piel va del moca amargo a la orquídea de Madagascar que produce la vainilla. La diferencia de edad puede ser interesante en la cama, pero el permanente silencio entre las parejas indica que tal entusiasmo no trasciende a la conversación.

Varias mesas están ocupadas por el segundo tipo: gente rica y con conexiones de enigmática residencia, diplomáticos y sindicalistas y parásitos de la burocracia.

Y el tercer tipo son emigrantes que han regresado para llenar a sus parientes de regalos y, al hacerlo, mostrar sus éxitos en el extranjero. Esos hijos pródigos pagan la cuenta de diez o doce cenas con la indiferencia afectada de alguien que lleva una gorra de los Red Sox en el estadio de los Yankees. Sus familias también fingen, fingen no saber que para pagar esa cuenta ellos tendrían que ahorrar diariamente un peso, durante veintiocho años.

Pero lo más fascinante son las prostitutas con sus novios extranjeros. No hay una explicación natural para estas parejas, aunque las botellas que se ven sobre las mesas parecen ser la explicación más factible. En El Aljibe, cuando se desocupa una botella de vino o de escocés importado, los meseros no la retiran enseguida de la mesa sino que la dejan allí como evidencia del dinero que está costando la cena. En Hollywood un almuerzo de viernes puede estar marcado por una tranquila ansiedad por saber qué conexiones se están haciendo en las otras mesas. En La Habana, las cubanas y los extranjeros también estudian el salón y pasean sus ojos por las mesas en las que están las mujeres más lindas y los licores más costosos. Muchas miradas parecen preguntarse: ¿Acaso mi novia es tan bonita como la de ese otro extranjero? ¿Mi yuma será tan rico como el de ella? Y así todo el mundo en el salón mide y ajusta su escala social. Y el descontento surge con fuerza o se calma.

Camila sirve otra copa de Condado de Haza 2001 Ribera del Duero. Nuestra mesa está llena de botellas de 55 dólares. Camila me susurra que deje de estar mirando a todos lados y le preste atención a Reinaldo. De manera desinteresada, estiro la mano para palmearle la rodilla, pero me equivoco y termino dándole una palmada en la entrepierna. Reinaldo se frunce y Camila se escurre en la silla.

No es raro que él esté tan sensible. La noche anterior, para celebrar su regreso, tuvimos ocho tandas de relaciones sexuales, aunque estoy usando el término con libertad, y él se ha pasado toda la noche amenazándome con que vamos a hacer el amor una vez más antes de irnos a dormir. Y no estoy hablando del sexo que tienen las mamás. Ni del que tienen las parejas que llevan cinco años de casados. Esto es sexo con la mujer encima, y muchas sacudidas y contorsiones y deslizamientos—pero sin gritos, porque Camila dice que eso es juvenil—, mientras que él está acostado sobre la espalda, con las manos detrás de la nuca, y su tatuaje de Cristo nos observa, con los ojos entornados, esperando su breve muerte y la resurrección que vendrá. En la perversidad de mi presentación, yo siento placer y le digo que es el mejor, el único, y que para mí esta también es una liberación sublime y que debemos dar las gracias al cielo juntos porque nos haya reunido. Esto es un espectáculo artístico de sexo. Esto es el sexo de las jineteras. Así es como se supone que singan las cubanas.

Si uno lee los folletos.

"ES COMO VOLVER nuevamente a la época colonial," dijo Camila por teléfono después de mi maratón con Reinaldo. "Sólo que este español está conquistando Cuba chiquita a chiquita."

Cada vez que aprendo una nueva lengua, primero debo volver a aprender las reglas del inglés, mi lengua materna. De hecho, sólo a medida que he aprendido otras lenguas he venido a entender los rasgos fundamentales de mi propio idioma. De la misma manera, el hecho de estar aprendiendo a vivir en Cuba, este conglomerado de socialismo y dictadura, me ha hecho entender lo que significa realmente haber vivido bajo la batuta del capitalismo. Salí de América buscando la idea del comunismo cubano y de repente me encuentro en la tierra más materialista y obsesionada por las posesiones del hemisferio, y la escena de El Aljibe me asombra.

Mientras estoy pensando en La Habana, mi ciudad que cuelga del Trópico de Cáncer, observo la vulgar exhibición de nuestra mesa y me doy cuenta de que todo el salón tiene los ojos puestos en nuestras cuatro sillas. En Camila y su cita y en Reinaldo y yo. Pero en alguna parte percibo un peligroso par de ojos que me están poniendo a prueba y con la afectación ensayada de una jinetera (la boca un poco entreabierta y la quijada hacia arriba) me volteo con indiferencia hacia la izquierda y luego hacia la derecha. Pero antes de verla, alcanzo a olerla. Siento la fragancia de Jean-Paul Gaultier y de la mujer que la usa: Modesta.

A Modesta la conocen como "la superturística" y es famosa por sus numerosos amantes extranjeros. Camila me ha advertido que me mantenga alejada de ella.

Instintivamente me agazapo a medida que ella se aproxima.

Modesta se acerca llena de su propia sabiduría, una sabiduría que le sirve para intimidarme todavía más. Como muchas niñas cuyos platos se quedaron vacíos noche tras noche durante el "período especial," a mediados de los noventa, Modesta se fue a los hoteles de las playas a unirse a las mujeres que se vendían a los turistas noche a noche. Feriando sus costados por unas cuantas cuentas de colores.

Modesta fue arrestada cuando tenía quince años, después de habérsele ofrecido a un policía encubierto en el vigilado fortín turístico de Varadero, una larguísima franja de arena y hoteles todo incluido. Pasó cuatro meses en un campo de reeducación de mujeres a las afueras de La Habana y luego escapó.

En el mundo subterráneo de La Habana se habla mucho de los campos de reeducación para prostitutas y jineteras. Aunque Cuba ciertamente no es el único país que castiga a las adolescentes sexualmente activas. Cuando oí sobre los campos de reeducación, recordé los campos de trabajos forzados, administrados por monjas, que había en Irlanda en pleno siglo veinte, y a donde enviaban las adolescentes embarazadas y promiscuas. El castigo a la sexualidad de las jóvenes es común en la historia y traspasa las fronteras internacionales. Sin embargo, de alguna manera el hecho de que Cuba ofrezca a sus jóvenes bellezas como una atracción turística más, contradice su dura manera de tratar a las que se sospecha que efectivamente han hecho el trabajo.

Según cuentan, alrededor de las cuatro de la tarde, cuando las niñas estaban terminando su día de castigo cortando caña de azúcar, Modesta se quitó el uniforme de la prisión, se lanzó al fango y se untó todo el cuerpo de fango y se deslizó por los campos húmedos. Estaba descalza, pues a las prisioneras no se les permitía tener zapatos para reducir la posibilidad de que escaparan a través del agreste paisaje rural.

Cuando amaneció, Modesta había llegado a un barrio marginal de La Habana, con los pies descalzos y el fango—ya seco y endurecido y comenzando a quebrarse—cayéndosele a pedazos como si fueran piezas de un rompecabezas.

La gente miraba impresionada cómo esta chica desnuda, con los pies ensangrentados y una curvas dignas de un verso de José Martí, se abría camino a lo largo de las calles, como si estuviera obedeciendo una orden de los mismos santos. Probablemente sólo unas cuantas docenas de personas vieron el espectáculo, pero con el paso de los años el cuento se volvió leyenda y los testigos que juraban haberlo presenciado aumentaron a doscientos, y luego a varios cientos, y luego a varios miles, el Woodstock cubano. Cuando se les pregunta por Modesta, casi todos los hombres de La Habana se descubren la cabeza, se llevan la mano al corazón y observan el horizonte, mientras murmuran el nombre de Modesta, la jinetera que llegó caminando a La Habana un día, tal como Dios la trajo al mundo.

Lo que más me asusta de Modesta es su carácter mítico. Yo quisiera esconderme, pegar la nariz al piso y seguir el rastro de mi padre sin ninguna interferencia. Pero a juzgar por la expresión de la cara de Camila mientras Modesta se acerca, sé que mi deseo no se cumplirá. Levanto la vista. Ni los ojos ni la boca de Modesta están sonriendo, y un aire de odio recorre el ambiente. Modesta lidera al jinete. Modesta es una experta tiradora, equipada con lanza y arco.

"Aléjate de Rafael," me susurra al oído, "jinetera norteamericana."

· · ·

EN CUBA LAS cucarachas son tan grandes que uno las podría ensillar y montarlas.

Estoy observando una de ascendencia germánica que pasa corriendo por el piso de madera de la mansión de nuestro anfitrión, un hombre enorme de traje color crema y sombrero, cuya ropa se inspira en los bandidos de La Habana de los años cincuenta.

Empleando también la mentalidad de los bandidos, este hombre ha transformado las habitaciones de la casa en cuartos que pueden alquilar por horas algunas de las más lindas jineteras, las cuales le dan, a su vez, un porcentaje de lo que ganan.

Es la primera vez en los nueve meses que llevo en Cuba que veo algo como esto, un burdel. Antes de la revolución se rumoraba que había cientos de burdeles. Pero esas casas de mala reputación fueron erradicadas cuando las nuevas armas entraron a la ciudad en 1959.

Hasta la reciente implantación de las medidas de control, el sexo en Cuba era todo menos organizado y los burdeles llevaban cuarenta años sin estar de moda. Pero las medidas de seguridad cambiaron eso en un segundo—tal vez durante un día, o tal vez más—. Es irónico que las calles llenas de policía sean ahora menos seguras y sometan a las mujeres a la intermediación de novios y proxenetas. Pero eso no es ninguna sorpresa en una sociedad que vive desesperada por dinero y cuya ingeniosa población está empeñada en sobrevivir.

En Cuba, cuando se daña el radiador de un auto, un cubano de verdad sabe que puede echarle pimienta, pues la pimienta resiste el calor. Se pone pimienta en las fisuras y el daño se repara hasta que aparece la siguiente fisura.

Pase lo que pase, los cubanos siempre encuentran una salida.

CUANDO ME DESPIERTO en el sofá un rato después, los importantes colegas de Reinaldo en el negocio del petróleo se están riendo, mientras toman Cuba libres y consumen líneas de cocaína. Nuestro anfitrión prueba la calidad farmacéutica del polvo y se lo pone dentro del párpado.

Hay un holandés al lado mío, o tal vez es belga, no puedo recordarlo, aunque estoy tratando de tener más claridad ahora que, a raíz de la guerra en Irak, la división de los estados europeos parece más nítida—Francia es buena, porque se negó a participar en la guerra, y España, la tierra natal de Reinaldo, no lo es—. Exceptuando a Reinaldo, los aliados de la lejana guerra en Irak no me interesan para nada. Lo cual está bien, porque a muchos europeos no les atrae el color de mi piel. Quieren que sus mujeres sean morenas, con rasgos africanos pronunciados.

Los frustrados turistas de clase media de lugares como Holanda, Italia e Inglaterra no vienen a Cuba buscando sólo sexo, sino sexo con mujeres negras, con seductoras negritas que les ayuden a restituir en su cabeza la manera como deben ser las cosas: que las mujeres deben estar limpiando, consintiendo, mamando y sometiéndose y que, si el colonialismo no se hubiese torcido, la gente de piel morena todavía estaría en su lugar, como inferiores, como sus juguetes de placer y capitulación.

Mi piel es clara, así que sólo le resulto atractiva a un hombre menos audaz. O por lo menos eso era lo que yo pensaba.

Cuando Modesta entra en el salón, vestida con su traje de volantes rojo azafrán de Christian Dior, se queda observando a Reinaldo hasta que los ojos de él se cruzan con los de ella, y en ese momento le dispara una devastadora versión de La Mirada. Lo tomo del brazo y sugiero que nos vayamos, pero él no me escucha. El pecho me comienza a palpitar con angustia. Camila me prometió que Reinaldo sería mi mayor fuente de ingreso, y no puedo darme el lujo de perderlo. Perder a Reinaldo significaría perder tiempo.

Pero conservarlo puede significar perder otras cosas, mucho más importantes.

Mientras se escurre hacia mi premio, Modesta va caminando poniendo un pie delante del otro. Reinaldo está fascinado y hace caso omiso de mis súplicas para que nos vayamos y nada distinto de abalanzarme entre ellos puede romper su concentración, e incluso cuando intento hacerlo resulta una maniobra torpe, calculada e ineficaz, pues Modesta da un rodeo y se acerca a Reinaldo desde atrás, y comienza a acariciarle el cuello con sus largas uñas.

"Tú eres el hombre que he estado buscando toda la vida," murmura de manera convincente.

Reinaldo la deja que lo tome de la mano y lo lleve del sofá hacia la alcoba. De repente se detiene y se voltea, como si no me hubiese olvidado.

"Ven, Alysia," dice con expresión lujuriosa, y cuando digo instintivamente que no con la cabeza, horrorizada, Reinaldo regresa por mí y me toma de las manos y me insiste: "Esto te va a encantar."

La habitación está llena de exquisitas antigüedades exhibidas en estanterías de tríplex. Modesta no pierde tiempo. Pulgada a pulgada se va bajando el vestido por los hombros hasta la cintura, y cuando doy media vuelta para salir, Reinaldo me agarra del brazo.

"Tu turno," dice, indicándome que yo también tengo que desvestirme.

Modesta ha triunfado. Yo me encojo y maldigo en silencio, mientras estudio mis escasas opciones. Soy un toro que está en el ruedo frente a un matador estrella. No tengo alternativa y cuando miro a Reinaldo pienso en su falta de generosidad conmigo y me pregunto si vale la pena, si vale la pena que haga esto.

"Así que no te está comprando cosas," dijo Camila con tono pensativo temprano ese día, mientras se probaba frente al espejo la ropa interior de encaje de Prada que Ignacio le había traído de Europa. Pero las copas del sostén se veían muy flojas y Camila hizo una mueca y soltó un comentario burlón sobre el optimismo de Ignacio. "Bueno, pues no te puedes quejar."

"Hemos tenido relaciones casi veintidós veces y lo único que me ha dejado es un chupón," digo en tono quejumbroso, al tiempo que me bajo la camisa y muestro mi regalo. "Así que no me digas que no me puedo quejar."

"Quiero decir directamente," aclara Camila. "Mi corazón, no te puedes quejar de manera directa. A los hombres les gusta creer ciertas cosas sobre ellos," dice Camila y me hace sentar. "Quieren creer que son poderosos, atractivos y generosos. Especialmente, que son generosos."

De repente veo lo que Camila quiere decir. "Tú quieres que yo le diga que creo que es generoso, ¿no es así?" digo con exasperación.

Camila me levanta la quijada con suavidad. "Dile que es el hombre más generoso que has conocido. Dile que te alegra mucho que sea generoso, porque desprecias a los tacaños y estás feliz de que él no sea así."

"¡Pero él sabrá que estoy mintiendo!" protesté. "No puedo decir eso sin soltar la risa. Reinaldo es más tacaño que Jack Benny."

Pero mi oscura referencia no sirve para desviar el consejo de Camila. "Sólo díselo. Si usas ese pequeño truco, podrás conseguir de él lo que quieras. Te lo prometo."

En este burdel a Modesta se le ven los cálculos en la cara y el diestro matador hace una señal con su muleta roja para indicar que está a sólo un movimiento de clavarme el cuchillo en la testuz.

Modesta cree que voy a acobardarme y salir de la habitación, dejándola con el botín. Sin saber qué hacer, pienso en que todavía no he usado la táctica de Camila con Reinaldo. Realmente es posible que Reinaldo sea un príncipe oculto bajo esa apariencia de sapo tacaño y quisiera tener la oportunidad de averiguarlo. Pienso en mi madre, en la manera como se arriesgó para estar con José Antonio hace tantos años. Luego le envío a los cielos un telegrama para que me mande aunque sea una mínima porción de su energía.

Mi vestido también cae. No hay mucho encanto en mis movimientos, pero ahora mis senos también están desnudos, y Modesta, relamiéndose, comienza a bajarse el vestido por las exuberantes caderas. Sus dedos se escurren por el cuerpo de Reinaldo.

Mi vestido también cae el piso, aunque con mucha menos sensualidad. Decidida, mis labios buscan el cuello de Reinaldo, y cuando Modesta le desabrocha el cinturón, yo me ocupo de los botones de la camisa, y luego Modesta le baja los pantalones hasta los tobillos y comienza a practicarle entrenadas maniobras con la boca y las manos. Reinaldo la agarra del pelo como si fueran las riendas de un pura sangre y comienza a gemir de placer. Para no quedarme atrás, yo busco su boca, pero él quiere tenerla libre para expresar su satisfacción con la habilidad de Modesta. Reinaldo le hace señas para que se mueva y entonces mi boca se encuentra con su pene, pero la tensión pronto decae y, a pesar de mi efervescencia, mi novio no puede excitarse con mis oficios y me hace a un lado.

Modesta mata al toro.

Triunfante, Modesta empuja a Reinaldo a la cama y, deslizándose sobre él, con los brazos levantados al cielo, comienza a montarlo como una jinete olímpica, deteniéndose solamente para empujar mi vestido hacia el corredor de una patada. Yo cierro la puerta, dejándolo todo atrás—a Reinaldo y su tatuaje de Cristo y su María Magadalena—y me pregunto qué habría pasado si sólo hubiese utilizado una variación de la táctica de Camila y le hubiese dicho que estaba feliz de que fuera un hombre monógamo, un hombre de una sola mujer, porque esos eran los únicos hombres que admiraba, y pienso que si hubiese dicho eso, tal vez habría podido retener sus afectos.

Estoy llorando a mares en la casa de Camila—movida más por la humillación que por el dolor—y los vecinos comentan con entusiasmo sobre mis pérdidas, mis cálculos errados, y la increíble falta de talento de esta chica, esta desafortunada chica, esta norteamericana que está buscando a su padre, y dicen que es una pena que yo venga de la tierra de los autos grandes y las grandes libertades, pero donde se practica un sexo muy, pero muy malo.

42

Mientras camino penosamente desde el taller de mecánica con mi colección de zapatos de tacón alto, un adolescente me saluda con un *bonjour*. Inconscientemente le devuelvo el saludo en francés, hasta que me doy cuenta de que es la tercera vez esta semana que me cruzo con un cubano francófono.

Al llegar a casa, pongo mis tacones sobre la cama y los inspecciono. En el taller les pegaron pedacitos de neumático en las suelas. Lo mandé a hacer por insistencia de Limón, debido a que constantemente me estoy cayendo desde mis alturas artificiales. Tengo las rodillas y los codos llenos de golpes y moretones, y los vecinos me llaman "la yanqui que no puede caminar en sus zapatos."

En el vecindario rara vez me llaman por mi nombre. Siempre me dicen la yanqui que no ha podido encontrar a su papá, la yanqui que no puede regresar a casa, la yanqui que no puede trinchar un pollo, la yanqui que no les puede chupar la pinga a los turistas.

Una semana más tarde, cuando vuelvo a oír hablar francés, esta vez a gente adulta que está jugando rayuela en el parque, me da pena preguntar. Recuerdo que mi madre escribió que en La Habana nada es nunca como parece, y lo dejo así.

Días después, estoy mirando a dos niñitos vestidos con ropa azul, el color de la diosa del océano Yemayá. Están espiando la casa de un vecino, donde se oye una televisión, y los dos están repitiendo al unísono frases en francés. Incapaz de soportar el misterio por más tiempo, les pregunto qué están haciendo. Los niños me miran como si fuera la extranjera más estúpida de La Habana—una reacción común—y me señalan la televisión.

Clases de francés, dicen. Todo el país está aprendiendo francés este año, como un gesto de solidaridad con la negativa francesa a participar en la guerra de Irak. Pienso en mi familia y me pregunto si—en una de esas cocinas no muy lejanas, donde están asando un pollo y preparando arroz— José Antonio está practicando sus verbos y pasando el tiempo, mientras su hija aparece siguiendo el rastro de migajas que lleva hasta su casa.

Esa es mi fantasía. Eso es lo que me mantiene. Lo que mantiene a la yanqui que no ha podido aprender que, en La Habana, nada es nunca como parece.

43

*L*a felicidad cuesta 6 dólares el vaso en El Floridita, el famoso bar de Hemingway que está en el extremo occidental del paseo peatonal Calle Obispo. En el exterior, el bar sirve de puerta occidental a la Habana Vieja, la zona de la ciudad de calles angostas y plazas y maravillas coloniales que están en proceso de restauración por parte de las Naciones Unidas.

Adentro el bar es fresco, con toda la grandeza del Viejo Mundo, y no resulta una sorpresa que El Floridita haya estado en la lista de los mejores bares del planeta. De las paredes cuelgan cortinas rojas como la sangre de los toros y fotografías en blanco y negro de los personajes más famosos que han atravesado sus puertas.

Una turista canadiense me pide que pose sentada en las rodillas de la escultura de Hemingway, una figura de bronce que está inclinada sobre la parte del mostrador que estaba reservada para él. Entornando los ojos y sintiéndome como un mono de zoológico, obedezco. La mujer me da un dólar de propina.

Después de que el grupo de turistas canadienses que viene en un crucero se va a la hora de la comida, ya está oscuro y no queda mucha gente. Estoy sentada en el bar, con mi daiquiri Hemingway servido en una copa de martini llena del elíxir del alquimista, una mezcla de ron, jugo de toronja, licor marrasquino y lima. Cuando termino todo el líquido, sólo queda el hielo, que brilla bajo la luz como diamantes cortados.

Leonel y Chico son los cantineros principales, y cuando no están puliendo la madera oscura del bar, o metiéndose los dólares de propina entre sus smokings, están hablando cuatro o cinco idiomas con los clientes o entre ellos. Nunca he pagado por una bebida en El Floridita, y tampoco se me permite dejar propinas, y esa ha sido la constante desde mi primera visita con tía June, hace dos años. Es un gesto tremendamente generoso de parte de los cantineros, teniendo en cuenta que esa frase de "las bebidas corren por cuenta de la casa" rara vez se traduce al cubano. Cada vez que estoy en El Floridita, me parece como un sitio lejano y moderno, un oasis en el barrio, y tengo marcado el sitio en el mapa como mi santuario favorito.

Los cantineros de El Floridita tienen los mejores trabajos de toda La Habana y reciben mejor pago que si fueran ingenieros o abogados. De hecho, tanto Leonel como Chico tienen doctorados en ingeniería y practicaron su oficio durante varios años, antes de que los recompensaran con el anhelado trabajo de servir ron. En efecto, las mucamas de los hoteles, los guías turísticos y los conductores de taxi son los profesiones legales mejor pagados del país. Muchos de los que trabajan en eso se consideran afortunados y por lo general han renunciado a sus anteriores carreras en áreas como la contabilidad, la administración y la odontología.

Espero que Leonel y Chico sean el tipo de buenas personas que pronto conoceré, si es que alguna vez encuentro a mi familia cubana. Les estoy contando a los cantineros cómo va la búsqueda de mi padre, cuando Richard y Daya aparecen para cenar. Tan pronto nos saludamos, siento una boca que me susurra al oído.

"Muchacha," murmura Rafael, "dos millones de personas en La Habana y siempre me estoy encontrando contigo."

Está con dos mujeres de cuarenta y pocos años, probablemente inglesas, que ciertamente están bastantes ebrias. Ellas lo alejan de mí, fuera del bar, y Daya me hace señas desde el comedor.

"No creas que te vas a escapar de que te prepare una cena," dice Rafael, caminando hacia atrás y con una sonrisa presuntuosa.

No puedo evitar sonreír y me siento a la mesa. Richard y Daya se ahorran su usual gesticulación y sólo me hablan a mí, el uno en inglés y la otra en español.

"Querida, por favor dile a Daya que sus modales en la mesa son espantosos y que me gustaría que le dieras unas cuantas lecciones," dice Richard, recostándose en la silla.

"En casa le mostraré cómo portarse," digo, un poco aturdida. A mí me parece que sus modales son los que le corresponden a una campesina que fue trasplantada intempestivamente a una vida de restaurantes lujosos y clubes nocturnos.

"Ahora," dice Richard. "Muéstrale ahora. Por su manera de comer parece que hubiese nacido en un establo."

Cuando le traduzco a Daya lo que dijo Richard, se mete el dedo a la boca y desvía la mirada.

"¿No te parece que eso es adorable?" dice Richard, y los ojos le brillan. Luego me señala los cubiertos y los platos y me dice otra vez que le enseñe a manejar todo bien.

"Tú dile que no voy a hacer nada más hasta que él no le dé a mi madre el dinero que quiere," dice Daya, y los ojos negros le brillan de rabia.

"Dice que estará encantada de aprender, pero que ahora está un poco cansada," le digo a Richard. Y luego le pregunto a Daya: "¿Tu mamá te está presionando por dinero? Pensé que iba a dejarte en paz con eso."

"¿Y qué hay de lo que yo quiero?" pregunta Daya. "El amor es más que…" dice y agarra de la cola la langosta en salsa de mantequilla y la sacude. "O esto…" continúa, y me muestra su vestido escotado de crepé. "Si tengo que mamarle la pinga tres veces al día, creo que debería darme dinero para toda mi familia. A mí no me entusiasman las langostas ni los restaurantes elegantes ni los mojitos. Mira, yo quiero que él ayude a mi madre." Ahora Daya comienza a hablarle directamente a Richard, en voz alta, como si su problema fuera de audición y no de incomprensión de la lengua. "¡Necesitamos una lavadora! ¡Necesitamos cambiar la plomería!" Luego se voltea hacia mí. "No pienso comerme más langostas de veinticinco dólares. ¿Qué cree? ¿Qué no puedo vender mis cosas?"

"Oh, Dios," gruñe Richard, mientras que los otros clientes comienzan a mirarnos. "Traduce, por favor, porque necesito saber qué es lo que estoy enfrentando."

"Daya, no tienes que acostarte con él, puedes salir adelante sin su dinero," le digo; haciendo caso omiso de Richard.

"Ay, Alysia, mi vida, ¿cuántas veces te tengo que decir que nunca vas a entender?"

Richard me trae de nuevo a la conversación dándome un golpecito en el brazo. "Y ya que estamos hablando de hacer mejoras," dice, "me gustaría hablar sobre por qué siempre tengo que ser yo quien inicie el sexo.

¿Podría darme una explicación? Igualmente, aclárame, por favor, si es posible tener la menstruación durante veintitrés días seguidos. ¿No sería mejor consultar a un médico?"

Antes de que alcance a traducir, Daya interrumpe. "¡Se refiere a mi madre como 'el buitre'! Cada vez que le digo 'dinero, por favor,' él dice, '¿qué, para la tiñosa?'" Y luego Daya le grita a Richard: "Y ahora me llama 'el pequeño buitre.' La tiñosita, la tiñosita, eso es lo único que oigo. ¡Eso no es gracioso!"

"Sería más placentero si no tuviera que prácticamente rogar para que satisfaga mis gustos…" interrumpe Richard, hablando de manera despreocupada.

"¿Qué dijo?" pregunta ella.

"¿Qué dijo?" pregunta él.

Pero a pesar de sus preguntas, ninguno de los dos espera mi traducción.

"Lo que quiero saber," dice Daya, "es si se va a casar conmigo o no. Necesito saberlo ahora mismo," concluye, enfatizando sus palabras con golpes del tenedor y el cuchillo sobre la mesa. "Quiero. Ir. A. Inglaterra."

"No, querida, esa no es precisamente una mejora en la manera de usar los cubiertos," comenta Richard con sorna. "Ahora estás haciendo un berrinche."

"¡INGLATERRA!" grita Daya.

"Ah, Inglaterra, esa palabra sí la entiendo," me dice Richard. "Dime, ¿tengo la palabra 'imbécil' escrita en la frente? Si no quiere estar conmigo en Cuba, imagínate si querrá estar conmigo en Inglaterra, donde sería libre."

"¡INGLATERRA!" vuelve a gritar Daya. "Boda," dice, tarareando la marcha nupcial.

"Creo que a mi esposa en Londres eso no le parecería muy divertido," dice Richard riéndose.

Le transmito esa información a Daya, mientras me pregunto cómo diablos hice para meterme en esta situación.

"¿Tu esposa?" Creo que la única palabra que Daya entiende en inglés es 'esposa,' y al oírla le salen chispas de los ojos. Los cubanos son la gente más celosa del mundo, y es un atributo que me parece irritante y pueril. Me he negado a incluirlo en mi propia cubanidad, aunque Limón me dice que no seré totalmente nativa hasta que no me muera de los celos cuando sienta que mi amor está amenazado. Sin embargo, Daya sí hace honor a su sangre.

"¿Tiene esposa?" pregunta, ardiendo de ira. El mesero nos pone los postres con cuidado, tres flanes rodeados de crema batida y salsa de caramelo. Daya mira su plato por un segundo y vacila.

"Dile a Richard que ya estoy lista para mi clase de modales en la mesa."

"Veintitrés días seguidos, imagínate. ¿Te parece que esté anémica?"

El impacto de ver lo que está pasando me hace detenerme a la mitad de la traducción. Porque Daya toma el plato del flan, lo levanta sobre su cabeza, y lentamente comienza a voltearlo. La salsa le escurre por la cara y se mete por las arrugas de su vestido de marca. Levantando la quijada, Daya se chupa los jugos y la crema, hasta que el flan le baja entero por la garganta.

Me pongo la mano en la frente. Chico está secando vasos en el bar y mueve la cabeza con una sonrisa. Richard le da una larga fumada a su cigarrillo, antes de voltearse hacia mí.

"Bueno, traductora," dice, mientras que una lenta sonrisa se le dibuja en la cara. "Supongo que vas a decirme que así es como los niños dicen en español '¿Dónde está mi silla de comer?'"

44

En medio de la noche, siento que una mano me tapa la boca. Me despierto con un hombre encima. Es Limón y tiene mirada de angustia. Me siento y le doy un buen golpe en el brazo.

"Vamos," dice. "Necesito esconderme aquí esta noche."

"¿Qué te pasa?" le digo.

"Mira, he estado más ocupado que un cojo en un concurso de patadas," dice Limón, repitiendo con naturalidad uno de los dichos de mi abuelo, al tiempo que enciende un cigarrillo hecho a mano.

"¿Cómo entraste?"

"Soy capaz de entrar a cualquier parte."

"Mi casera te matará primero a ti y después a mí," digo, mientras me pongo unos jeans y miro con nerviosismo hacia la puerta. "Y en todo caso, ¿qué te ha tenido tan ocupado?"

"Arrestaron a mi tía," dice.

"¿La arrestaron?" apenas puedo hablar. "Dios mío, ¿por qué?"

"Por ser bibliotecóloga," dice, y en sus ojos se refleja la rabia. Me quedo mirándolo. La tía de Limón dirige una biblioteca independiente, llena de libros que están contra el gobierno. Lo había olvidado. Lo que Limón no dice es que es posible que grupos anticastristas de los Estados Unidos le hayan estado pagando a su tía para fomentar la rebelión.

Limón suelta por la ventana una bocanada de humo, que se mezcla con la brisa cálida y me devuelve el aroma inconfundible del tabaco más embriagador del mundo. Me toma del brazo. "Estaba fleteando las calles con un yuma y la policía nos ordenó que nos detuviéramos. El yuma y yo corrimos como locos hasta aquí."

"¡Genial! ¡Eso es genial, cabroncito!" digo, dándole un coscorrón en la cabeza. "Estoy en esta casa de manera ilegal y sabes que no me puedo meter en problemas. Me expulsarían del país y perdería la oportunidad de encontrar a mi padre."

"Ay, monita, a eso vine. Una mujer que conocí cerca de la antigua casa de tus padres en Miramar me llamó."

"¿Quién es? ¿Qué dijo?"

"Tranquila, loquita," dice Limón, al tiempo que se busca algo en los bolsillos. Saca un pedazo de papel y lo lee. "Ella dice que recuerda una mujer que puede haber trabajado en la casa de tu madre."

Me quedo sin palabras y sólo se me ocurre darle un abrazo a Limón. Finalmente tengo una información que no provenga de Víctor. Si resulta ser buena, sería la mejor pista hasta ahora.

Limón sigue hablando. "¿Estuviste por allá la semana pasada con un cubano?" Yo asiento con la cabeza y le cuento que fui con Rafael. Limón piensa por un momento.

"¿El hombre del G-2 los siguió?"

"No estoy segura," digo. "Pero creo que no."

"Pero tú no vas a ir esta vez," dice Limón, mientras yo protesto. "Si descubro algo, vengo enseguida para acá. Tal vez lo mejor es que no nos vean juntos."

En Cuba me siento como si fuera una adolescente perpetua, como si todos fuéramos adolescentes perpetuos, los hijos de un padre terriblemente estricto, un padre tramposo, inaccesible e irracional. Aquí la gente siempre se está escondiendo, siempre vive en la cuerda floja. Yo nunca había sabido qué era perder la libertad, ni siquiera mientras mis padres trabajaron en otros países cuando yo estaba chiquita. Nunca se me ocurrió pensar cómo sería vivir cotidianamente bajo estricto control.

La Habana, una ciudad llena de brisa, fiestas y música, combate la atmósfera de monotonía que el gobierno trata de imponerle a su sensualidad, como si fuera Pyongyang y no un puerto tropical. La constante insistencia de que la guerra es inminente busca mantener a los cubanos a raya y moderar su alegría. Pero en lugar de imponer una sensación creíble de peligro, la intimidación artificial, al menos para mí, termina pareciendo una parodia de Monty Python. Oficiales con el pelo recién peinado y uniformes de campaña recién planchados, que caminan muy serios entre un pueblo de cubanos bromistas y alegres, que se maquillan mucho y se visten con ropa de lycra.

Justo cuando estoy a punto de aceptar que Limón vaya solo a buscar al contacto, un mediterráneo de mediana edad, vestido con ropa de lino verde musgo, se asoma por la ventana y mete sus largas piernas en mi cuarto. Limón se da la vuelta, mientras que el afeminado yuma enciende un cigarrillo mentolado.

"No te imaginas lo incómodo que es estar allá afuera," dice, sacudiéndose una pelusa imaginaria de la ropa. "¿Te molesta que me quede aquí un momento?" dice y señala a Limón. "Le fascina mantenerme en secreto."

Limón esquiva mi mirada.

"Soy Alysia," digo, presentándome, y le doy un beso en cada mejilla. "Disculpa, no sabía que estabas allá afuera en el alero. ¿Cuánto hace que… cuánto hace que tú y Limón se conocen?"

"Llevo viniendo a Cuba a ver a Limón unos, qué baby, ¿dos o tres años ya?" dice sonriendo. El yuma es simpático y, bajo otras circunstancias, diría que me cae bien. Pero no cuando la policía los está buscando.

Cuando siento golpes en la puerta, se me para el corazón, como si fuera una jovencita a la que atrapan con un chico en su cuarto, y aunque doy gracias al cielo de que sólo sea mi casera, está furiosa y enseguida echa a Limón y a su amante de la casa. No quiero molestar a Limón, ahora que va a conseguirme información sobre alguien que trabajó para mi madre.

Los acompaño a salir y quiero decirle a Limón que está bien, que lo entiendo, que aunque no sea homosexual—o incluso si lo es—, yo sé que hace todo eso por dinero, porque yo también lo hago.

Pero Limón sale de la casa sin mirar hacia atrás ni una sola vez, mientras que su enamorado yuma va dando traspiés detrás de él como un perro maltés. Ni siquiera el buen humor del yuma puede aplacar el volcán que ha hecho erupción en el centro de mi casera, que se está dando golpes con dos dedos en la piel, una condena silenciosa por el hecho de que Limón sea moreno, y me está regañando y me pregunta que cómo me atreví a traer un chardo a su casa. Se supone que el racismo no existe en Cuba, dicen que lo erradicaron. Pero todos sabemos la verdad, que aquí, como en la mayoría de los lugares, la gente negra es terriblemente discriminada.

*a*l principio pensé que eras una tortillera, una lesbiana, porque no usas aretes," dice Rafael, mientras se toca sus propios lóbulos sin aretes.

"¿Lesbiana?" digo, moviendo la cabeza. "¿Con tacones de cuatro pulgadas, vestidos ajustados, cadenas de oro por todas partes, y tú piensas que parezco una lesbiana porque no me pongo aretes?"

"Una mujer sin aretes es una mujer a la que le gustan las mujeres."

"Eso es pura mierda machista," digo.

Rafael se ríe. "¡Eso es Cuba!"

"Y hablando de mujeres," digo, trayendo a colación el tema con cautela. "A tu novia Modesta no le caigo muy bien."

Rafael hace una mueca. "Ella no es mi novia. Solíamos ser marinovios," dice, usando una expresión que designa a un hombre y una mujer que viven juntos. "Pero ella está loca, realmente loca, vive enloquecida por todos los extranjeros. Deberías mantenerte alejada de ella."

"Modesta me dijo lo mismo sobre ti."

Antes de que Rafael pueda contestar, oímos una conmoción de exclamaciones y silbidos que salen de su casa.

Bajo un cielo estrellado, Rafael y yo estamos conversando en el patio de su apartamento, que da sobre el mar, y alcanzamos a oír las olas aunque no podemos verlas. Después de varios ofrecimientos de prepararme una cena, finalmente accedí y estoy en su casa. Sin embargo, después del primer plato nos interrumpen un grupo de vecinos que agitan un video casero. La cinta fue grababa por un profesor cubano que hizo un extraño viaje el exterior, a San Francisco. Rafael tiene el único aparato de video de la cuadra, así que todos los vecinos se reúnen frente a su televisor.

Pero lo que tiene tan cautivada a la audiencia no es el Golden Gate. Es una tienda de víveres. Todo el mundo está apiñado frente al aparato, paralizados como hombres de las cavernas frente al fuego, mientras el camarógrafo hace un recorrido por las islas de un supermercado californiano, mostrándolas de arriba abajo y deteniéndose en las catorce clases distintas de mostaza. Docenas de huevos, explica el maravillado narrador, organizadas por colores y tamaños. Leche con distintos porcentajes de grasa. Azúcar artificial y de caña, morena y refinada, de repostería y de mesa.

Rara vez he visto una audiencia tan asombrada, y la increíble abundancia de mi país me hace avergonzar. Me escabullo de nuevo hacia el patio y busco mi constelación favorita. El Cinturón de Orión, la constelación que mi madre me enseñó a buscar así estuviera en el norte del África, en Europa o en casa. Bajo ese mismo Cinturón de Orión, pienso, la gente lucha para pasar el día o conduce sus súpercaminonetas para ir al gimnasio que está a seis cuadras. Ese mismo Cinturón de Orión brilla para mi familia perdida.

Rafael trae dos vasos de ron. "Camila dice que sólo te quedan tres meses o algo así en Cuba." Yo asiento con la cabeza. "¿Cómo va la búsqueda de tu padre?"

Mi sonrisa sugiere que va bien, pero en realidad me muero de nostalgia y trato de combatir la irritación que me produce el hecho de que la burocracia cubana esté obstaculizando la red de inteligencia. Mientras que espero noticias de Víctor, me imagino que cada hombre de cincuenta y tantos años que me cruzo en la calle puede ser José Antonio y estudio cuidadosamente a cualquiera que coincida con su descripción, en busca de rasgos semejantes a los de mi propio rostro. Eso me está enloqueciendo.

"Sé una cosa sobre los padres," dice Rafael en voz baja. Tiene puesta una camisa de seda negra que resalta su cara gallega. Enciende un cigarrillo Hollywood y la punta del cigarrillo brilla en la oscuridad como una luciérnaga. "Mi padre, al igual que el tuyo, también era traductor. Insistió en que aprendiéramos tres o cuatro idiomas cuando éramos niños."

"¿No tienes un grado en lingüística?"

Rafael asiente con la cabeza. "Para lo único que me sirve es para engañar a los turistas. A principios de los noventa, durante el 'período especial', el turismo realmente empezó con fuerza en Cuba, supuestamente para salvar la economía. Antes de eso casi nunca veíamos turistas. Nunca hablé con un extranjero antes de tener doce o trece años." Rafael hace una pausa y le da otra chupada a su cigarrillo. "¿Quieres oír esto?"

"Sí, dale."

"Mi padre comenzó a enloquecerse. No había comida y nosotros éramos cuatro hijos en pleno crecimiento. Mi padre se internaba en el monte y cazaba jutías, y eso era lo que comíamos. Saben horrible. Mi padre siempre nos daba su porción, lo mismo que mi madre. Estaban tan… delgados," dice Rafael, al tiempo que hace un gesto con el dedo para mostrar lo flacos que estaban. "Mi padre no comía nada y vernos a nosotros con hambre lo fue enloqueciendo. Empezó a desvariar. Nunca se lo dije, pero empecé a salir con turistas cuando tenía trece años. La primera fue una italiana, como de treinta y cinco años, y ella me llevó a todas partes, a discotecas y restaurantes en los que nunca había estado, y ¿sabes?, sólo recientemente he pensado en lo… lo extraño que era. Yo de trece años y ella de treinta y cinco… Bueno, al final le robé todo el dinero y le traje una cantidad de liras italianas a mi madre, y ahí estoy seguro de que mi padre comenzó a sospechar, y eso ya fue demasiado y perdió la razón. Cambió las liras y nos compró comida, pero él no comía lo que había conseguido con las liras. Después de un tiempo, sencillamente se encerró en sí mismo y no comía nada. Dicen que un día se metió al océano caminando. No nadando, sencillamente se fue caminando y desapareció. Era un buen nadador, ¿sabes? Él fue quien me enseñó a nadar y hoy soy salvavidas."

Rafael hace una pausa y estudia el cielo, mientras que yo contengo el aliento porque no quiero que se detenga.

"Estaba en un hotel cuando murió. En Varadero, con una turista, tenía catorce años y estaba singando con ella por dinero, pero de todas maneras no importaba, porque mi padre no iba a comer. Me gustaba estar con mujeres, aunque fueran tan viejas, ya tú sabes. Me gustaba la sensación de las sábanas limpias y ver mi primer buffet—imagínate un buffet en esa época, Dios mío—y no tener que preocuparme por varios días."

Rafael apaga el cigarrillo y continúa. "Mi padre no dejó ninguna nota. No le dijo adiós a mi madre, ni a nosotros ni a nadie. Sólo se fue caminando por el mar, directo hacia Miami. Como si dando un paso delante del otro pudiera llegar hasta allá de alguna manera, y así todo estaría bien. Cuando llegué a casa esa noche, no dormí. Ninguno de nosotros durmió. Pensamos que tal vez se había ahogado por accidente, y nos imaginamos varias cosas. No lo podíamos creer. Sólo pudimos dormir la noche siguiente. Cuando me metí en la cama sentí algo en los pies."

Rafael hace una pausa y continúa: "¿Estás segura de que quieres oír esta mierda?"

Yo me inclino y le toco el brazo.

"Había algo en mi cama, en los pies de la cama. Toqué a tientas y era esto…" dice, al tiempo que se saca una gruesa cadena de oro de 24 quilates que lleva colgada al cuello y de la cual pende una larga cruz que le cae en la mitad del pecho. "Era de mi padre. Nunca se la quitaba. Nunca, nunca. Pero la dejó en mi cama. No en la de mis hermanos ni en la de mi madre, sino en la mía. No se la mostré a nadie esa primera noche, sólo la agarré en la mano y me aferré a ella como si fuera él. Yo sabía que el hecho de saber que lo había hecho intencionalmente le daría un poco de paz a mi madre. Pero no fui capaz de decírselo enseguida. Esa noche lo mantuve en secreto. Necesitaba un tiempo a solas con él. Mi padre me dejó esto, ¿entiendes? su única posesión, era como si estuviera diciendo… como si estuviera diciendo que sabía lo que yo estaba haciendo, a dónde era que me iba y por qué, y cómo conseguía dinero de mujeres mayores, y que estaba bien, que no me odiaba por eso."

Los asombrados vecinos salen al patio, todavía lanzando exclamaciones de incredulidad. Pasa casi una hora antes de que el ruidoso grupo se vaya y en medio del alboroto Rafael y yo intercambiamos miradas secretas y agridulces. Cuando por fin quedamos solos, me hace señas de que lo siga hasta su cuarto.

"Déjame mostrarte algo," dice.

Me siento en el borde de la cama con cuidado. Rafael saca una caja de zapatos y le quita la tapa suavemente. Luego vacila y vuelve a poner la caja en la repisa.

"No puedo," dice.

"¿Traes una chica hasta tu cama y luego no le muestras la mercancía?" Pero mi chiste no disipa su seriedad.

"Mi corazón, prométeme que no te vas a enojar." Se pone tímido y las manos le tiemblan mientras abre la caja. De rodillas sobre la cama, Rafael voltea el contenido de la caja sobre las sábanas arrugadas.

Caen por todas partes, como ángeles del cielo. Dulces rostros angelicales que forman un mosaico en esa cama, en ese pequeño apartamento, en ese pequeño pueblo a las afueras de La Habana. Chicas. Sus chicas. Las extranjeras con las que ha tenido romances, con las que se ha acostado, a las que ha engañado. Las extranjeras que han caído en la trampa.

Fotos de polaroids, instantáneas, retratos. Hay rubias desteñidas en tanga, que sonríen de manera seductora. Señoras comunes y corrientes con sonrisas llenas de esperanzas y las pienas cruzadas a la altura del tobillo. Mujeres añosas que ya perdieron la belleza de sus años mozos.

Rafael va mirando una por una, repitiendo nombres. Una semana. Diez días. Un mes. Italianas. Canadienses. Españolas. Regresaron varias veces durante un año, durante dos años, durante cinco. Dinero en efectivo que le dieron. Regalos y ofertas de matrimonio y escape. Estas fotos constituyen una evidencia física e innegable que hace imposible querer borrar el pasado.

Rafael me mira con ansiedad, pero no puedo hacer ningún comentario pues me estoy preguntando si yo también debería revelarle mi historia reciente y lo que hago durante la noche. Pero tal vez él interpreta mi vacilación como un gesto de compasión, porque se tumba sobre la cama y se acuesta de espaldas, sobre las fotos, aplastándolas, mientras me observa.

"Nunca sientas pena por un cubano. Somos más inteligentes que los extranjeros. Los dejamos creer que son ellos los que tienen el control, pero en realidad somos los cubanos los que manejamos el asunto."

Extranjeros versus cubanos. Esa es una distinción crucial para todos los cubanos y yo me pregunto cómo me ve Rafael en su fuero interno.

"¿Te vas a casar con una extranjera?" pregunto.

"Mis hermanos están todos aquí, en la universidad y jineteando. Todos le prometimos a mamá que nunca nos iremos. Este es mi país," dice y levanta el puño. "Quiero vivir en mi país, coño." No hablamos durante unos momentos, y Rafael se queda pensativo y parece perdido en los recovecos de su cabeza. Luego me trae de nuevo a la conversación. "¿Y qué hay de ti? ¿Te vas a casar con uno de esos novios ricos con los que siempre andas?"

Me estoy congelando y de repente me doy cuenta de que estamos juntos en la cama.

"Dios mío," digo, mirando el reloj. "Son las cinco de la mañana."

Rafael me lleva afuera, al patio, y nos sentamos a oír la cacofonía de los pájaros que reportan la inminencia del sol. Hay un silencio incómodo entre los dos, mientras yo asimilo lo que acabo de oír. Rafael me estudia con una actitud que es a la vez defensiva y vulnerable, así que yo me siento en su regazo y me agazapo contra su pecho. Pensando en su padre y en su vida en el jineterismo, me aprieto contra su corazón, como para curar la herida. Siento la cadena y la cruz de su padre contra mis costillas. Los brazos de Rafael me rodean completamente y en minutos empezamos a respirar al unísono, como amantes, y así seguimos horas más tarde, disfrutando de un poco de paz, mientras el sol nos bendice de nuevo, un hijo y una hija abandonados a los fantasmas de sus padres.

46

*E*stoy comprando guayabas, plátanos, tomates y, mi fruta favorita, mamey, en el puesto de frutas que está cerca de mi casa. Cuando se consiguen, los productos agrícolas son baratos y orgánicos y deliciosos. A pesar de que el mercado no es muy grande, el Estado pone muchos vendedores y los trabajadores no tienen otra cosa que hacer que tomar ron barato y contribuir a la Radio Bemba del barrio.

"¿Cuánto vale la papaya?" pregunto.

Todos los hombres sueltan la carcajada.

"Otra," dice el vendedor, gesticulando.

"¿Cuál es la mecánica?" pregunto, exasperada, sosteniendo la fruta. "¿Cuánto vale esta papaya?"

"Mi vida, no sé cuanto pueda costar tu papaya," dice el hombre. "Pero esa fruta bomba que tienes en la mano vale veinticinco pesos." Ahora los hombres están prácticamente doblados de la risa.

Limón me dice más tarde que 'papaya' significa vagina, y me pongo roja como un tomate. Limón me dice que el hecho de que no sepa eso después de casi nueve meses de estar aquí muestra que no presto suficiente atención. Juro no volver a pasar nunca frente a ese mercado.

MIS MALETAS ESTÁN sobre la acera. Mi casera no abre la puerta, pero me grita a través de los barrotes coloniales que ya no soy bienvenida, que mis amigos son basura, dientes de perro, que la vigilancia del barrio ha estado murmurando.

La noche anterior se quedó con un mes de renta.

Me siento en la acera y miro a mi alrededor. El aire se siente espeso, distinto. Más picante. Un silencio embarazoso permea las calles que normalmente viven llenas de ruido. No hay vendedores ni niñas con ropa ajustada. Las discotecas han sido cerradas. Los cubanos que se ofrecen a los extranjeros han sido arrestados.

El mundo puede estar clamando por los disidentes encarcelados, pero aquí la gente común y corriente tiene preocupaciones más inmediatas. Especialmente la policía. Y cómo huir del radar.

Mientras arrastro mi equipaje de un hotel ilegal a otro, y hasta la casa de Camila, que está a unas cuantas calles, veo a un Walrus meditabundo, que resopla detrás de mí, mientras se pregunta en qué problema se habrá metido ahora su recomendada. Camila me convenció de que no había problema, pero yo sé que un extranjero que vive sin permiso en la casa de una persona sólo puede causar problemas.

Pero mi verdadera preocupación es Víctor, a quien juré no contactar, y que ahora no sabrá cómo encontrarme.

Después de mandarle un rápido e-mail a Susie, me encuentro deambulando alrededor de la cúpula del Capitolio Nacional, la antigua sede del Senado y la Cámara de representantes. Dentro de sus paredes palaciegas está el núcleo de la nación, un venerado diamante que hay en el piso, cubierto por gruesas láminas de vidrio y vigilado por una diosa de bronce de casi veinte metros de alto. La joya marca el corazón de Cuba, el punto cero. A partir de allí se miden todas las distancias del país.

Hoy subo las escalinatas y busco el diamante, con la esperanza de que pueda indicar no sólo distancia sino también tiempo. Es una piedra preciosa, y una bola de cristal, y dentro de sus poderes curativos están las respuestas a las preguntas por el espacio y el tiempo. ¿Cuál es la distancia que alcanza la fe? ¿Cuál es la distancia de mi determinación?

Dime, ¿dónde y cuándo voy a encontrar a mi padre?

Dime la distancia que puede cubrir la nostalgia de una hija, la distancia que va del punto cero hasta las coordenadas temporales y espaciales del momento en que descubra la calle donde vive mi familia. Porque la lluvia que cae de mi techo es el agua que ellos pisan cuando van al mercado.

Dime la distancia.

47

El banquero sirio se agarra el pecho y cae del podio. La audiencia, compuesta de economistas cubanos, retiene la respiración al unísono. Su conferencista llegó en una limosina ZIL de la era soviética, pero se va en una ambulancia cubana.

En su clínica, Camila se ocupa del corazón enfermo de Farouk. Después de unas pocas semanas, probablemente unas más de lo profesionalmente necesario, Camila le da de alta. Bajo su cuidado, él ha desarrollado otro padecimiento, una enfermedad psicosomática, cuyos síntomas simulan un ataque al corazón.

Farouk está enamorado.

"Es el síndrome de Estocolmo," dice Camila, soplándose las uñas con aire triunfante.

Alí, el socio de Farouk, no está tan convencido de mis encantos, pero acepta que los cuatro compartamos una noche en La Habana. Últimamente los días están tan calientes que no se puede hacer otra cosa que dormir.

"¿De beber?" pregunta el mesero. Estamos en un club de jazz latino que está en un sótano de La Rampa, esperando la presentación en vivo. Mientras los hombres piden Cuba libres, Camila me mira con disimulo, para ver si he desarrollado un poco de química con mi último pretendiente.

"Yo diría que vas a querer un mojito," dice Camila, usando el código que utilizamos para describir nuestras parejas. Los licores y los cócteles indican el puntaje más alto de la escala, mientras que la cerveza y el ron que se paga en pesos indican el más bajo.

"Anoche," confieso, "me tomé una cerveza Cristal. Nunca jamás voy a volver a beber Cristal. Me hizo eructar. De ahora en adelante es cuando menos, un mojito."

"Me encanta oír eso," dice Camila.

El mesero está enervado. "¿Quieres un mojito, sí o no?"

Estudio a mi pareja y me toco la quijada. "Tal vez un mojito."

"Tráele un daiquiri Hemingway," le dice al mesero una Camila optimista.

"¿Lo mismo para ti?" pregunta el mesero.

"No, no, mi vida," dice ella con tono travieso. "A mí tráeme un ron de quince años."

"Caramba," digo. "¿Así de bien estás?"

Camila le hace una seña al mesero y, poniéndose la mano cerca de la mejilla, le dice: "Enfríalo con un poco de hielo, ¿me haces el favor?"

La banda llega y empieza con clásicos. El jazz latino nunca habría sido posible de no ser por la fusión de cubanos y americanos. El *ragtime* y el *rhythm and blues* no habrían existido sin la influencia de la música cubana. Pienso en las otras grandes contribuciones cubanas a la cultura popular americana, como los jugadores de béisbol y las estrellas de cine. Apoyándose en su educada fuerza de trabajo, las compañías de investigación cubanas están desentrañando el misterio de la cura del cáncer. Me pregunto qué otras cosas magníficas podrían darse si el roce entre nuestros países pudiera disolverse.

Pero no tengo mucho tiempo para pensar porque estoy atendiendo al simpático Alí. Me dice que es marroquí, de Rabat, y no sirio como su jefe Farouk. Alí afirma que yo, como cubana, debo disfrutar de los privilegios de vivir en un país que distribuye vacunas, tiene una tasa de alfabetismo casi perfecta y les da educación a sus niños, incluso a los niños del campo, al menos hasta el noveno grado.

Luego Alí me invita a su suite de 445 dólares la noche.

El Hotel Santa Isabel, un antiguo palacio del siglo dieciocho que está sobre la suntuosa Plaza de Armas, es el hotel más lujoso del país. Finjo no entender el machacado español de Alí, para no soltar la risa ante la ironía de recibir un sermón sobre la necesidad de ser agradecido, que viene de parte de alguien que vive en habitaciones espaciosas, con paredes de mármol y sábanas de algodón egipcio de 600 hilos.

En lugar de eso lo atraigo hacia mí y le quito la corbata Hermés y el traje Ralph Laurent de uno de los hombres de negocios más importantes de un país pobre. Soy blanca y por eso el guardia asignado al vestíbulo del hotel aceptó la propina de 40 dólares que le dio Alí y me dejó seguir hasta el último piso. Si el color de mi piel hubiese sido oscuro, es probable que no me habrían permitido entrar a las habitaciones de uno de los hoteles insignia de mi propio país, independientemente de la magnitud del soborno de un yuma.

Impulsada por la seguridad que proporcionan unos cuantos daiquiris Hemingway, empujo a Alí hasta un sofá de seda y, dándole la espalda, le enseño coquetamente lo que está por ver. De manera nerviosa, él sigue hablando de su país, mientras me acaricia el trasero.

Decirle a Alí que he estado en Marruecos sería traicionar la fantasía por la que él está pagando, la invención de que soy una cubana exótica y, por lo tanto, ignorante de los asuntos internacionales. Necesito de toda mi pericia para aguantarme, fascinada, su aburrida diatriba sobre la política internacional.

Tiene que callarse, así que me arrodillo y, cuando voy a matar, él me empuja suavemente hacia atrás y apaga la luz. Luego se pone de pie, va hasta la cama y quita la sábana.

"Habib, por favor," dice, mientras la cara se le ve iluminada por las luces doradas que cuelgan como ángeles sobre la plaza.

"¿Sí?" digo en tono de pregunta.

Alí me entrega la sábana. "En mi país, una mujer no tiene relaciones sexuales hasta que no se casa. Las mujeres que tienen sexo antes de casarse son prostitutas. Después de casarse, si el marido las deja, nadie se casará con ellas y se quedarán solas o se volverán prostitutas. Nadie se casa con una mujer usada."

Incómoda, comienzo a preguntarme para dónde va esto. Alí continúa: "Yo sé que esta es una cultura diferente, pero no quiero pensar en ti de esa manera."

"Hmmm." Mientras Alí me pone encima la sábana, tengo un ojo puesto en mi ropa y otro en la salida. "Cuando era joven, había una mujer con la que me quería casar, pero mi familia no quería permitirlo."

"¿Te casaste con ella?"

"No, era mi adoración, pero no quería irrespetar a mi familia. Nunca la violé, para que se pudiera casar con otro. Pero sí compartimos noches deliciosas," dice y suspira. "Algo en ti me recuerda a ella."

Alí me sube la sábana hasta la parte de atrás de la cabeza, como si fuera un impermeable que me cubre la cabeza y el pelo, y extiende la sábana sobre cada centímetro de piel. Ni siquiera los tobillos sobresalen de mi improvisado djellaba. Luego me hala hacia él.

"Hoy vas a hacer el amor como una virgen marroquí."

Primero son las rodillas. Las doblo y me acuesto de lado, tal como Alí me dice, y con la crema del hotel, que es tan líquida que parece casi agua, él se lubrica y comienza a empujar adentro y afuera de la rendija que forma la articulación. Alí gime de placer. Luego me extiende el brazo a lo largo del tronco y sosteniéndolo firmemente contra el cuerpo, comienza a sacar y meter su pene entre el espacio vacío que forma mi axila. Alí va dándome la vuelta en el sentido de las manecillas del reloj, hace una parada técnica en mi boca y finalmente llega a las seis en punto. Vacila un poco y luego penetra la parte más gruesa de mis muslos, y mientras yo empiezo a sentir que las piernas me arden por el roce y la agitación y me obligo a quedarme quieta, él está en su propia guarida marroquí, tirándose a su virgen, excitado por los tecnicismos de las leyes sociales, por el hecho de romper las reglas y la piel, por la sangre berberisca y francesa y española y beduina que corre por las venas de ella, y cuando todo termina y él queda tranquilo, busca entre su portafolios y me desliza por el brazo unas pulseras de oro de 24 quilates. Yo me quedo esperando, expectante. Esperando algo. Pero de pronto lo entiendo. La virginidad de una marroquí es mucho más que proteger ese pequeño territorio sagrado que ningún hombre, excepto su esposo, puede explorar. Para Alí y los de su clase, la virginidad tiene que ver con las inseguridades que siente un hombre con respecto a la satisfacción de una mujer. Saber que ningún otro hombre le ha producido un orgasmo a su mujer, esa es la definición certificada de la virginidad. No se trata tanto del terreno físico como del emocional, pues ningún hombre quiere mirar a los ojos de su esposa y preguntarse si alguien fue capaz de producirle más placer. El hombre quiere saber que ella nunca podrá comparar y establecer un contraste.

La virgen de Alí no siguió siendo virgen; claro que fue violada. Pero la pobre no obtuvo ningún placer. Tal vez mis propias relaciones internacionales son la compasión espiritual que siento por las mujeres que viven bajo una ley sexual draconiana. Porque el único placer que Alí me dio fue partir en el avión de la mañana. Eso y el oro en mis brazos, que me produjo lo suficiente para ayudarme a pagar más semanas de vida y de búsqueda.

48

*L*os policías guajiros me tienen a tiro de escopeta," dijo Limón riéndose nerviosamente. "¿De verdad la gente sí dice eso en tu país? Estoy empezando a sospechar que todo eso es mierda. Porque las expresiones que tú me enseñas, pues… es curioso. Ninguna de mis yumas parece entender lo que estoy diciendo."

"Tal vez no son las yumas más sofisticada," sugerí, conteniendo la risa.

"Le dije a mi yuma que otra chica me estaba coqueteando, tú sabes, tirándome los perros," dijo. "Y, ¡coño, si me miró como si estuviera loco!"

"¿Alguien te estaba tirando los perros?" pregunté, moviendo las pestañas y chasqueando la lengua. Pensé en mi abuelo, que hasta su muerte siempre pensó que las mujeres lo miraban mucho.

Limón se rio y se rio y recuerdo su risa porque fue la última vez que Limón y yo compartimos una broma. De hecho, serían casi las últimas palabras que intercambiamos en la vida.

Pero en ese momento yo no lo sabía.

Lo que sabía era que Limón, en una confesión no pedida, me juró que era heterosexual, a pesar de mis protestas y de que yo le dije que no era de mi incumbencia. Que estaba aprendiendo que su sexualidad, como la de todo el mundo, era imposible de definir y no era inmutable. Como todos nuestros pensamientos, urgencias y creencias, nuestra sexualidad es libre hasta el último minuto de vida.

Pero Limón no me oyó. En Cuba, me explicó con indignación, a los pingueros—como les llaman a los prostitutos homosexuales porque son pingas buscando pingas—se les permite mantener su machismo en un encuentro sexual con otro hombre bajo unas ciertas condiciones. Los que son así son los bugarrones, pero no los maricones; los que dan placer, pero no los que lo reciben; los que están arriba, pero nunca están abajo. Sin embargo, la conversación fue más significativa de lo que Limón quiso admitir. En estos tiempos de desesperación, incluso los machos más cautelosos se están aventurando a realizar humillantes actos de homosexualidad, en la medida en que los extranjeros que están a la caza de hombres atractivos representan una demanda irresistible que tienen que llenar los que normalmente no son homosexuales.

Limón cambió rápidamente el tema a uno que yo me moría por discutir: las noticias sobre el paradero de mi familia.

"La mujer con la que me encontré en Miramar conoce a tu antigua cocinera. Trabajó para tu madre todo el tiempo que estuvo en La Habana," murmuró Limón con tono triunfante, pero cauteloso, pues la mayoría de los cubanos creen que sus líneas telefónicas están intervenidas. "Ella me dio a entender que conocía a José Antonio."

"¿Tienes una dirección?" Mi voz sonaba tranquila, pero la cabeza estaba a punto de estallarme. No podía esperar para contarle a Susie cuánta razón había tenido.

"Encontrémonos en el cementerio Colón en cuatro horas."

Cuando colgué, estaba más feliz de lo que nunca había estado.

PARA SOPORTAR LA espera, me meto al cine más cercano, el teatro Charles Chaplin. Una nueva película nacional, *Suite Habana,* acaba de estrenarse y consigo la última boleta. La audiencia es implacable y cuando la película comienza, se vuelve evidente que no habrá diálogos. La cámara sigue a cubanos comunes y corrientes haciendo su vida. Se detiene en los rostros mientras comen su tradicional plato de arroz y frijoles. Trabajadores de un hospital se emplean de noche como travestis en un espectáculo para turistas. Un médico se viste de payaso y trata de divertir tristemente a los niños por unos cuantos pesos extra. Los cubanos aparecen tristes y desolados, mientras se abren camino en la vida.

Cuando la película termina, casi todo el mundo tiene los ojos llorosos y el público aplaude con solemnidad.

Incluso en la oscuridad, no se puede escapar a la luz.

. . .

ES EL AÑO 1901 y una mujer muere al dar a luz. Su bebé nace muerto. Con el cuerpecito del bebé entre los muslos de la madre, para simbolizar la muerte al nacer, la mujer es enterrada en el cementerio Colón, en La Habana. Año tras año su esposo visita religiosamente la tumba y, al hacerlo, crea un ritual al que se aferra con determinación. Primero golpea en uno de los cuatro anillos de bronce de la tumba para anunciar su llegada. Luego pone flores en la tumba. Por último, camina de espaldas hasta que la lápida se pierde de vista, teniendo cuidado de no darle la espalda a la tumba de su amada, como muestra de respeto.

Varios años después el cuerpo de la mujer es exhumado. Para sorpresa de los sepultureros, la carne de la mujer está intacta y el bebé está instalado entre sus brazos.

A la luz de esta revelación, la mujer adquiere el estatus de una deidad y la gente la llama La Milagrosa. Durante los siguientes cien años, la gente hace peregrinajes hasta su tumba, pues cree que ella puede hacer milagros y es la protectora de madres e hijos.

Estoy haciendo cola con flores para La Milagrosa, esperando la oportunidad de pedir mi favor. La respuesta de un santo que vela por los hijos descarriados.

Ya casi es mi turno. Observo cómo la gente golpea la tumba, deja las flores y ora pidiendo su propio milagro personal. Como el esposo de la mujer, los peregrinos se van caminando hacia atrás, sin darle jamás la espalda a la tumba de la dadora de regalos.

Un niño chiquito me codea suavemente. Es mi turno. Doy un golpecito sobre la lápida de La Milagrosa, y poniéndome de rodillas, dejo flores en la tumba de la madre. En voz baja susurro el nombre de mi padre, José Antonio, y suplico por un poco de orientación en el caos de esta enorme ciudad. Deslizo un pequeño mapa en la base de la tumba, por si necesita consultar las calles para mayor precisión.

Estoy a punto de irme, cuando oigo que gritan mi nombre y la voz suena tan urgente y angustiada que doy media vuelta. Limón viene corriendo hacia mí y de su mano viene una joven yuma de pelo anaranjado y piel blanca como una nevera.

Los siguen de cerca dos policías de uniforme azul, que están sudando a mares y tienen los ojos fijos en Limón. Cuando lo alcanzan, Limón se enloquece y comienza a agitar los brazos y las piernas y a gritar y a buscarme, mientras lo arrastran hacia la calle.

Estoy gritando "No, por favor no" y luego grito "¿Por qué?" y me quedo paralizada donde estoy, y los cubanos que están haciendo cola detrás de mí quedan aterrados con el espectáculo. Excepto el niñito. Vestido con sus colores de santo, rojo y negro, me señala la tumba y parece asustado.

"Le diste la espalda," dice con los ojos como platos.

Y tiene razón. Le di la espalda a La Milagrosa.

Lágrimas corren por la cara de la mochilera danesa, la última víctima de los ardides románticos de Limón. No sabe por qué arrestaron a Limón y no tengo corazón para decirle que es porque probablemente Limón ya tiene tres advertencias en su historial y este es su tercer encuentro con la policía en compañía de una yuma. O quién sabe, digo.

En La Habana, las cosas nunca son lo que parecen. Mi propia madre me lo dijo.

Después de llamar a la familia de Limón, su yuma y yo volvemos al cementerio a buscar la dirección de la mujer que le cocinaba a mi madre hace tantos años. Inspecciono el piso buscando un pedazo de papel, con la esperanza de que Limón haya tenido el valor de arrojarlo por ahí para que yo lo encontrara. Pero sobre esta tierra fría que cubre un millón de muertos sólo hay polvo, y exhausta me acurruco entre pedazos de mármol antiguo.

Me llevo las rodillas al pecho y veo desvanecerse el día. En el crepúsculo, las tumbas se vuelven opalescentes. En primer plano veo una fila de personas llenas de esperanza que están haciendo cola ante La Milagrosa. Allí está incluso la yuma de Limón, con los ojos hinchados y enrojecidos por las lágrimas, que está pidiendo regresar con seguridad a su casa.

Perdóname, Milagrosa, susurro. Perdóname por darte la espalda. Perdónanos por buscar milagros en esta vida y porque, al buscarlos, a veces destruimos nuestra propia integridad. Destruimos lo que consideramos precioso.

A mis espaldas se levanta la estatua de un ángel que tiene un dedo en los labios para poder oír los susurros de los muertos. Me siento debajo del ángel, mientras acepto con tristeza que hoy se ha roto otro eslabón en el misterio del paradero de mi padre. Como el ángel, yo también estoy escuchando a los muertos y pido que sus secretos salgan a la luz y cambien el curso de los vivos.

49

Mortimer Bardenfeld adora su súper yate. Independientemente del lugar donde esté anclado o del año que esté en curso
en el mundo exterior, en el interior siempre será el lugar y el momento en
los que el bote nació: Miami, circa 1985. Mortimer paga cifras indecibles
para mantener el yate funcionando y con tripulación, y anclado en los
grandes puertos del mundo. Aun así, las cortinas rosadas están desteñidas y ahora tienen un color pastel, y los espejos del techo de los camarotes
se han vuelto anaranjados a causa del óxido.

Incluso el pelícano de hielo tiene fracturada una de sus delicadas patas.
Pero a Morty no le importa, él piensa que todo se ve estupendo.

Morty, desde luego, es ciego.

Camila es su amiga de vieja data, la mujer del puerto de La Habana,
pero como está como loca con su millonario sirio, yo fui designada
para presentar sus excusas y ocuparme del dueño del yate durante su semana en La Habana.

A tío Morty—él insiste en que sus "chicas" lo llamen tío—le fascina la
marina Hemingway. Es la mejor de Cuba y uno de los pocos lugares bien
mantenidos de la isla. Largas franjas de concreto se adentran en el mar
como dedos, sirviendo de puerto seguro para veleros y yates, muchos de
ellos de bandera americana.

"¡Qué tal, preciosa!" dice el capitán surafricano, al tiempo que me abre
la puerta de en medio y me invita a entrar con un gesto solemne. Hacién-
dome un guiño, me señala dónde está su jefe.

Tío Morty se mueve por el salón con elegancia. No puedo evitar admirar al viejo. Nacido pobre y con una enfermedad degenerativa de los ojos,

se abrió camino hasta Wall Street, se especializó en fusiones y adquisiciones, y luego extendió sus tentáculos a negocios alrededor del mundo entero. Su ceguera le da una expresión de inmutabilidad que causa temor en competidores y clientes por igual.

Aunque la fortuna de tío Morty creció de manera exponencial durante los noventa, su época fueron realmente los ochenta y aún suspira por ellos. Y si los ochenta fueron su época, Miami fue su sitio. Gracias a una curiosa banda de infractores de la ley y legisladores, Miami reaccionó a los extraordinarios crímenes de Morty con un guiño y un sonar de maracas bajo el sol festivo. Y Morty estaba en el centro de todo, era el director del tráfico. Establecía redes de corporaciones en el exterior, complejas estructuras de impuestos, exportaciones e importaciones ficticias. Maletines llenos de dinero caliente eran recibidos y escondidos alegremente por cajeros en Brickell Avenue. Días gloriosos, me dice Morty. Días sin ley. La gente haciéndose rica. Muy, muy rica.

Luego vino la caída. Un fiscal de distrito bajo presión decidió hacer de Morty el primer criminal de cuello blanco en salir expulsado de Miami—una dudosa distinción, proveniente de una dudosa municipalidad—"Ya era hora," explica Morty. "Las calles estaban pavimentadas y había escuelas. Ya había nacido una ciudad." La ilegitimidad dio origen a un heredero legítimo. Y el arresto de Morty simbolizó el momento de transición.

En un trato secreto con el fiscal de distrito, Morty cambió las amenazas de una persecución a muerte—por crímenes que enfrentaban largas condenas—por la promesa de no volver a poner un pie en el Condado de Miami-Dade. A menos de que quisiera ponerse un par de esposas. Y no precisamente de las forradas en terciopelo.

Con el corazón partido, Morty mandó diseñar y construir un bote en Miami, como homenaje a su amada ciudad. Técnicamente *Diti Rambo* es una sola palabra, pero a Morty le parecía que dos sonaban más elegantes y ninguna reina de la gramática le iba a armar un problema por eso.

Tradicionalmente 'ditirambo' es una danza de Baco, el dios griego de la bebida y el vino, el típico mentor de las fraternidades y el principal inspirador de Morty. Si Miami, la amante, lo estaba dejando para convertirse en Miami, la esposa, si se iba a volver legítima, Morty llevaría para siempre consigo su recuerdo del Miami de 1985, su aire, su mar y su arena para siempre en el bolsillo. Como la tumba de un faraón. Una tumba que recorrería los mares y evitaría la nostalgia al mantener vivo el pasado en el mundo herméticamente sellado de un costoso juguete de plástico.

Acaricié el fémur fracturado del pelícano y suspiré.

El capitán del yate me contó que, recién construido, este era uno de los cien botes de lujo más grandes que surcaban las aguas americanas. Hoy día es una reliquia en decadencia, y muchos súper yates superan sus 126 pies de largo.

"Hueles delicioso," dice Tío Morty. "Has estado tocando orquídeas."

Lo beso en la mejilla y me dejo caer en un sofá color púrpura, mientras que el mayordomo toma la orden de las bebidas. "Eres increíble," le digo, siempre maravillada por la precisión de sus sentidos.

Tío Morty y yo hemos pasado un rato juntos todos los días durante una semana. No hemos tenido sexo. ("Camila es mi única mujer caribeña," dijo. "Es indudable que mi vieja caña la extraña"). Teniendo en cuenta la avanzada edad de Morty, le estoy muy agradecida por su fidelidad sexual hacia Camila. No obstante, Morty y yo hemos intimado a nivel emocional, mucho más que con cualquiera de mis yumas anteriores.

Cada noche comienza con una cena en el puente de popa. Son las mejores comidas que he tenido en Cuba, y después de la sucesión de comidas exquisitas y vinos de los mejores, siento que mi cuerpo ha recuperado cierta suavidad. (En general, Cuba es el paraíso de los aficionados a las dietas, en la medida en que el transporte es escaso, el baile es el pasatiempo nacional y la comida, en toda su banalidad, no tiene ningún atractivo.) Después de cenar, Tío Morty y yo conversamos a la luz de las estrellas hasta tarde en la noche, mientras que las gruesas cuerdas que nos unen al muelle se templan y se aflojan una y otra vez.

Tío Morty me pide que le describa las constelaciones, y a cambio me cuenta fascinantes pasajes de su larga y decadente vida. Desde el comienzo me identificó como americana y esperó pacientemente a que yo estuviera lista para contar mi historia. No le ahorré ni un solo detalle de los diez meses que llevo en Cuba. Esta noche es nuestra última noche y Camila jura que tío Morty me va a pagar por nuestra semana de amistad, aunque sin sexo.

"Última cena," dice Morty, mientras nos sirven. "Mañana salimos para Gustavia."

"¡Qué no haría yo por ir a St. Barths!"

"¡Qué bueno que lo menciones!" dice Morty, al tiempo que entrelaza las manos sobre su bastón. "Me gustaría ofrecerte que vengas con nosotros, pues sé que no te puedes ir por los medios normales."

Sorprendida, reflexiono sobre la oferta.

"Sé que estás buscando a tu familia aquí, pero si quieres, creo que podemos arreglar que vengas como polizón. Desde luego traerías tu pasaporte y luego mi avión te llevaría desde St. Barths hasta los Estados Unidos. Si quieres, Alysia."

Me siento muy conmovida, pues sé que con esta oferta tío Morty se está arriesgando a despertar la ira de los cubanos por sacarme del país. También sé que si me voy con él y violo las condiciones de mi visa, lo más seguro es que no me vuelvan a dejar entrar más adelante. Por un instante fantaseo con la idea de comerme un jugoso steak a la pimienta en St. Barths y volar luego a Washington, donde me reuniría con mis amigos y me recuperaría de toda esta aventura. Pero no me permito emocionarme demasiado, porque sé que mi deber es quedarme. Ya he llegado demasiado lejos para desistir.

"Lo encontrarás pronto," dice Morty. Cuando la cena termina, tío Morty me revela una segunda idea. "Soy un hombre de negocios y, como tal, me gustaría hacerte una propuesta. Te voy a dar mil dólares."

Mil dólares. Más que suficiente para pagarle a Camila todo lo que me ha prestado. Pero no puedo aceptar. "De ninguna manera, tío Morty…"

"¡No me interrumpas!", dice de forma contundente. "Tú me has dado tu tiempo y yo siempre recompenso a la gente por su tiempo." La verdad es que hablar con un compatriota americano ha sido una bendición y vuelvo a negarme.

"Lo que quiero es que estemos unas horas juntos," dice, "abajo, en el camarote."

"No, no puedo recibir tu dinero. Además," digo, mientras le toco suavemente la pierna, "Camila se pondría muy celosa si algo pasara entre nosotros."

Tío Morty levanta su bastón en el aire y gruñe. "Alysia, silencio. ¿Acaso no puedes hacer feliz a un viejo ciego? Tú me has contado de tu vida aquí con los turistas. Si has estado con esos turistas, ¿por qué no conmigo? Te diré algo. Piensa en los mil dólares como en un préstamo, y que tu tiempo conmigo ha sido fruto de la amistad."

Renuente, apenas puedo imaginarme a Morty desnudo. Pero sé que con mil dólares podría comprar más tiempo e información. Además, el viejo es una pareja más segura y amable que la mayoría de los yumas que he enfrentado.

Pienso en John y una parte de mí está segura de que el hombre que me educó—el diplomático que sabe con certeza cómo funcionan las cosas en el mundo—sabe que me vi obligada a asumir la profesión más antigua del mundo para sobrevivir. John terminaría por concluir que no tenía otra opción. Tal vez pensó que yo no sería capaz de hacer algo tan repulsivo. Tal vez creyó que lo llamaría de nuevo en uno o dos días y desistiría de esta infructuosa búsqueda. Pero no quiero hacerlo. A pesar de lo tentador que suena salir del submundo de La Habana en un yate de lujo, estoy decidida a probar que John no tenía razón. A probarle a él, y a mí misma, que entiendo lo que es importante en la vida.

TÍO MORTY SE INSTALA sobre la colcha rosada y gris con palmeras bordadas. Paso nerviosamente la mano por encima de la tela desteñida, pues no quiero ofender a un hombre que se ha convertido en mi amigo. Doy gracias a Dios de que Morty sea ciego, para que no vea la expresión de desagrado en mi mirada. Tengo miedo de sentir el sabor y la textura de la carne de un anciano.

Tío Morty pone la chaqueta doblada sobre una silla, mientras sostiene la quijada muy alto. Yo también miro hacia arriba y tengo la sensación de que me voy a encontrar con una bola de discoteca colgando del espejo del techo. Tío Morty está tranquilo y relajado. Me pregunto si será kosher sugerirle que tome Viagra, o si se espera que yo haga milagros.

"No tienes por qué estar nerviosa," dice.

"¡No estoy nerviosa!"

"Te tocaste el cuello," dice con tono acusador, mientras pone una cinta en una grabadora. Aunque estamos en Cuba, lo que sale de los pequeños parlantes no es música latina. Frank Sinatra y Count Bassie canturrean "Fly Me to the Moon." En ese momento me pide que me quite la ropa.

Comienzo a desvestirme lentamente. Aunque es ciego, no puedo evitar sentir que tío Morty puede ver lo que los demás no. Siento que su aguda percepción sensorial invade mis pensamientos, y a causa de eso no soy capaz de traer a mi memoria el recuerdo de Rafael para ayudarme a seguir adelante. Ya me quité la blusa y la falda. Ahora siguen el sostén y los calzones.

"Continúa," dice Morty, mientras su dedo tiembla ligeramente.

Respiro profundo y me desabrocho el sostén. Proporcionalmente, mil dólares aquí son como un millón. Me quito la ropa interior. La cara de Morty parece brillar en mi presencia, como Mercurio con la luz del sol. Me inclino para tomarle la mano, pero él me aleja.

"Todo lo que quiero es que bailes," dice. "No te voy a tocar. Sólo baila como si nadie estuviera viendo." Siento una ola de alivio. Comienzo a bailar lentamente al ritmo de Frank y Count y me pierdo en la extrañeza de toda la situación.

Morty me dice que tengo un cuerpo hermoso. "Hermoso," dice. "Pero bailas como americana. Deberías trabajar en eso si quieres tener éxito en tu nueva profesión." Sacudiendo la cabeza, esbozo una sonrisa.

Durante más o menos una hora bailo para mi amigo ciego, seductora en mi propia piel, sintiendo la adulación de un hombre que aprecia mi espíritu, y disfrutando del placer de sentir que, si eres abierto, puedes establecer contacto en los lugares más inesperados.

Morty busca algo en la mesa de noche y cuenta lentamente los diez billetes de cien y agrega unos cuantos más. Luego, buscando a tientas entre el cajón, saca un premio. Una delgada cadena de oro se desliza por mi muñeca. Esta pulsera será la única pieza de joyería que me niego a vender.

"Bon voyage," dice Morty, feliz y satisfecho.

A la salida, el cocinero de tío Morty está en el corredor, esparciendo cremosa mantequilla de maní americana sobre una tostada. Se da cuenta de que me quedo mirándolo, y yo me acuerdo de Limón. El chef me ofrece un emparedado, pero yo le digo que no; en lugar de eso le pido que me dé todo el frasco. Un regalo de salida para el recluso, un gesto basado en el deseo de que Limón sea liberado. Y cuando salga, tendrá una prueba de lo que tanto añora.

50

Resulta que mi primera profesora de baile fue mi abuela.

A ella le gustaban los aretes con piedras de imitación, que no eran de moda, pero se conseguían, y siempre de clip, pues su madre pensaba que hacerse agujeros en el cuerpo era una falta de respeto con el Creador.

Hacía tortas, enormes construcciones de una densidad indigerible, cubiertas de barrocos batidos de pastelería rosada y amarilla. Regalaba hebillas en forma de oveja, camisas y pantaloncitos que dejaban la barriga al aire y alfileres de pañal metidos entre la boca de un sonriente marranito de plástico.

Eran los obsequios de una familia empobrecida. Una familia que no tenía dinero pero que era rica en amor. Un amor de locura.

Las tardes de los miércoles, mi madre me dejaba con ella para poder tener un rato de tranquilidad con José Antonio, en uno de los moteles autorizados por el gobierno, llamados posadas, que cobraban diez pesos el día. Una medida muy considerada de la revolución, para un pueblo que vivía en ambientes hacinados.

El ambiente en el que vivía mi madre era terriblemente claustrofóbico. En casa, ella y John prácticamente habían dejado de hablar y él no hacía ningún esfuerzo por esconder la razón de su gusto por pasar largas horas en la oficina.

Mi madre se aseguraba de que yo pasara los martes con mi padre. Los miércoles eran para mi abuela. Y cada vez que tenía ocasión, en trozos de tiempo que le robaba a sus tareas y deberes, mi madre huía del calor y la confusión de su propia casa y se refugiaba en la de José Antonio. Ahora sé que mamá debe haber suprimido intencionalmente de sus diarios la dirección y el apellido de José Antonio, por si algún día alguien los revisaba. Pero pensando en el futuro, donde yo vivo, lamento su falta de detalle, que habría iluminado el camino hacia la casa de mi familia.

Aunque las visitas a mi familia cubana no eran largas en tiempo, sí parecían ser largas en felicidad. Según lo que escribió mi madre, me llevaba allá para que me dieran clases de baile, para que me dieran frijoles y leche, para que recibiera el cariño especial que sólo se puede encontrar en los brazos de un abuelo.

Cuando chiquita, mi cabello era rubio. El cabello de Alysia es rubio, dice mamá en sus diarios, pero con visos tierra, como la tierra rica y fértil de Cuba.

John observa ese cabello, ese cabello rubio oscuro. Observa esa cara redonda, que contrasta de manera enigmática con la de dos padres de rasgos muy afilados. Mi madre no les presta atención a esas diferencias, pero John empieza a sospechar porque ella no lo mira a la cara. Y cuando eso ocurre, mamá siente que le invaden sus horas de libertad durante el día. Cada dos o tres calles se da vuelta para mirar quién la está siguiendo. Alguien la sigue, quien quiera que sea. Pero cuando ella mira, no hay nadie, y entonces piensa que es la culpa, y el deseo de negar la realidad y la probabilidad de la paternidad.

Ella sabe que su hija de un año es medio cubana.

Y ahora tal vez John también lo sabe.

51

Nubes en forma de cúmulo cruzan el cielo de la tarde como cohetes, en busca de la estratosfera, pero al fallar, vencidas por la fuerza de gravedad, liberan una infame lluvia.

Las lágrimas de cristal del candelero hace rato que fueron reemplazadas por palitos plásticos de helado, que suenan con el viento, atrayendo una fina condensación. Mientras estoy acostada en el espacio que Camila adecuó a manera de habitación para su huésped norteamericana, me caen gotas en la cabeza. Después de pasar la última noche con Morty, estoy durmiendo hasta tarde.

Afuera, en la calle, se forman charcos y remolinos que ruedan con suavidad por vías inclinadas, llevándose toda la contaminación.

Pensando en el babalawo y en lo que dijo acerca de que mi familia camina sobre los charcos que deja la lluvia, de repente me encuentro cerca de mi antigua casa. Y allí paso una nostálgica tarde observando a la gente. Preguntándome si cada mujer que pasa podría ser una tía, una prima, una sobrina. O si, tal vez, uno de los hombres que pasa es el mismo José Antonio.

Tal vez estas personas son los vecinos de mi familia. Tal vez son parte del intercambio informal entre amigos. Tal vez, como en todos los grupos de vecinos y amigos, mi familia intercambia con ellos huevos por bombillos, pescado fresco por ron casero, o un destornillador por un par de tijeras.

Interrumpiendo mis pensamientos, un perrito pasa pavoneándose y me mira con dulzura. En Cuba se dice que los perros traen salud a la casa de sus amos, y la mayor parte de los perros son pequeños y de raza indefinida, pero muy dulces. Con un chalequito hecho con una colcha de retazos, este perrito se agazapa a mis pies. Está sucio, no tiene collar y me lame los dedos.

En las tiendas no venden comida para perros. Los perritos son alimentados con sobras o, en tiempos difíciles, con boniato cocinado o papa dulce. Las proteínas, en cualquier forma, son un lujo reservado sólo a los humanos. Con esta dieta es difícil ver perros paseando por las aceras y los parques—sin mencionar lo que sucede con la longevidad canina—y muchos presentan la apariencia esquelética de las súpermodelos.

Me froto los ojos, veo que este pequeño tiene hambre y le doy trozos de las frutas que llevo en una bolsa.

"¿Qué crees, amiguito, crees que simplemente debo llamar a Víctor?" le pregunto al perro, que levanta la cabeza para mirarme. Luego mete la quijada entre mis pies y suspira.

Víctor me hizo jurar que no lo contactaría, pero como no sabe dónde estoy viviendo ahora, o dónde dejarme las noticias sobre mi familia, no tengo otra opción que arriesgarme a despertar su furia.

El perro me sigue a casa. Lo dejo afuera de la casa de Camila, con un plato de arroz y frijoles.

"Hay una pelea de boxeo en la Kid Chocolate esta noche," le digo a Víctor por el teléfono de su oficina, y la voz me tiembla por temor a su reacción. "Pesos medianos de Santiago. Tengo boletos, empieza a las ocho."

Hay una largo silencio. "Número equivocado," dice y cuelga el teléfono.

A las once de la noche estoy sentada en las graderías, con la nariz tapada a causa del fétido olor de la arena. Apesta a sudor y al ajo crudo que los boxeadores mastican para darse fuerzas. Han pasado dos, tres horas, y Víctor no aparece por ninguna parte. Apoyo la quijada en la palma de la mano.

Hay knockout y el público se levanta y se va. Convencida de que perdí mi conexión con Víctor, balanceo las piernas con tristeza sobre las graderías. En ese momento noto que hay un turista que me observa. Lleva puesta una gorra de béisbol, una camiseta que dice "¡Que viva la grasa de puerco!" y shorts de mechitas ajustados. Se me acerca, pero hoy no tengo ánimos para jinetear. Tomo una ruta solitaria a través de la Habana Vieja y casi me resbalo con unas cáscaras de mango.

A medida que me interno en los bajos fondos del centro de La Habana, la policía es cada vez más escasa hasta que desaparece por completo. Ya no estoy en territorio de turistas, pero el corpulento hombre continúa siguiéndome de manera apresurada y con paso seguro. De repente me doy cuenta: no es un turista. La luna es la única iluminación de La Habana, pero no tengo escondite pues mi falda y mi camisa blancas reflejan sus rayos, como las luces de una discoteca.

Más adelante se ven brillar unas velas en un ruidoso salón. La fiesta se ha salido a la calle y me meto en la casa. En la esquina de un pequeño apartamento hay una montaña de muñecas de santería, dulces y rebanadas de calabaza cubiertas de miel, que reposa entre velas y hierbas. Siento que alguien me toca el brazo y me doy vuelta para ver quién me persigue.

"¡Coño! ¿Qué es lo que te pasa?" dice, al tiempo que se seca el sudor de la cara. El hombre se pone las manos en los muslos y se agacha para recuperar el aliento. "¿Por qué me haces perseguirte?" Debo tener una expresión de miedo porque enseguida me hace una sonrisa. "Tranquila, Víctor me envió."

"¿Está enojado?"

"No, pero, mujer, nunca había visto a nadie que corriera tan rápido. Víctor me dijo que buscara una turista rubia. Por un segundo pensé que eras una cubanita y que estaba siguiendo al bollo equivocado, pero tu caminado de ciudad grande te delató."

"Casi me matas del susto. ¿Cómo sé que eres amigo de Víctor?"

"Oye, mami, él me pagó veinte dólares para venir a verte."

"Bien."

"Mira, y dijo que tú le reembolsarías los veinte."

Entorno los ojos. "Sí, definitivamente es Víctor," digo, mientras saco de mi brasier algo de fula, algo de fe—el nuevo término para llamar el dinero—y se lo doy al hombre. La gente de la fiesta comienza a fijarse en nosotros y el enviado de Víctor me lleva calle abajo, mientras insiste en acompañarme a casa para poder darle a Víctor mi nueva dirección.

"Ahora despacito y suavecito, mami," me ruega.

"Será mejor que haya noticias," digo, tratando de sonar ruda.

Buenas noticias, dice. Víctor encontró la dirección a donde mi madre me llevaba para visitar a mi padre y a su familia.

Buenas noticias no, excelentes noticias. Noticias que cambian la vida.

Excelentes noticias hasta que el hombre me dice que tengo que esperar otras dos semanas a que Víctor se sienta lo suficientemente seguro como para pasarme la dirección.

Esperar, y esperar a esperar, son las formas de tortura más comunes a las que se somete a los cubanos. Tengo que esperar porque hay cosas que no entiendo, porque nada es lo que parece, porque bajo la pátina de una revolución unificada está el caos, así que le paso un papel con mi nuevo número telefónico y me adentro en la noche, esperando porque soy cubana y ese es mi calvario.

52

Son las tres de la mañana en La Habana y lo único de lo que habla mi novio mafioso ruso son sus trajes.

"Versace es para los chiquitos, para los *brodyagas*. Yo, yo abandoné Versace en mil novecientos noventa y—¿qué, cinco?—ya sabes, cuando a Gianni lo mataron en Miami. Yo tenía veintiocho, veintinueve. Oí la noticia, fui a casa y saqué todos los Versace y dije, no más trajes Versace. Era un buen hombre, pero con mala suerte. Baleado frente a su casa," dice y suelta una retahíla de insultos en ruso. "A todo el mundo le pareció que yo no tenía buen gusto por abandonar a Versace. Pero yo dije: uno tiene que estar loco para usar ropa de un muerto."

Piernas y brazos entrelazados, estamos recostados en los suaves cojines de uno de los salones de cigarros más sofisticados de La Habana. Estoy totalmente consciente de la posición de mi cuerpo y trato de girar más el torso y las piernas para que se vean más atractivas, mientras observo mi reflejo en los ojos de Sasha. Preferiría estar de regreso en los Estados Unidos, vestida con sudadera y sentada con las piernas cruzadas encima de un sofá viendo un partido de fútbol universitario, pero Camila es mi guía espiritual ahora, así que poso.

Sasha se está fumando un Punch Churchill, mientras cuenta la historia de su vida, animado por unas líneas de coca boliviana, ron Habana Club siete años y el intenso interés de su jinetera.

Una jinetera que ha estado en Moscú, pero nunca en sus terrenos.

"Hoy sólo los *chajnik* usan Versace. Sólo los *chajnik* van a St. Moritz y conducen BMWs. Yo, yo voy a Klosters y conduzco un Mercedes S600. Tengo un Mercedes, sí, pero pronto voy a comprar un Rolls-Royce Phantom. ¿Qué crees, negro o plateado? Plateado, creo." Sasha le da una larga fumada a su cigarro y le lanza una mirada cómplice a su asistente, un ruso gigantesco que está vigilando la puerta de nogal que da a la entrada.

Sasha es un niñito de treinta y siete años, que tiene el pelo claro y extremidades largas y delgadas. Unas ojeras negras circundan sus ojos de acero, pero eso no desmerece su apuesta apariencia. Posiblemente las ojeras se deben a su incapacidad para relajarse totalmente, incluso cuando está dormido, lo cual, en los últimos días, ha ocurrido en mis brazos.

Como he caído bajo el embrujo de su horario de vampiro—levantarse al ocaso y acostarse después de comer una tostada con huevos al amanecer—he tenido oportunidad de conocer las intimidades de la noche habanera. Ha sido una bendición escapar al bullicio de las largas colas que hay que hacer durante el día, la contaminación que congestiona los pulmones y la deprimente visión de una ciudad en decadencia. Pero en las voluptuosas noches, la presencia de las estrellas—que brillan y relumbran sobre la ciudad en penumbra—es la única confirmación de que los cubanos no estamos solos en el universo. Que realmente estamos conectados con el mundo exterior. La noche lo dice, aunque el día habla de soledad y del anhelo de que se levanten por fin las cortinas del escenario del mundo. Cuando el embargo termine, cuando La Habana tenga electricidad como Seul y sea reconstruida como Berlín y convertida en un demonio como Miami, el día se llenará de un espíritu comercial, y la nostalgia, el único producto que abunda en mi isla, se disipará bajo las luces del escenario.

"Tú," dice Sasha, mientras pasea sus dedos por la parte interior de mi muslo, "y yo, vamos a hacer un trato."

Jugando con mi pelo claro entre los dedos, pregunto de qué se trata.

"Yo vuelvo por ti. Hacemos un trato. Necesitas dinero para ayudar a tu familia, sí. Yo puedo ayudar, Kroshka—mi pequeña, su manera cariñosa de llamarme—. ¿Qué dices si te mando dinero? Tal vez todos los meses. Y vengo de visita y sé que me estás esperando sólo a mí."

Por temor a que la ayuda de un yuma parezca algo demasiado irreal, he llegado a conocer muy bien el sistema de los anticipos, como una herramienta de control y poder. Pero aun así me sorprende que él haya sugerido un acuerdo en un momento tan temprano de nuestra relación.

Sasha y yo llevamos una semana juntos, desde que me vio en el Malecón y le ordenó a su conductor que se estacionara. Aunque él cree que nuestro encuentro se debió al azar del destino, en realidad yo llevaba un rato esperando en la calle, y al ver acercarse el Mercedes, en el que seguramente venía un rico extranjero, me lancé a la vía, movida por un presentimiento. Arrojé la cartera y volví a subirme a la acera, fingiendo que tropezaba con el escalón. El conductor paró en seco y saltó del auto para ver si estaba bien y yo me limpié la ropa, mientras me disculpaba por ir tan distraída y me limpiaba la sangre de mi, otra vez rodilla raspada. Cuando vi que Sasha traía mi bolso, fue "amor a primera vista," o por lo menos eso fue lo que le dije, y enseguida le lancé mi versión aficionada de La Mirada.

Este ha sido, hasta ahora, mi trabajo de jineterismo más largo y exitoso.

"Entonces, ¿abrimos cuenta bancaria?"

"¿Y yo qué tengo que hacer?" digo, recordando a Sophia Loren, pero las palabras me salen con la voluptuosidad de Shirley Temple.

"Kroshka," dice Sasha. "Prométeme nunca decir mentiras. Las mujeres que mienten…" dice Sasha con tono amargo. "¿Está bien?" Yo encojo los hombros de manera evasiva y desvío la mirada. Camila me diría que espere dos compases. Sasha me toma la mano entre la suya y, despúes de un momento de tensión que parece eterno, lo beso en los labios y le digo que trato hecho. Él es mío y yo soy suya.

"Siempre quise tener novia cubana," dice en su inglés machacado.

Y yo siempre quise encontrar a mi padre. Pero eso lo digo para mis adentros. En ese momento también pienso en lo mucho que extraño a Rafael, y en cómo es su rostro lo que imagino cada mañana en el hotel, cuando los opiáceos de la noche han hecho su recorrido por las venas de Sasha. Yo me monto sobre él, como una arpía, y hago que su corazón vuelva a latir al ritmo normal, mientras oprimo a mi bestia, jineteando, concentrándome en su placer, diciéndole que yo también lo estoy disfrutando y afirmando que este es el mejor sexo que he tenido en la vida. No obstante, en mi mente el recuerdo de la cara de Rafael está pegado al rostro de Sasha como una máscara de Halloween. Es la única manera.

Nuevamente Sasha está hablando de ropa y yo me permito disfrutar la victoria. Por fin, pienso, he atrapado a un buen yuma, un yuma que me mandará remesas para que yo pueda dejar de jinetear durante los dos meses que me quedan en Cuba. Y si todo sale según lo planeado, sólo falta una semana para que Víctor me entregue la codiciada dirección de mi familia. Es un triunfo, y estoy saboreando mis logros. Como corresponde.

Sasha me toma la mano y la pone sobre su chaqueta.

"Mira este traje. Helmut Lang. Pura lana. Estos zapatos: mocasines Gucci. Sin medias. No uso medias ni en invierno en Moscú. Todo el mundo dice que estoy loco, pero estoy a la moda. En ninguna parte de mi cuerpo hay cosas violeta ni rosadas ni amarillas como las plumas de un ave. Esos asesinos de *babushka* en Moscú se compran costosos trajes de payaso para impresionar al vendedor un segundo. Pero yo no, yo pienso en la moda. En la alta costura. Le digo a mi chica que no use medias todas las noches. Todas las noches con las medias de red. Es tan aburrido, como Madonna en 'Like a Virgin.' Eso fue bueno, tú sabes, en ese entonces, pero en Moscú no quieren evolucionar en el tema de la moda. Se quedaron en 1989." Sasha hace una pausa y me mira, como si me viera por primera vez. "Pero tú no sabes de eso, claro, eres una chica cubana." Luego baja la voz y me atrae hacia él, encima del suave sofá de cuero. "Una hermosa, hermosa chica cubana."

Aunque he considerado la posibilidad de corregir la creencia de Sasha de que no tengo idea de lo que pasa en el mundo exterior, me he negado a revelarle la verdad de mi vida. Me imagino la expresión de su cara si le contara sobre mi pasado, los países que he conocido, los clubes y las fiestas de diplomáticos, toda esa costosa educación. A veces me pregunto cuál sería la reacción de mis novios extranjeros si sólo pudiera contarles mi verdadera historia. Pero nunca lo hago pues sé que mi atroz engaño despertaría rabia e indignación.

Parte del atractivo de una cubana es su evidente—y auténtica—falta de mundo. Los extranjeros disfrutan su papel de hombres de mundo y también la noción de que una cubana siempre será ingenua y, por tanto, un recipiente vacío que pueden llenar con sus propias opiniones, sin que nadie las discuta.

Así que dejo que Sasha crea que he vivido toda mi vida en La Habana. Estoy segura de que en Moscú, o Nueva York o Munich, no tendría oportunidad de resultarle atractiva. El interés de Sasha en mí proviene de su idea de que soy cubana y está teniendo un romance con una latina afectuosa, celosa y escandalosa, que está atrapada en un limbo de tiempo. Soy una pintura en el museo de la inocencia. Que se compra fácilmente y se cambia por chucherías.

SASHA Y SUS amigos vinieron a La Habana a quedarse varias semanas. Para salir un rato del panorama, o por lo menos eso es lo que dice. Sin ser muy claro, Sasha sugiere que están escampando una tormenta de venganza de su competencia en Moscú. Y La Habana es el escondite perfecto: remoto, atrevido y entretenido. Y sin ningún arma al acecho.

El hecho de que un grupo de rusos ricos y díscolos estén al acecho no ha pasado inadvertido entre las jineteras. La imaginación de las mujeres más emprendedoras de La Habana se ha encendido con el grupo de *novi ruskis* a los que les gusta ejercer su poder capitalista, que miran la hora en sus relojes Cartier y compran de manera conspicua todo el cristal Bakalowicz.

Ni siquiera las medidas de control pueden restarle interés a esa oportunidad.

En la cena, Sasha y sus amigos levantan el dedo y se inclinan ante platos llenos de cocaína. Después, solos o en grupos, vagabundeamos en Mercedes alquilados, por las oscuras calles de la ciudad en busca de los sitios más calientes, los que funcionan alimentados por los dólares de los turistas, las discotecas, restaurantes y cabarets que sólo pueden pagarse los muy ricos, en la medida en que lo mejor de Cuba sólo está al alcance de los extranjeros y esos pocos que pueden llevar una vida bohemia.

La mayoría de las jineteras creen que, si logran encontrar a alguien que se case con ellas y las saque de esto, en el resto del mundo su vida será como unas vacaciones permanentes. El hecho de que los turistas estén de fiesta todas las noches y durante el día se relajen en la playa los tiene convencidos de que ese es el estilo de vida normal de los de afuera. Dile a un cubano lo duro que trabaja la gente en el mundo occidental y no te entenderá.

"Tenemos un chiste," me dijo una vez Limón sobre el mayor empleador de la población, el gobierno. "Hacemos como que trabajamos y ellos hacen como que nos pagan."

"Y tú crees que el resto del mundo es igual, sólo que con salarios más altos, ¿no es así?" le dije en tono de reproche, mientras que su gesto de encoger los hombros confirmaba el mito.

"¿En qué trabajabas tú?" me preguntó.

"Yo acabo de terminar mis estudios, ¿recuerdas?"

"Entonces, ¿el jineterismo es tu primer trabajo oficial?"

Soltamos la carcajada. "El plan era trabajar en el servicio exterior, si me iba bien en las pruebas. Si no, trabajaría en asesorías," dije, tal vez con demasiada nostalgia.

"¿Asesorías?" me preguntó con interés. "Háblame sobre eso." Limón conversaba con el mismo arte con el que conducía y eso me encantaba. De reacciones rápidas, sabía llevar la pesada máquina con suavidad a través de huecos y baches, sin estrellarse. ¡Qué estilo para sacar nuestra conversación del tema de la compasión por mí misma y lo mucho que extraño mi cómoda vida!

"Asesorías, bueno," respondí. "Tú tienes unos clientes, escuchas sus necesidades, resuelves sus problemas y los haces más poderosos. Como andar jineteando."

"Como andar jineteando."

"Sí, pero sin la ropa bonita."

SASHA ME ARRANCA de mi ensoñación con un chasqueo de los dedos, pero luego me doy cuenta de que al que está llamando es al mesero encargado de los cigarros. Elige unos cuantos Diplomáticos número 2, desocupa la botella de Habana Club siete años y saluda a sus amigos que están entrando, fumando cigarros calibre 49 o más. Los rusos están rodeados por la última ronda de jineteras, todas perfumadas con la fragancia Jean-Paul Gaultier y con jeans tan tensos que habría que lavarlos con Valium en lugar de jabón.

Siguiendo la moda, todas tienen celulares prendidos al cinturón, que cuelgan provocativamente cerca del pubis. ("Habla de la moda de la izquierda," le dije una vez a Camila.) En Cuba, los teléfonos celulares son fundamentalmente accesorios de moda, pues de resto no sirven para nada porque las tarifas de conexión están más allá del alcance de cualquier mortal.

"La jinetera norteamericana."

Oigo la voz, pero no quiero creer que esté aquí.

Cuando los grandes boxeadores se enfrentan, se fijan mucho en la estatura y el peso. Rara vez un peso liviano desafía a un peso pesado. Con la garantía de las divisiones, dichos boxeadores no compiten unos contra otros. Pero para Modesta las divisiones no existen y yo quedo sola en el ring con la más poderosa. Aprieto la mandíbula cuando la veo venir hacia nosotros. Sasha se queda a la mitad de una frase, mientras observa las míticas curvas de su cuerpo y la precisa simetría de su cara, que recuerda una obra de Da Vinci.

"¿Qué fue lo que dijo?" pregunta Sasha en voz baja, volviéndose hacia mí. "¿Acaso dijo que eras americana?"

Cuando Rafael se para al lado de Modesta, nos saluda como siempre con un beso en la mejilla, primero a ella y luego a mí. Siento que mi cuerpo se paraliza por dentro. Puedo ver la furia en los ojos de Rafael; otra vez me está encontrando muy contenta con un extranjero. Sin embargo, le ofrece a Sasha un caballeroso estrechón de manos.

Rafael se presenta como traductor de los amigos mafiosos de Sasha, y los dos conversan brevemente. Pero los ojos de mi ruso se mantienen fijos en mí.

"Tú," dice Sasha señalando a Modesta con su cigarro, "¿tú dijiste que Alysia es americana?"

Modesta hace una sonrisita y Rafael interviene. "Es posible que sea medio cubana, pero estoy empezando a dudarlo," dice Rafael de manera críptica. "Oye, tengo que conseguirle algo a…" dice y le hace señas a uno de los rusos.

"¡Eres americana!" grita Sasha, al tiempo que da un salto tan intempestivo que yo me caigo sobre el sofá. "¡Me mentiste! Dijiste que eras cubana…"

"Sasha, espera. ¡Soy las dos cosas!" suplico. "¡Soy las dos cosas! Soy… no lo sé, es difícil de explicar." Ahora Sasha se pasea de un lado a otro, mientras que su cara pálida está cada vez más roja. El grupo se ha quedado en silencio y todo el mundo nos observa. Modesta mira con cólera, impávida.

Sasha me grita con agitación. "Tú dijiste que nunca mentirías. Y tengo que pagarte por estar conmigo. Dijiste que nada de mentiras," dice y luego se dirige a todos los demás. "¡Y la maldita perra dice mentiras! ¡Yo le pago y la maldita perra dice mentiras!"

Luego Rafael dice algo en voz baja, sin robarle nada de la escena al ruso. Es una deducción lenta, una acusación que le sale de manera natural. Motivada más por la sorpresa que por la ira. Rafael dice: "Eres una cabrona jinetera."

En la boca de Modesta se dibuja una mueca de triunfo.

Suaves rayos de luz salen de la botella de Habana Club que Sasha me arroja contra la cabeza.

Uno, dos golpes.

Knockout.

Cinco

53

No hay analgésicos en el hospital, ni siquiera una aspirina, así que los enfermeros me mojan la garganta con ron barato y me cosen el hueco de la cabeza con hilo y aguja. Voy a estar bien, pero me dejan en observación hasta mañana, en caso de que haya contusión. No siento nada. El verdadero daño es interno y está sangrando. Me pregunto si Rafael podrá perdonarme algún día. Y cómo voy a regresar a casa.

Modesta lleva un ramo de mariposas de olor penetrante y su cara parece totalmente inexpresiva. Arroja las flores a mis pies. No tengo idea de por qué está aquí y me siento aterrorizada en su presencia. Pero decido no mostrar miedo.

"Radio Bemba dice que Camila no está."

"No saben dónde está," contesto con indiferencia. La madre de Camila está enferma de la preocupación, pero no se lo digo a Modesta.

Modesta abre la ventana de un golpe, enciende un Marlboro y se sienta en el alero del segundo piso. Desearía poder empujarla.

El embriagante olor de las flores me produce un estado de somnolencia que los enfermeros me prohibieron. Por la ventana entra un golpe de brisa fresca que me reconforta y se mezcla con el humo del cigarrillo de Modesta. En una isla que produce el mejor tabaco del mundo, los Marlboro importados son de menor calidad, pero más costosos, y un signo de estatus de las jineteras. Y nadie más que Modesta podría encender uno en un hospital.

Estamos en una zona muy pobre de la ciudad y de la calle llega un clamor profundo, un susurro de indignación colectiva por la muerte de los secuestradores del ferry. Mi poderosa rival, que va por su segundo cigarrillo, también lo escucha, pero no dice nada. Yo espero. Otra vez desempleada, tengo toda la noche.

Finalmente, Modesta comienza a hablar. "Cuando tenía diecisiete años, me casé con un italiano. Conquistó a mi madre. Yo no estaba muy enamorada, pero no quería trabajar más en Varadero. Él hizo tantas promesas. Nunca salgas con un italiano, son los peores tacaños." Modesta tira por la ventana la ceniza encendida. "Duré tres meses. Vivía en un pueblito cerca de Nápoles, él trabajaba en algo raro, todo el vecindario le tenía miedo. De hecho, más que temerle, lo odiaban. Yo sabía que era un bastardo. Pero aquí, aquí nos estábamos muriendo de hambre. Era el período especial. Un día sorprendí a mi abuela comiéndose un pedazo de pintura de la pared, ¿te imaginas lo que es ver a tu abuelita con tanta hambre que come pintura?"

No tengo idea de por qué Modesta me cuenta esto. Enciende otro cigarrillo. Como no tengo a dónde ir, espero a que termine. Pasa otro rato largo antes de que siga hablando, y yo tengo miedo de quedarme dormida en su inquietante presencia.

"El italiano dijo que yo podría ir a la universidad y luego tendríamos hijos y una casa nueva, y yo podría enviar dinero a casa. Pero no pasó nada de eso. Teníamos una casa. Pero yo no tenía permiso de salir. Era su esposa, pero él me prestaba a todos sus amigos comemierdas. Todos estuvieron conmigo. El sabor de Cuba. A veces eran dos al mismo tiempo, o tres. Me escapé de mi propio garaje en el baúl de un Fiat de un chico demasiado estúpido para tener miedo. Llegué hasta España por veinte dólares y me tomó dos años ganar suficiente fula para poder volver a ver a mi madre. Cuando regresé, ella me hizo jurar que nunca dejaría Cuba."

"¡Qué suerte la mía!" digo entre dientes, en inglés.

Pero ella no me escucha. "Cuando regresé estudié arquitectura y obtuve las mejores calificaciones. Tengo una medalla y todo. Aunque no es de metal," dice y se ríe. "Es una talla en madera. Seis años y me dan una medalla de madera. Pero, ¿acaso tengo un empleo? Sí, un empleo, pero no un trabajo de verdad. Tengo que pasar un borrador de un lado al otro del escritorio y luego otra vez. Me contrataron para aliviar el aburrimiento de mi supervisor papalón y ponerle a alguien nuevo a quien pudiera joder. En La Habana todo está por construirse, ¿no? ¡Tantos planes para el futuro! Pero no tenemos materiales. No tenemos nada y todo gracias al embargo de ustedes." Ahora Modesta está enojada y se queda mirando por la ventana hasta que recupera la calma.

De manera curiosa, bajo estas fuertes fluorescencias los fascinantes rasgos de Modesta se vuelven más suaves, menos superhumanos. Hasta mi llegada a La Habana no habría sido capaz de ponerme en su lugar, pero ahora entiendo muy bien su historia de fugitiva. Encuentro una extraña fascinación—y tal vez consuelo—en saber que una belleza como la de ella no es garantía contra los actos de Dios.

Modesta va a encender el tercer cigarrillo, pero cambia de opinión. Tengo la esperanza de que una enfermera sienta el olor a humo y la eche a la calle.

"Ahora estoy con Sasha," dice de manera casual, mientras se limpia la ceniza de los muslos. Modesta levanta los ojos para ver mi reacción.

Yo me toco la herida con suavidad. "¿Puedo sugerirte que sólo tomes cerveza? En lata."

Modesta se ríe. Luego sigue una larga pausa. Una eternidad. "Lo que pasó anoche fue inolvidable. No me siento bien por lo que pasó."

Yo asiento con la cabeza. Así que esta es la razón por la que vino a verme. Probablemente es la mayor disculpa que Modesta ha presentado en su vida.

Finalmente saca el tercer cigarrillo, lo enciende y cierra brevemente los párpados para recibir la brisa. Otro largo silencio en una noche llena de silencios.

"Yo tampoco conocí a mi padre. Y haría cualquier cosa por él, si estuviera vivo."

Los ojos empiezan a cerrárseme y me siento adormilada.

"Lo otro que me dijo anoche Rafael," dice y luego vuelve atrás. "Él, nosotros hablamos después de lo que pasó. Nos contamos lo que yo sabía y lo que él sabía sobre tu padre. Y todo. Rafael no está enojado."

"Mentirosa."

Modesta me muestra su sonrisa ganadora, la que usa con los yumas, y sacude su pelo largo. "Claro, pero yo sé lo que él piensa, mi corazón. Él no es un hombre que guarde resentimientos. Hasta que tú apareciste, Rafael no sabía lo que era un no. Nadie le había dicho que no nunca." Ahora Modesta está entusiasmada y se inclina hacia delante. "Dios mío, Rafael casi mata a Sasha después…" Modesta se da un golpe en la cabeza.

"¡Ay, Dios mío!" digo y me enderezo, pero una punzada de dolor me hace recostarme otra vez. "No me digas. ¿Rafael peleó con el ruso? ¿Él está bien?"

"Los rusos lo zarandearon un poco y luego lo tiraron al callejón."

Cierro los ojos y siento que el corazón se me va a salir del pecho, pero luego siento una mano tibia que me hace presión y suaviza su ritmo. Es mi madre. El calor sube por el pecho hasta mi cuello y mi cara, hasta la herida. "Ciertamente sé como elegirlos, ¿no es así, mamá?" Quiero decirlo en voz alta para que mi madre pueda oír. Así las dos podremos reírnos de lo extraño que ha sido este viaje que comenzó hace veinticuatro años en este mismo hospital.

Pero la que habla es Modesta. "Rafael y yo tenemos nuestra historia, tú sabes. No nos funcionó, pero no me gusta que él esté con nadie más."

"Ustedes las divas cubanas son la gente más celosa que he conocido en la vida. Tienen celos hasta de una cucaracha en tutú. Por Dios." Ahora me está doliendo mucho la cabeza.

Modesta hace una mueca y enciende otro cigarrillo con el que está terminando de fumarse. El silencio que compartimos es como una tortura.

"Sasha es un maldito pesado, ¿no? Y su pinga, ¡coño!" dice y hace una señal con el índice y el pulgar. "Un palo de gallo. Es tan chiquitito. ¿Cómo hacías para saber cuándo estaba adentro?"

"Y la ropa."

"Por favor. Una cosa es usarla, pero ¿también tiene que hablar de ella? ¿Qué, acaso es periodista de la revista *Vogue* rusa?"

Después de unos cuantos cigarrillos más, Modesta deja la seguridad de la ventana y se acerca a mi cama. De manera vacilante, deja que sus dedos me rocen el brazo. Yo no quiero tenerla cerca, ella me ha visto desnuda, me ha visto fracasar dando una mamada. Yo la he visto cubrir con sus muslos una pinga mojada con mi saliva.

"Tú no me caes bien," le digo.

"Es un sentimiento mutuo, mi corazón."

Modesta mira mis vendas y mueve la mano con intención de tocarlas, pero luego la retira, como si sintiera la presencia protectora de mi madre. Se dirige a la puerta. Desde el umbral da media vuelta.

"Termino de trabajar ¿a qué horas? ¿Al amanecer?"

"Amanecer, huevos, tostadas, sexo, dormir," digo, enumerando claramente la secuencia.

"Volveré con aspirinas y un auto a las nueve. Tenemos que llevarte a casa."

En ese momento recuerdo las palabras del santero y su advertencia de que me cuidara de quienes podían hacerme daño. Mucho antes de que Modesta pueda regresar, con la cabeza apoyada en una mano, me escapo del hospital y tomo un taxi hasta mi casa. El conductor accede a llevarse mis zapatos a manera de pago, porque no tengo dinero con qué pagar la carrera.

54

"**P**uedes sacar a la chica de Morón, pero no puedes sacar a Morón de la chica," dice Richard riéndose de su ingenio por el juego de palabras que ha hecho a partir del nombre del pueblo de Daya, Morón, y la palabra inglesa que significa 'estupidez.'

Me está llamando desde Londres. Después de una pelea espectacular, dice que Daya y él se reconciliaron y que estará llegando a La Habana en unos días.

Daya es oriunda de Morón, una estación de paso en la parte central de Cuba. Ha vuelto con Richard con la condición de que él vaya a conocer a su familia de Morón y anuncie sus intenciones.

Me divierte pensar en cómo se verá el elegante Richard en el apartado Morón. Richard pregunta: "Vendrás con nosotros, ¿cierto?"

Agradecida por un descanso del trabajo sexual, ahora que mi valor en el mercado ha bajado a cero debido al estado de mi cabeza hinchada y cosida, acepto ir. Sin estar Camila y teniendo que esperar aún unos días más para encontrarme con Víctor, estoy que me subo por las paredes.

"Ya tienes traductora," le digo, al tiempo que siento que me voy a arrepentir. "¿Hay algo que tenga que hacer Daya antes de que llegues?"

"Dile que baje la baranda de la cuna y me caliente la comida."

RESULTA QUE CAMILA le dejó una nota muy críptica a su madre, diciendo que se iba, pero sin mencionar a dónde, o cuándo iba a regresar, si es que iba a regresar. Los vecinos se aprietan en la sala de la casa durante las tardes, para consolar a la familia de Camila. Su jefe llama todos los días y en la voz se le siente la preocupación por su querida directora. Todo el mundo está desconcertado por esta desaparición sin precedentes. Pregunto si puede tener que ver con las medidas de control, pero los vecinos me aseguran en susurros que Camila es intocable. Eso me brinda cierto consuelo, así que voy a la casa de Rafael para saber si él sabe a dónde puede haber ido Camila.

Pienso que es una excusa lo suficientemente decente para presentarme en su apartamento, y un pretexto para disculparme en persona. Desde el incidente con el ruso la semana pasada, ha estado negándose cuando lo llamo.

"Está dormido," dice la madre de Rafael y encoge los hombros. La mujer se fija en mis vendas. La cara se le suaviza y sale al porche y cierra la puerta. Pienso en lo que sentiría cuando perdió a su marido gracias al mar y a la locura, y sonrío con tristeza.

"Mi amor," dice, al tiempo que inspecciona las vendas que tengo pegadas en la cabeza. "¡Qué pena!"

"Por favor dígale que lo siento," le ruego. Ella hace un gesto de asentimiento y me promete darle a Rafael el mensaje y mi regalo, una botella de ron Habana Club. Después de marcharme, me doy cuenta que es la misma marca de la botella que Sasha usó para romperme el cráneo.

Parece que nunca puedo hacer nada bien.

En el café internet, el esperado mensaje de Susie con las noticias de la semana no aparece por ninguna parte. Leer acerca de su vida y su trabajo en Ghana—representación de lo que podría haber sido mi vida si hubiera tomado otras opciones, me imagino—es uno de los mejores momentos de mis días. Sé que está ocupada y adaptándose a su nuevo papel en África, pero aun así me siento sola.

Al salir del café internet paro un taxi para ir a casa, pero al Rambler American 1958 se le daña un empaque, así que tengo que caminar las cuatro millas hasta la casa, tambaleándome sobre los tacones en espiral que se han vuelto parte de mi cubanidad.

En la casa de Camila, la preocupación es permanente y las caras de consternación de amigos y vecinos giran por las habitaciones. En el porche, el perrito está esperando y le doy mi propio plato de comida de frijoles y arroz, tomado de la cocina de la madre de Camila. Los chicos del vecindario lo bautizaron Tito, en honor del famoso músico latino, y Tito parece creer que yo le pertenezco.

El perrito es irresistiblemente tierno y lo levanto a la altura de mi cara. "Prométeme que no me vas a querer y después me vas a dejar," le digo, mientras que él me lame la nariz. Extraño a Camila y sin saber si Rafael me perdonará algún día, me estoy sintiendo muy sola.

En estos tiempos las desapariciones parecen ser endémicas.

Excepto por Walrus, que pasa muy rápido en su Lada que vomita humo, y me dice adiós.

LA CARRETERA A Morón está llena de baches seguidos de amplios pedazos de carretera que terminan abruptamente y docenas de kilómetros entre cualquier pueblo o ciudad. En los solitarios segmentos de pavimento nuevo nos cruzamos con pocos autos, pero en cambio vemos varias carretas tiradas por bueyes cargadas de caña de azúcar y piñas. Campesinos cuya piel parece cuero entrecierran los ojos detrás de las riendas.

Los carteles de propaganda de la carretera se vuelven más hostiles a medida que avanzamos hacia el sur desde La Habana. Furiosos letreros exigen el final del bloqueo americano y expresan el rencor que sienten hacia el enemigo del norte. Mi otro país.

En el campo, una vegetación exuberante brota de un suelo famoso por su fertilidad, cuyo verde es tan oscuro que parece casi negro. Después de un rato este paisaje es reemplazado por el paisaje del seco interior. El sol de verano golpea con fuerza y nos hace arder la garganta.

A la entrada de Morón hay un cartel de bienvenida. Como si eso no fuera suficiente muestra de hospitalidad, los visitantes son recibidos por el espectáculo de la mascota del pueblo: un gallo gigante hecho de concreto. Daya nos cuenta que el pueblo recibió el nombre de una canción que habla de un gallo que siguió cantando incluso después de que lo desplumaron.

"Eso es un gallo muy tenaz," dice con gracia Richard, mientras se ríe a través de su nariz dañada por la cocaína.

Richard llegó a La Habana la noche anterior y antes de que saliéramos esta mañana, Daya usó las mañas de su madre para hacer que le comprara varios artículos de ropa.

"Si mi alter ego pudiera hablar, diría: Richard, ¿tu novia encontró un sastre y se compró cuatro trajes antes del desayuno? Entonces no es ella la que es de Morón, ¡sino tú!" Aunque Daya no habla inglés, siente cuando el chiste se refiere a ella y se vuelve a meter el dedo hinchado a la boca.

Morón es seco y pobre y su Radio Bemba—que aquí viaja a una frecuencia más baja—rápidamente divulga la noticia de la llegada de los habaneros. En pocos momentos, el auto en que venimos está rodeado de gente. Daya es la hija pródiga de Morón y está volviendo a casa con su boleto ambulante de lotería, que tiene un poco más de cincuenta años y es una gallinita de oro productora de regalos, y ella parece brillar al observar la envidia y el orgullo y el odio colectivos. El suyo es el verdadero regreso a casa de una inmigrante.

El padre de Daya resulta ser un revolucionario de línea dura que cuenta historias de primera mano sobre los antiguos disidentes que organizaron la guerra en las montañas de Sierra Maestra. A causa de eso, y de la avanzada edad de Richard, estoy segura de que habrá problemas en que el padre apruebe al novio de Daya. Contengo la respiración, mientras el padre observa a la disparatada pareja, tomados de la mano y sentados en una pequeña banca de madera en la humilde habitación.

Richard me mira y yo hago mi mejor esfuerzo para traducir todo lo que dicen. Cuando una mujer joven y morena entra, Daya la detiene y me la presenta. No debe tener más de diecinueve o veinte años.

"Mira, la esposa de mi padre," dice Daya. "Es su sexta esposa."

"¿Su *esposa*?" dice Richard con incredulidad. "¿Y es su sexta esposa? Bueno, relájate, ya nada me preocupa."

Al final de la noche el padre le está palmeando la espalda al novio de Daya, que se ha convertido en su amigo de inmediato. Siento que el estómago se me revuelve de ver todo este espectáculo, como me sucede con muchas de las cosas que pasan en Cuba, y busco a mi alrededor alguien que valide mi incomodidad. ¿Qué tipo de padre se convierte en proxeneta de su hija adolescente? ¿Y con un hombre que tiene su misma edad? Pero yo debo ser la única persona viva que siente que está mal. Al final resulta que no soy la única.

UNO SABE QUE ELLA se representó toda la escena en la cabeza con anterioridad, que lo planeó todo. Manipuló las cosas. Esta noche todos tendrían que retractarse de cada insulto o broma en su contra.

Sólo su ingenuidad le impidió saber que a la policía no le haría gracia. Ninguna recién llegada de la gran ciudad iba a regresar para refregarles en la cara su riqueza. Mucho menos tratándose de una riqueza contra-rrevolucionaria.

Con todos los regalos que Richard le trajo de Londres encima, Daya se ve deslumbrante entre su vestido rojo tomate de corpiño, diseño de Carolina Herrera. Un vestido que contrasta bellamente con su piel café verdosa y sus ojos café verdosos, como si el suelo y el follaje de Cuba se hubiesen infiltrado en el útero de su madre.

Es la única discoteca del pueblo, con piso de tierra y al aire libre, y está llena de adolescentes que posan en sus bicicletas chinas. Daya arrastró el vestido Carolina Herrera por el barro, y también arrastró a su novio, y yo podía oírla contando en silencio las fechorías. Los chicos que habían traicionado a sus novias, las chicas que habían hablado mal. Todos se fueron yendo, guajiros impresionados, mientras ella danzaba entre la multitud y llegó al pie de la tarima. Allí fue donde la joven bailarina liberó la sublimación de sus movimientos aprendidos en La Habana. Richard brillaba al ver a su joven amor. De repente la multitud se abrió en dos.

Los policías la agarraron por el cuello.

Richard y yo pasamos la noche ante un comisionado de policía con cara de pocos amigos.

Se hicieron rondas por el pueblo para confirmar la historia. Que Daya se estaba quedando donde su padre, y no en la habitación que Richard había alquilado a dos cuadras de allí, de donde los caseros sacaron con discreción las maletas de Daya, antes de que se pudiera demostrar la patraña.

De todas maneras, a Daya le hicieron una advertencia escrita, aparentemente por estar en una discoteca siendo menor de edad. Una regla que hasta ahora nadie se había preocupado por hacer cumplir.

Richard pensó que la infracción era inocua.

Pero Daya y yo sabíamos la verdad. Que eso significaba que la habían atrapado con un turista que buscaba sexo. Y con dos anotaciones más en su historial, ella podría ser enviada a cortar caña al campo.

55

*L*entamente subo a pie los ochenta y ocho escalones de la escalera de piedra blanca que lleva al edificio neoclásico de la Universidad de La Habana. Aquí arriba la brisa del océano elimina la contaminación de la calle y los mejores estudiantes del país se pasean con aplomo en terrenos celestiales.

Bajo el régimen de Batista, sus matones armados y el ejército no podían entrar a este sitio sagrado. Por eso el campus se había convertido en un refugio seguro para todos, incluidos los mafiosos, los agitadores políticos y los locos.

Pero la universidad ya no es una zona protegida y todos se deben portar bien aquí, al igual que en cualquier parte. Sin embargo, estoy segura de que el hecho de que este sitio haya sido antes un terreno políticamente neutral es una razón inconsciente para que Víctor lo haya escogido como escenario de nuestro último encuentro. Un encuentro en el que prometió entregarme la dirección de mi familia en La Habana, según información decantada de fuentes secretas y clasificadas y papeles "perdidos" por el poder del dinero de mi sangre.

Víctor tiene la cara empapada en sudor y parece nervioso sentado en una banca a la sombra de un cactus, junto a un tanque armado que está permanentemente estacionado en una esquina de la plaza principal del campus. Bajo columnas cobrizas y crema, espero a que me haga una discreta señal y luego me siento junto a él. Una parte de mí se siente culpable por tentar a Víctor con el dinero que él necesita con tanta desesperación, a sabiendas de que se está arriesgando, o cree que se está arriesgando, a enfrentar consecuencias políticas y sociales por sacar información clasificada.

"Estamos rodeados," dice, y de repente yo siento pánico, "por la filosofía…" continúa, y señala un edificio y después otro, mientras yo me relajo, "y por el Derecho, y las Matemáticas, y la Historia, que contienen esos edificios."

Víctor saca de su bolsillo un pedacito de cartón y me lo entrega. A nadie se le ocurriría desperdiciar un sobre o toda una hoja de papel para escribir una sola línea, sin importar cuán trascendentales sean las palabras. Incluso la pulpa de papel es un lujo en mi tierra.

En el trozo de papel está escrito lo siguiente: Calle M, número 3051.

El santero tenía razón. Si esa es realmente la casa de mi familia, está sólo a unas pocas calles de mi antigua casa. Y a sólo dos calles de donde vivo ahora con Camila.

"¿Qué pasa si no es, si se mudaron?"

Víctor se seca la frente con un pañuelo. "Sé que sólo te quedan dos meses antes de irte. Te he ayudado a conciencia y he llegado tan lejos como podía. Tengo una familia que debo proteger. Si tu padre no está ahí, lo siento. Nuestro acuerdo termina aquí."

"Gracias," le digo y lo beso en la mejilla. "Siento que tú… siento mucho todos los riesgos." Doblo unos billetes y le deslizo los últimos preciosos dólares que gané bailando para tío Morty.

Pero Víctor suelta una sonrisa estoica y mueve la cabeza en señal de negación. "¿Crees que todo lo hacemos por dinero?"

"Tómalo," digo.

En respuesta, Víctor se pone la mano en el corazón y cita a José Martí, un hábito de conversación que comparten muchos cubanos.

"Los hombres de acción," recita Víctor, "por encima de todos están aquellos cuyas acciones son guiadas por el amor, esos viven para siempre. Otros hombres famosos, aquellos que hablan mucho y hacen poco, pronto se evaporan."

Antes de que alcance a terminar, ya estoy corriendo escaleras abajo, lejos de la protección de la filosofía y la lógica y las matemáticas y la historia. Hacia mi futuro y mi familia y lo desconocido.

56

El viejo reloj de la Quinta Avenida dice que son las ocho de la noche. Muy tarde para que mi madre y yo estemos regresando a casa de nuestro día en la playa con José Antonio. John debe llegar de los Estados Unidos en menos de una hora, y mi madre está furiosa con ella misma por haber perdido la noción del tiempo. Sólo tiene unos pocos minutos para lavar los residuos de arena de nuestro paseo, y las huellas del afecto de su amante, José Antonio.

En el taxi mi madre me quita las cuentas de santería que me pone para protección. A la entrada de nuestra mansión, va reduciendo la velocidad de sus pasos hasta detenerse totalmente. Aunque la casa debería estar hirviendo y llena de actividad, mi madre la encuentra helada y desierta, con las luces apagadas y ningún miembro de la servidumbre por ahí. Mi madre está desconcertada, pues había ordenado preparar una cena de bienvenida para tres.

La escritura de sus diarios se vuelve difícil de entender a medida que describe lo que pasó después.

Conmigo cargada y apoyada en la cadera, mamá explora cautelosamente cada habitación, encendiendo luces y radios. Como es su costumbre, le estampa un beso en los labios con dos dedos a la foto enmarcada del presidente Carter.

Sube lentamente la escalera. Sólo cuando llegamos a la habitación me pone en el suelo. Las maletas de John están abiertas y sin desempacar encima de la cómoda. Sobre la cama—la cama de los dos—hay un telegrama. Está abierto. En el telegrama ella lee las palabras destinadas a cambiar el curso de nuestra vida.

Está dirigido a John, viene de Washington, y la fecha muestra que fue enviado cerca de dos meses antes. El telegrama dice:

ACEPTADA SOLICITUD DE TRASLADO INMEDIATO. FAVOR ENTREGAR PUESTO EN LA HABANA Y REPORTARSE EN WASHINGTON, D.C., EL 10 DE MARZO DE 1980.

La fecha de ese día, recuerda mi madre, es seis de marzo. Sólo faltan cuatro días para la fecha en que se espera que regresen a Washington. Ahora todo comienza a encajar: los frecuentes viajes de John a los Estados Unidos, la mejoría en su estado de ánimo. Ha estado planeando el traslado sin decírselo.

Pasan una o dos horas, mamá no lo recuerda con precisión. Está funcionando en piloto automático, mientras me da de comer y me baña y se baña ella también. Mientras me acuesta y espera y se pregunta qué va a suceder después. Sólo puede pensar en José Antonio, en su ingenio y generosidad y en lo cariñoso que es.

Cuando suena el teléfono, contesta con resignación.

"Acabo de regresar de la casa de tu amante," grita John. Mamá no puede recordar la última vez que lo oyó gritar. "¿Cómo se llama? ¿José? Nunca me imaginé que te gustarían los jovencitos. ¿Cuántos años le llevas, ocho, nueve?"

"¿Fuiste a su casa?" pregunta mamá, en shock.

"Por todas partes hay fotografías tuyas y de Alysia. ¿Cómo diablos crees que me hace sentir eso?"

Mi madre no puede contestar, en lugar de eso se frota las sienes y comienza a caminar de un lado a otro, tan lejos como se lo permite el cable del teléfono. El cable es como John, piensa, restringe sus movimientos y la mantiene en un solo sitio, confinada. Mamá se siente avergonzada, pero también siente rabia. ¿Acaso debía soportar para siempre ese matrimonio solitario?

"¿Cómo pudiste? Lo único que haces es trabajar, me dejas sola. ¿Qué esperabas?"

Pero John no está escuchando. "Fotografías de mi hija y mi esposa con ese hombre. ¿Cómo diablos se supone que debo manejar eso?"

"John…"

"¿La niña sí es mía?"

Mi madre no responde, y la pregunta queda flotando pesadamente en el aire. Finalmente John habla:

"Dios mío, no lo sabes, ¿no es así?" dice y cuelga.

POCOS MINUTOS DESPUÉS John vuelve a llamar.

"Regresamos a Washington," dice de manera agitada. Parece estar sólo un poco más tranquilo.

"¿Cuándo? Dime cuándo regresamos a Washington."

"Tenemos reserva para viajar en el avión de las cuatro de la tarde."

"¿Las cuatro de la tarde de cuándo?"

"Mañana. Dios, no puedo creer que hicieras esto…"

"¿Qué quieres que diga?"

"Lo obvio. Que tendrás tus asuntos resueltos en la mañana."

"Por favor ven a casa, John. ¿No podemos hablar sobre esto?"

Pero John no está escuchando. "Quiero que le digas que tu relación con él terminó, y quiero que regreses conmigo. Tú sabes," dice con maldad, "que no te puedes quedar en un país comunista. No puedes vivir sin dólares. Yo te conozco."

Mamá suspira. "¿Dónde estás?"

"Me registré en el Nacional. Yo…" dice John con otro tono y en voz más baja. "Yo te necesito, siempre te he necesitado. Tú sabes que no sirvo para nada sin ti. Por favor regresa a casa conmigo mañana."

Mi madre se suaviza. Conoce de sobra las dificultades emocionales de su esposo. En parte se culpa por la distancia que creció entre ellos, por no atender mejor sus necesidades. También sabe que sus principios morales nunca le permitirían dejar a su marido, sin importar cuánto haya sacudido su corazón José Antonio. E incluso si quisiera, reflexiona mamá, ¿cómo podría vivir bajo un régimen enemigo?

JOSÉ ANTONIO LLEGA pocos minutos después de que ella lo llama. Nunca antes ha estado en la casa de un diplomático y se eriza al ver el lujo en el que vive mi madre. Cuando mamá siente resoplar el pecho de José Antonio, cuando nota cómo su cuerpo se pone rígido cuando lo abraza, se da cuenta de que su inteligente esposo pudo anticipar la reacción que tendría José Antonio al ver la riqueza de la que ella disfruta. La profesión de John era conocer a su enemigo, y él entendía muy bien cómo el bienestar americano podía desmoralizar a un enemigo.

John debió pensar que José Antonio vendría a ver a mi madre esa noche, reflexionaba mi madre después en sus diarios, porque sabía que ella nunca dejaría sola a su pequeña hija que estaba dormida. John debió confiar en que si José Antonio insistía en su amor en medio del lujo intimidante de su casa, la defensa seguro sería derrotada.

Pero mi madre sentía que podría vivir sólo del amor de José Antonio y el cariño que irradiaba su familia. Una familia que ella deseaba que pudiera ser la suya.

Mi madre escribió que su conversación duró hasta el alba. Describió cómo fueron pasando por turnos de la rabia a la tristeza y a la pasión. Escribió que se moría por quedarse en La Habana con el hombre que encendía su mente y su cuerpo, y que le había dado el mayor regalo: su hija.

José Antonio le dijo que en su país la gente era pobre, pero feliz. Le dijo que una hija debía conocer a su verdadero padre. Que las posesiones materiales eran secundarias frente al amor de una buena familia.

Pero lo que ganó al final fue el sureño sentido del deber de mi madre, tal como lo sospechó June, su hermana. Mi madre se creía incapaz de cambiar el curso de su vida, o de poner por encima de las estrictas leyes del matrimonio una nueva manera de pensar. ¿Acaso no había prometido que estaría con John hasta la muerte? José Antonio contraargumentó que quedarse en La Habana sería seguir su verdadero camino en la vida.

Mi madre dijo que tenía que ser fuerte por los dos y con los ojos llenos de lágrimas se negó a ceder, hablando de los sueños irreales que surgen al calor del amor pasional.

Estuvieron juntos por última vez en la azotea, bajo las estrellas, mientras mi madre trataba de grabar en su mente sus formas. El faro lejano, el mismo que marcó el comienzo de la relación con José Antonio dos años antes, dirigió su rayo a través de aguas traicioneras y cruzó el terreno de sus cuerpos. Cuando amaneció, la luz del faro se extinguió y, con ella, la guía de la que había comenzado a depender.

Mientras permanecían abrazados, mamá oyó que José Antonio juraba que iría a buscarla. Que estaba decidido a conocer a su hija.

Tambén me lo prometió a mí, cuando se inclinó sobre mi pequeño cuerpo en la cama donde estaba dormida.

"Mija," dijo, con lágrimas en los ojos. "Vete ahora con tu madre. Pronto estaremos de nuevo juntos. Tu padre te promete que encontrará la manera."

57

*L*a casa de Camila está llena de familiares y vecinos cuando yo atravieso la puerta, con la dirección en la mano y sin aliento. Tito está ladrando de excitación y yo lo alzo.

"¡Bueno, pero si no es Matías Pérez!"

Hace dos siglos, un hombre llamado Matías Pérez ató varias sábanas y pedazos de seda a una canasta y se fue al Malecón a llenar de aire caliente su improvisado globo. Una multitud se reunió a su alrededor a observar, con asombro, cómo se elevaba su extraño artefacto. Nunca se encontraron rastros de Matías Pérez ni de su globo de aire caliente. Algunos juran que algún día Matías Pérez llegará volando por el cielo, a contar las historias de su viaje diabólico.

Pero hoy es Camila la que ha caído de las nubes. Deslumbrante y llena de joyas de oro y estrenando un traje Valentino rosado, mi amiga loca cuenta su aventura en medio de la charla y el estrépito.

En efecto estuvo flotando en las nubes. Flotando en un avión contratado especialmente por su querido amigo sirio Farouk, que la llevó apresuradamente hasta Damasco. El padre de Farouk necesitaba hacerse un bypass triple y, como amigo del gobierno cubano, Farouk arregló que la talentosa Camila realizara la operación de su padre, un ciudadano sirio muy importante. Por razones de seguridad, explica Camila, no le permitieron contarle a nadie dónde se encontraba.

"Oye, era un avión privado," chismosea Camila, arrancándole a la audiencia exclamaciones como "¡Coñó!" y "¡Mentiras!"

"Paramos a cargar gasolina en París," sigue diciendo, y ahora brillan los ojos de todo el mundo. "¡Vi la Torre Eiffel!"

"¿Te vas a casar con él?" pregunta alguien.

"¿Te mudarás a Damasco?" pregunta otro.

Camila mueve la cabeza con espanto. "Cielos, no. Nunca viviría allá. Las mujeres no tienen ningún derecho," dice y se inclina hacia delante. "¡Yo era la única cirujana de todo el hospital!"

A los vecinos eso les parece increíble. Más tarde Camila me lleva a un rincón. "Fue el peor viaje de mi vida," dice. "No quise preocupar a mi familia, pero… a excepción de la cirugía, mi vida, todo fue un desastre."

"¿Qué pasó?" pregunto, mientras nos alejamos hacia el fondo de la casa.

"Farouk se comportó de una manera totalmente distinta de como es aquí. Me decía cómo vestirme, qué comer. Horrible. Fue detestable."

"Y te abandonó, ¿no es así?"

"Como a un mango demasiado maduro." Camila mueve la cabeza y suspira, y yo le doy un gran abrazo. Posiblemente es la primera vez que Camila sufre un rechazo. Más tarde, mientras tomamos unos daiquiris Hemingway, la compadezco por su pérdida y las dos compartimos la alegría de haber conseguido mi dirección.

Camila se limpia la nariz. "Alysia, al comienzo, cuando te conocí, te tendí la mano por compasión. Pero ahora… eres tan importante para mí. Sé que no puedes prometerme nada, ¿pero al menos podrías pretender que nunca te vas a ir?"

Me quedan menos de dos meses para que me permitan regresar a Washington, y la idea de quedarme aquí es tan atractiva como la pizza pastosa y medio cruda que venden en casi todas las esquinas por unos cuantos pesos. Pero no se lo digo.

CALLE M, NÚMERO 3051.

Conservo el pedacito de cartón como talismán para la suerte, pero la dirección que Víctor me dio hace varios días está grabada en mi memoria.

No tengo agallas para ir hasta allá. Si no es la casa de mi padre, estaré de nuevo donde empecé, hace casi un año, viviendo como una cubana, sin disfrutar de los beneficios, pero padeciendo todos los sufrimientos.

Quiero mantener vivo este momento, el momento antes de que todo cambie. Si no es la casa, si es otra salida en falso, no tendré más opción que regresar a casa derrotada. Si es la casa correcta, las posibilidades son diversas. Mi padre puede molestarse. Puede desconfiar de mí. Puede estar muerto.

Camila viene hasta la calle M con un plato de pollo y frijoles negros, y lo pone en mi regazo. Me ordena que coma; yo le suplico que baje la voz. Camila mueve la cabeza y se acomoda entre los arbustos. Estamos frente al número 3051, en medio de la oscuridad. Llevo varios días observando el movimiento de la casa, sus idas y venidas. A Camila eso la está enloqueciendo.

"¿Durante cuánto tiempo piensas hacer esto?" pregunta. Yo encojo los hombros.

La isla se estremece con el rumor de la posibilidad de un ataque americano: la gente está almacenando comida, hirviendo agua, llamando a sus familiares. La locura me brinda la soledad que necesito para sentarme entre unos arbustos al otro lado de la calle, sin ser vista. Observo la casa, una larga casona colonial de dos pisos, pintada de amarillo desteñido, en el Vedado—la antigua región alejada y prohibida de La Habana—, que está a sólo seis calles del hospital donde nací.

Hasta ahora los residentes que he detectado incluyen a una abuela, varios fanáticos del béisbol que tienen menos de doce años, y cinco o seis adultos, entre ellos un atractivo hombre de mi edad que tiene un novio muy caliente.

"¿Sabes? Estoy tan contenta de haber viajado al exterior," dice Camila, mientras acaricia a Tito detrás de las orejas. "Es una cosa que siempre había querido hacer. Ahora sé que nunca viviría en ningún otro lugar que no sea mi patria."

"Mi madre tampoco quería irse," digo, mientras observo fijamente la casa.

"¡Mentira! ¿Ella escribió eso en sus diarios?"

Yo asiento, al tiempo que le hago señas para que baje la voz.

"Tu madre me parece una mujer muy triste," dice Camila, eligiendo con cuidado cada palabra. "No tuvo el cuidado de escucharse a sí misma."

"Morty me dio mil dólares," murmuro, cambiando de tema. "Ahora te puedo pagar lo que te debo."

"¿Acaso sacó su, cómo la llama, su vieja caña?"

Casi suelto la carcajada de sólo pensarlo, pero me pongo la mano en la boca. "No, gracias a Dios. Él jura que tú eres su única mamacita." Camila se ríe, pero yo la callo porque otro chico sale de la agitada casa del número 3051.

De repente Camila se pone muy seria y pregunta: "Mi vida, ¿qué vas a hacer si realmente encuentras a tu padre? ¿Regresarás a los Estados Unidos?"

"¿Acaso tengo alternativa?"

Camila me responde levantando una ceja y encogiendo los hombros. Su boca se ve un poco tensa, como si se estuviera conteniendo. Se pone a Tito en el regazo y trata de acomodarse a mi lado, y las dos nos sentamos durante lo que parecen horas, a observar y a esperar.

Al lado de la casa hay un árbol de mango que crece de manera silvestre. Los chicos del vecindario se roban las frutas verdes y las usan como pelotas de béisbol que batean con palos. Usan cinta adhesiva para marcar las bases. Es una gente alegre, conversadora y bulliciosa, y yo le pido a Dios que sea mi gente.

"Simplemente tienes que ir y golpear a la puerta," dice Camila, con tono de súplica. "No puedo soportar verte observándolos por más tiempo. Tus expectativas están creciendo de modo exagerado." Yo sé que tiene razón, pero no soy capaz de hacerlo. Cada hombre mayor que atraviesa por la puerta hace que el corazón se me pare en seco.

58

ojas de papel blanco revolotean sobre las puertas de las casas de La Habana. La gente mira hacia el cielo en espera de las bombas.

Camila me dice que los papeles blancos significan que los militares son bienvenidos en esa casa, que sus propietarios aceptan alimentar y acoger a los soldados en la eventualidad de un ataque. Un ataque. Es de lo único que habla hoy la gente, después de la celebración del Día del Trabajo y un discurso que encendió la ira de la isla.

No hay manera de saber si es sólo publicidad incendiaria, si los Estados Unidos, un país con una poderosa población de votantes de origen cubano, atacaría una tierra ancestral. Cuando digo que no creo en la posibilidad de un ataque, que creo que el miedo es fruto de la propaganda, una maniobra para hacer que la gente se olvide de las medidas represivas y los disidentes, nadie parece prestarme atención.

A pesar de tener sangre cubana, mi pasaporte americano me convierte ahora en una persona poco confiable. La gente dice que quiere al pueblo americano, que lo que odian es su gobierno, pero aun así me siento aislada. Sin importar lo cubana que me sienta, y el hecho de que me gane la vida como muchas mujeres cubanas, sigo siendo una extranjera. Mis papeles dicen que puedo irme en unas pocas semanas y eso marca toda la diferencia.

Rafael me despierta tarde en la noche. Estoy feliz de verlo, después de dos semanas, pero él se comporta de manera distante y lacónica. Rafael deja encendido su Chevy 1956 y se para en mi puerta. Busco en su pecho la cruz de oro que heredó de su padre y la acaricio. Debo haberlo llamado unas veinte veces.

"¿Ya me perdonaste?" pregunto, con un poco de vergüenza.

"Oye, oí que por fin encontraste la dirección de tu padre," dice y me quita la cadena de las manos. "Camila me contó."

"Me siento tan apenada," digo en voz baja, incapaz de mirarlo a los ojos. "Debí decirte que era jinetera."

"Es increíble que no vayas a conocer a tu familia."

"Modesta me dijo que los rusos te golpearon."

"Después de todo lo que has pasado para encontrarlos."

"Perdóname," digo. Luego me empino y de manera impulsiva lo abrazo y, finalmente, él me corresponde, y por la forma como su cuerpo se va relajando lentamente junto al mío creo que me ha perdonado.

"Mami, ¿por qué no te vienes conmigo esta noche a mi casa?" dice con voz suave y discreta. "Mañana yo te llevo en el Chevy a tu casa, para ver si es tu familia. No debes ir sola." Pienso en cómo sería esa entrada, en la cara de mi padre cuando vea a su hija jinetera llegar con un chico jinetero, en un auto producido por el jineterismo.

Bueno, me imagino que José Antonio tiene que saber la verdad. Y en ese momento me doy cuenta de que eso es lo que estoy tratando de ocultar. Tengo miedo de que mi padre no me respete por lo que he tenido que hacer para encontrarlo, que no entienda el terreno que he tenido que ceder para explorar la remota posibilidad de encontrarlo después de tantos años.

El año pasado, cuando comencé la búsqueda de mi padre en La Habana, me encontré con la famosa Doctora Ruth, la psicoterapeuta alemana que se convirtió en la gurú del sexo en América, en el bar del Hotel Floridita, durante un concierto de jazz. Me saludó, pero no pudimos hablar mucho debido al volumen de la música. La Doctora Ruth estaba rodeada de sensuales jóvenes y jovencitas que bebían mojitos. Ellos no sabían quién era ella, pero yo estoy segura de que ella sí sabía quiénes eran, gracias a los pálidos turistas que llevaban del brazo.

No le pregunté qué pensaba de lo que veía. Pero creo que ella habría entendido que eso de usar el sexo como una divisa para obtener ciertos lujos no es nuevo; después de todo, cuando la Segunda Guerra terminó, las francesas se acostaron con los soldados americanos a cambio de medias veladas y frutas enlatadas; y en Nueva York, algunas chicas no salen con un hombre a menos de que este contrate especialmente un jet Gulfstream G5.

Es posible que la Doctora Ruth dijera que el sexo no es sólo una moneda de cambio. Que también es comunicación, que refleja las esperanzas de lo que somos o lo que queremos llegar a ser. En Cuba, el jineterismo no sólo busca obtener medias veladas. También es una manera de arrojar una moneda a una fuente y pedir un deseo. Un turista promedio, que es un fracaso en su país, es totalmente nuevo en Cuba, es viril y poderoso y tiene los bolsillos llenos de efectivo. Una chica campesina, necesitada de amor, se transforma en la sofisticada protegida de un hombre impetuoso. La Doctora Ruth diría que no hay nada nuevo en eso.

Debido a la relación tan compleja que tengo ahora con el sexo, no puedo dormir con el único hombre hacia el que siento algo: Rafael. Él dice que lo entiende y simplemente nos abrazamos a lo largo de la noche y en la mañana mantengo mi promesa de hacer a un lado mis temores e ir a golpear en la puerta de la casa de la Calle M. Para ver si allí hay realmente una historia que me pertenezca.

Así que llegamos en el Chevy y los chicos gritan cuando yo atrapo el mango-pelota y me paro en el porche. La puerta está abierta y unas voces me invitan a entrar a la casa que rebosa de vida y energía. Con la mano de Rafael en mi espalda, Tito a mis pies y el corazón en la boca, le cuento mi historia a la primera cara amigable que veo, y luego vuelvo a repetirla, cuando me lo piden, y entonces todo el mundo parece más asombrado y luego hablan rápidamente en español y se oyen gritos y risas. Luego vienen los abrazos y yo me doy cuenta de que algo está pasando, aunque no estoy segura de qué se trata, y sigo respondiendo distintas preguntas, sí, nací aquí, sí, mi madre era yanqui, sí, era la rubia de sonrisa fácil, y pronto todo empieza a cobrar sentido, al menos para ellos, para mis tíos y tías y primos, y cuando me oigo preguntar por mi padre, se produce un silencio.

"Él se fue," dice la mujer más vieja, que por fin se decide a hablar.

Me lo imaginaba, pienso, y me llevo las manos a la cara. No puedo llorar porque la habitación está llena de gente que me abraza y me sonríe, y luego empiezan a llegar los vecinos y hace calor, la maldición de la latitud.

Rafael me tira del pelo. "Escucha," dice.

"Mi hijo se fue, mi niña," dice la mujer mayor, al tiempo que me toma entre sus brazos. Ella debe ser mi abuela, pienso, al sentir su carne fofa sobre mi cuerpo.

"Pero llamará el domingo. Siempre llama los domingos desde Miami."

esde el avión que la lleva a Washington, mi madre se despide para siempre de Cuba y de José Antonio. Conmigo dormida en su regazo, mamá se dice que sus necesidades románticas tienen que pasar a segundo plano por el bienestar de su hija y trata de dejar las cosas así. Mamá recuerda haber apretado suavemente la mano de John. En un gesto totalmente extraordinario, John le dice con lágrimas en los ojos que no puede vivir sin ella y la abraza con fuerza, mientras el avión se mete en una turbulencia.

Poco después de nuestra llegada a Washington, una docena de cubanos irrumpen en la embajada de Perú en La Habana y exigen que les den asilo. En lugar de entregar a los rebeldes al gobierno cubano, los peruanos ceden y les expiden visas de salida.

Unas pocas horas después—Radio Bemba se enciende con la noticia—casi once mil cubanos se unen a los primeros rebeldes en la embajada del Perú. En un caos que pocos pueden olvidar, las personas que buscan asilo se trepan por las rejas y las paredes, forzan la entrada y se instalan encima de la embajada a exigir su boleto de salida.

Mi madre sigue la historia con interés, sin poder creer la ironía de querer regresar a un país que los cubanos están desesperados por abandonar.

A veintisiete millas al occidente de La Habana, en el puerto de Mariel, una bahía natural y una antigua estación naval británica, los oficiales retiran calladamente los barcos de carga que están en el muelle. Poco después se anuncia que el puerto está abierto para todos aquellos que quieran irse.

Enseguida llegan barcos provenientes de las costas de la Florida, y capitanes y tripulación rescatan a sus familiares y amigos. Quienes no tienen contactos en Norteamérica se apresuran a fabricar naves improvisadas. Estos frágiles artefactos son convertidos en recias embarcaciones y se forma una flotilla. Juntos, los débiles y los fuertes, la fibra de vidrio y los trozos de madera, amarran sus cabos y hacen la terrible travesía.

John da breves instrucciones desde Washington. Durante los meses que siguieron, ve cómo casi 120,000 cubanos cruzan el estrecho de la Florida. Pero John está inquieto. Manejar el éxodo desde su posición en la Sección de Intereses de los Estados Unidos en La Habana—en lugar de hacerlo desde Washington—le habría dado un enorme impulso a su carrera. John culpa en silencio a mi madre, o por lo menos eso es lo que ella cree, y las bases de su decisión comienzan a tambalear.

Tal vez cometió un error al no seguir los anhelos de su corazón.

Lo que mi madre nunca sabrá es que José Antonio, para cumplir la promesa que le hizo a su hija, tomará sus pocas posesiones, dejará atrás a su madre, sus hermanas y hermanos, sobrinas y sobrinos, y una respetable carrera, y se subirá a una embarcación de guardacostas con destino a La Yuma.

60

Cuando estaba pequeña mi padre jugaba conmigo en esta peculiar casa color pastel de la Calle M. Todo el mundo me conocía en ese tiempo. Aquí todavía hay fotos nuestras, pero se han vuelto tan delicadas que no se pueden tocar por temor a que se desbaraten.

Cuando mi madre y mi padrasto empacaron para volver a casa, José Antonio le dijo a su familia que no podía luchar contra la decisión de su amante. Pensaba que era mejor que su hija se fuera para los Estados Unidos, para que no tuviera que vivir como cubana.

Lo que me cuenta mi abuela, en los pequeños detalles que me va revelando, es que José Antonio se fue para los Estados Unidos poco después de nuestra partida. Él creía que la familia era la cosa más importante del mundo. Quería conocer a su hija. Y cuando llegó a los Estados Unidos, mandar dinero a su familia en La Habana se volvió su otra prioridad.

Me pregunto cuánto tiempo habrá estado buscándome. ¿Acaso habrá llegado hasta nuestra puerta en Washington? ¿Acaso mi madre lo rechazó? ¿Acaso supo de nuestras largas estadías en el exterior, mientras el corazón le dolía en espera de nuestro regreso? Por la noche, escudriño los diarios de mi madre, tratando de poner todas las piezas juntas. Pero no encuentro nada que encaje.

Mi abuela se niega a contestar directamente la mayoría de las preguntas. Al igual que lo hacen mis tíos, tías y numerosos primos. En sus alegres ojos se ve una nota de pena cuando hablo sobre mi madre y José Antonio, o sobre los veintitrés años de nostalgia que llevan sintiendo por su ausencia. Nadie me dice por qué José Antonio nunca ha regresado a su tierra a visitar a su querida familia.

Pero ahora va a venir a vernos. A verme a mí.

Dice que yo ya he llegado muy lejos y ha reservado un vuelo chárter para La Habana. Su voz es amable y dice que no soporta tener que esperar para venir, que lleva años soñando con volverme a ver. Tengo muchas preguntas.

El solo hecho de oírlo hablar con alivio y alegría por escuchar mi voz es más emocionante de lo que me había imaginado. ¡Está vivo! ¡Y sabe de la existencia de su hija! Y va a regresar a casa.

Soy Alysia Vilar, registrada originalmente Briggs, y finalmente he encontrado a mi padre.

Llena de una nueva seguridad, salgo apresuradamente de la casa de la Calle M para confrontar a Walrus, que está de pie bajo el árbol de mango, jugando con los chicos en la posición de jardinero.

"Bueno," digo con indignación. "No voy a estar aquí por mucho más tiempo."

"No estés tan segura," dice Walrus, lanzando un mango a la primera base.

"¿Es que no me oyes? Ya puedes dejar de seguirme," digo, tratando de parecer ruda, aunque nuestra diferencia de tamaño hace que mi indignación suene más que cómica.

"Mi niña, tú has sido todo un desafío," dice Walrus. Con un gastado guante de béisbol en la mano, Walrus no necesita mirar para sentir que un mango pasa cerca de su cabeza y cae de un golpe sobre su palma abierta. "Pero le prometí a José Antonio que te cuidaría hasta que él llegara."

"¿Mi padre?" pregunto, entrecerrando los ojos. "¿Conoces a mi padre?"

"Disculpa, pero juré ser discreto."

Al comienzo me desconcierta la idea de que mi padre haya sabido todo el tiempo que estoy en Cuba. Luego me enfurece el hecho de que probablemente Walrus haya sabido todo este tiempo dónde estaba mi familia. Cuando le pregunto a Walrus, nuevamente se niega a darme una explicación.

"Mi vida, yo no le he contado todo a tu padre. Lo que decimos por teléfono lo escucha mucha gente. Hay oídos por todas partes," dice, mientras yo lo observo con atención, y luego baja la voz todavía más. "Yo sabía que él estaba haciendo todo lo que podía para regresar a casa. No quería preocuparlo con… con los detalles de tus desgracias." Walrus arroja el mango y vuelve a mirarme. "Voy a dejar que tú seas la primera en contarle a José Antonio la mayoría de las cosas que te han pasado."

Durante unos minutos bajo la cabeza con vergüenza, preguntándome qué pensará mi padre. Pero luego me doy cuenta de que eso no tiene sentido. Ya no tengo miedo de sus juicios ni de los de nadie. Soy hija de esta tierra y aquí todos hacemos lo que tenemos que hacer. A lo cubano.

Pienso que las cosas van a cambiar, mientras observo cómo juega la brisa con los carteles militares que están pegados a las casas. Los cubanos están esperando las bombas de Washington. Yo estoy esperando la llegada de un vuelo chárter. Levantando los ojos hacia el cielo desierto, espero que pase lo mejor.

61

ℒas pistolas chinas están listas. Hombres y mujeres jóvenes cavan zanjas en las calles. Han abierto las reservas de armas para revisarlas y las han vuelto a cerrar. Limpian y arreglan los túneles subterráneos que fueron construidos para enfrentar un ataque americano. En todas las vitrinas y las casas ondean con orgullo banderas cubanas pegadas a burdos pedazos de madera. Una sensación de urgencia invade incluso a los más despistados.

Si los soldados yanquis aparecen, se llevarán una sorpresa.

En un abierto desafío, ponen frente a la embajada de España—donde mi madre vio por primera vez a José Antonio tantos años atrás—una copia del *Guernica,* el mural antifascista de Picasso, y en la calle se organizan protestas contra la decisión de Madrid de apoyar el bombardeo a Irak.

Mi familia cubana hace caso omiso de las señales que indican que hay un problema en ciernes. Porque aquí, en la Calle M, las noticias son más trascendentales y esta noche habrá una fiesta en honor del regreso a Cuba de una hija. Unos primos arrastran una carreta de madera a lo largo de la calle, llevando la carne rosada de un marrano recién sacrificado, con cabeza pero sin vísceras y sin piel, envuelto en hojas de palma y listo para asar.

En la Calle M, atendiendo las órdenes de mi abuela, no han escatimado ni un solo detalle. La misma abuela que me enseñó pasos de baile hace veintitrés años, sobre el mismo piso de baldosas españolas desportilladas y desteñidas. En lo profundo de mi memoria, reconocí enseguida sus formas, un pedazo de recuerdo sacado de mis imágenes de infancia.

Yo estoy ayudando en la cocina, mientras las mujeres preparan arroz y frijoles, conocidos como cristianos y moros. Aplastamos, condimentamos y freímos tajadas de plátano verde para hacer mariquitas. Hay mariscos en salsa roja, remolachas al horno y una ensalada de pepino tomate aderezada con vinagre y sal. La yuca cocinada se sancocha en una salsa o mojo de ajo. El pan cubano, tan ligero que se convierte en aire tan pronto toca la lengua, es tostado y sazonado con mantequilla, ajo y perejil.

Afuera los hombres ponen el cerdo en el asador y beben cerveza Cristal, que inspirada en la cerveza belga, cuesta un dólar la lata. Mientras están sentados en banquitos de madera y se mecen contra la baranda, observo a los nuevos hombres de mi vida, y a la mujeres que cocinan para ellos. En total tengo tres tíos, dos tías y catorce primos de los dos sexos, y de distintas inclinaciones sexuales. La mayor parte de mi familia es blanca, pero los más bellos son los primos mulatos, cuya piel brinda una deliciosa sombra al árbol familiar.

Una hermana de mi padre me dice que José Antonio es un mango, es decir, un hombre muy dulce, y que ella tampoco puede esperar a lanzarse a sus brazos cuando llegue.

"Él nunca se olvidó de ti," dice con añoranza. "No te puedes imaginar lo contentos que estamos de tener a todo el mundo aquí en Cuba, a donde todos pertenecemos. Gracias a Dios."

Hay una llamada para mí. Mi abuela no me mira a los ojos cuando me entrega el teléfono. Es José Antonio y dice que tuvo que posponer el viaje. Alcanzo a oír un tono de angustia en su voz, pero no da ninguna explicación. Sólo promete que llegará pronto. Aunque podré salir del país en sólo seis semanas, él insiste nuevamente en que nos encontremos en La Habana.

Camila entra por la puerta cargada de regalos de parte de su madre, flan de caramelo, *cake* de coco y gachas de avena. En la frescura del ocaso, me lleva a una esquina apartada.

"Hay algo raro," digo y le cuento mi conversación con Walrus. "¿Y por qué le resulta tan difícil a José Antonio venir? ¿Por qué insiste en que nos encontremos aquí y no en los Estados Unidos? Es extraño… Me refiero a que lleva veintitrés años sin venir a Cuba a ver a su familia. Y ellos lo extrañan tanto."

Camila parece preocupada y me organiza el pelo rebelde detrás de las orejas. "Si no esperas nada, no tendrás una desilusión. Pero me preocupan todas las expectativas que te has hecho."

"Eso es verdad," digo, pero no puedo hacer nada para contener mis esperanzas.

"Pase lo que pase con tu padre, no puedes olvidar que ya tienes lo que viniste a buscar a Cuba."

"Ellos," digo y señalo la casa con la cabeza.

"Una familia maravillosa, mi vida, tienes muchísima suerte."

"¡Alysia!" Daya voltea la esquina pavoneándose, riéndose y tomada de la mano de un chico cuyos ojos son tan verdes que alumbran a una cuadra de distancia. Está metida en una minifalda elástica roja y tacones con brillantes engastados. Es una pinta rebelde y anti-Richard, y Camila y yo soltamos un aullido a manera de saludo.

"¡Le cayó comején al piano!" dice Camila, riéndose y moviendo la cabeza.

Daya nos presenta a Diego, su adolescente cubano, y luego me lleva a un rincón: "Terminé con Richard," dice.

"¡Mentira!"

"Le dije a mi madre que no más yumas. Renuncié. Se acabó. No más."

"Mi amor, ¿qué pasó?"

"Fue por mi profesora de danza. Le conté de mi primera carta, la que me dio la policía en Morón. Dijo que si no dejaba ese asunto de los yumas, perdería mi puesto en la compañía. Y me moriría si perdiera mi trabajo ahí." Daya simula un cuchillo que le atraviesa la garganta. Luego agita el pelo y le hace un guiño a Diego. "Él es mi nuevo novio, ¿no te parece guapo?"

Yo asiento con vehemencia. "Y ¿qué dice tu madre?"

"Ay, está furiosa." Daya encoge los hombros y se golpea los dedos con la muñeca, un gesto que comúnmente significa "Dios mío" o "En candela" o "No te imaginas." "Pero se repondrá."

"Eso es maravilloso," digo con orgullo. "Felicidades."

Daya baja la voz y dice: "Coño, si este chico se entera del Viagra, ¡lo abandono!" Daya se agarra la entrepierna y hace una mueca fingida de dolor. Diego nos mira y hace el gesto de un hombre que accidentalmente llega a la mitad de una conversación prohibida entre chicas. Se pone rojo como un tomate.

Al verlo, Daya y yo nos reímos.

DURANTE TODA LA noche hay música y baile e historias sobre José Antonio y una chiquilla rubia que se fue con su madre norteamericana. Y cómo, veintitrés años después, ella se esconde entre los arbustos de la acera de enfrente porque tiene mucho miedo de acercarse y saludar. Especulamos sobre el número de veces en que tal vez nos cruzamos en una calle llena de gente, y les cuento sobre la increíble precisión de lo que me dijo el santero.

Mi familia es bulliciosa y divertida y le encanta el ron. Habiendo crecido como hija única, sin primos por ningún lado, me abruma la cantidad de nombres que se espera que recuerde y la manera como todos estamos conectados en esa compleja red.

Mi primo Manuel y su novio Paulo aclaran la situación tomando frutas exóticas de la cocina y organizándolas en el suelo. Las bananas son los tíos. Los melones son las tías. Los mangos, las guayabas y las frutas bomba corresponden a la personalidad y los rasgos físicos de mis numerosos primos, y nadie parece dejar de protestar por la fruta que le fue asignada.

Mientras que la imagen de mi extensa familia comienza a tomar forma en mi mente, ellos también me bombardean con preguntas. ¿Dónde crecí? ¿Por qué viajé por tantos países? ¿Acaso mi madre no estaba enamorada de José Antonio? ¿Qué opina John de que yo esté buscando a José Antonio? Y luego la pregunta que todo el mundo quiere hacer: Después de que conozca a mi padre, ¿voy a regresar a los Estados Unidos?

En ese momento siento la mirada expectante de Rafael. Ha estado a mi lado toda la noche y me he sorprendido observando su perfil, su manera relajada de moverse entre la gente y la forma como la gente lo mira. Sin dejar que se le suba a la cabeza. Rápidamente Rafael se hace amigo de los desconocidos, mientras teje con ellos el vínculo fraternal que se establece entre aquellos cuya vida cotidiana enfrenta las mismas dificultades, las mismas limitaciones y comparte la misma capacidad de inventar que estimula la motivación y recompensa el ingenio.

Poco después de la medianoche un apagón extingue las luces de la ciudad. Pero el jardín de la Calle M está iluminado con velas y los vecinos que no tienen velas se acercan a la ruidosa fiesta. Todo el mundo está bailando casino al ritmo de *Charanga Forever,* incluso mi abuela, que me toma de la mano y no muestra ningún disgusto al ver mis maleables caderas.

"Mi niña, yo te enseñé bien" dice, atribuyéndose con alegría el crédito por mis destrezas.

Camila me lanza una mirada pícara y levanta su vaso. "¡Candela!" grita.

Todo el mundo se ríe. Tito ladra. Pero el rostro de Rafael se pone tenso. Al ritmo que avanza mi nuevo romance, ha llegado el momento de tener nuestra primera relación sexual. Pero más tarde en su casa, mientras que las velas chisporrotean en su habitación y la música impone un ritmo tranquilo, me da pánico escénico antes de terminar de abrirme los jeans. Ya va a ser suficiente con tener que dejar a mi padre y volver a mi país, y no quiero extrañar también a Rafael. Sería demasiado.

62

*L*as células que tenemos distribuidas por todo el cuerpo retienen evidencia de la memoria. Si el hipocampo—el área del cerebro que maneja los recuerdos—sufre algún daño, las células del cuerpo tienen una especie de copia de los recuerdos, aunque sea un poco borrosa. Es un fenómeno reverenciado por psiquiatras y científicos.

También se cree que las células retienen el recuerdo de su historia particular. Las células de una rodilla que sufre un accidente recordarán para siempre el dolor de manera colectiva. Un ligamento lastimado recuerda lo que le pasó. Y yo creo que las células también retienen el recuerdo de las sensaciones, el contacto de una mano que conocimos hace años y las ondas sonoras que produce la voz de nuestros seres queridos.

A pesar de haberse regenerado muchas veces, las células que tengo en el cuerpo desde la infancia tienen hoy una tarea. Porque hoy es el día en que José Antonio llega al aeropuerto internacional José Martí, en un vuelo chárter que viene de Miami.

Mi abuela ofreció venir al aeropuerto para darme apoyo moral. Pero yo decliné su ofrecimiento, al igual que los que me hicieron otros amigos y familiares. Creo que puedo reconocer a mi padre. Creo que la memoria de mis células me puede servir de guía.

La mayoría de los vuelos chárter llegan a la terminal 2 y allí es donde yo me presento, muchas horas antes de la hora fijada para la llegada del vuelo. La palabra 'terminal' viene del griego y significa 'límite,' o lugar que conecta una vida con otra. La palabra se deriva del verbo 'terminar' y yo sé que este terminal de La Habana marcará el fin de una vida sin mi padre y el comienzo de una vida con él. O por lo menos eso espero. ¿Sabrá él qué tan lejos llegué para encontrarlo? ¿Cuántas humillaciones sufrí en el camino? ¿Al verme a la cara—un año mayor hoy y ligeramente arrugada—, sabrá que me he convertido en una versión moderna de las famosas hetarias griegas?

Paso tres horas en el terminal pensando en lo que me deparará el destino. Veo familias que se despiden. Los ricos se van al exterior y los pobres regresan a su lucha cotidiana. En unas pocas semanas, cuando mis papeles estén en orden y yo pueda regresar a mi otro país, ¿tendrá lugar una despedida similar entre José Antonio y yo?

A causa del calor, la cara comienza a sudarme. La humedad arruga el vestido que Camila me prestó—posiblemente el traje más conservador que se haya colgado alguna vez en el armario de una cubana, comprado en su viaje al Medio Oriente. ("Yo no duraría ni un minuto en un lugar donde la moda dice que uno tiene que usar una manta en la cabeza," dijo Camila.)

Mientras trato de alisar las arrugas, siento que me ponen una mano en el hombro y se me hiela la sangre. Cuando levanto la vista, me doy cuenta de que no hay nadie. Siento una ola de gratitud que vuelve a calentar mi cuerpo. Yo sabía que ella no me dejaría hacer esto sola.

También siento a mi padre en algún lugar y me pongo de pie, como si estuviera obedeciendo una orden de mi madre. Estudio a la gente con cuidado y luego lo veo, atravesando la puerta. Suelta sus pesadas maletas y me mira directo a los ojos.

Es un momento largo, muy largo, y todo pasa en el iris de nuestros ojos. José Antonio. Mi padre.

Corro hacia él.

LAS PROTESTAS COMENZARON al amanecer. Un millón de personas fueron sacadas del trabajo y de la cama, de ciudades y pueblos, y ahora agitan los puños en el aire. Hoy España e Italia van a ser declaradas naciones fascistas, en respuesta por haber votado en la Unión Europea a favor de que se castigue a Cuba con medidas económicas por encarcelar a unos disidentes y fusilar a los secuestradores sólo ocho días después de hacerles un juicio sumario.

La multitud tiene el tráfico detenido. El conductor del taxi levanta los brazos. Mi padre le pide que nos deje en el barrio judío de la ciudad vieja. Arrastramos las maletas hasta el Hotel Raquel, un edificio art nouveau restaurado, que está en la Calle Amargura, cerca de la plaza San Francisco de Asís. En el fresco restaurante del vestíbulo, "El Jardín del Edén," encontramos un paradisíaco refugio del calor y la rabia que campea a unas pocas calles.

"Quiero un huevo," dice José Antonio en voz baja, como si fuera una fruta prohibida. "Sueño con los huevos de mi país. Llevo veinte años soñando con ellos."

No puedo mirarlo a la cara, estoy muy nerviosa. Estudio mi menú, pero no veo nada. José Antonio me toma la mano.

"Aunque llevo más tiempo soñando con encontrar a mi hija."

Mi padre es la antítesis física de John, mi padrasto. Es un hombre de mediana estatura, con hombros anchos y una sonrisa rápida y sincera, que se esparce por su cara como la miel sobre una tostada. Su pelo negro está enmarcado por mechones grises, y me alegra que no siga la costumbre cubana de ocultar las canas con tintura negra. Es robusto y fuerte y tiene una energía rebosante que contrasta con sus cincuenta y tres años. Pero lo que me produce más felicidad son los ojos de José Antonio. No parecen poder apartarse de mí.

Aquí estamos los dos, pidiendo el desayuno como un padre y una hija normal, que están comiendo juntos en un hotel del Caribe.

"Hay cerca de mil doscientos cubanos judíos que todavía viven aquí," dice José Antonio, conversando con nerviosismo. "El gobierno los deja comprar carne de res que pueden pagar en pesos." Mi padre se refiere a la escasez de carne de res, que sólo se consigue en tiendas costosas que reciben únicamente dólares, y a las leyes draconianas que prohíben que se sacrifique a las vacas o que la gente compre carne de res en el mercado negro. "El templo está al voltear la esquina. Es un recuerdo de infancia. La mayoría de los judíos se fueron después de la revolución. Habían creado exitosos negocios y no les interesaba vivir en un país que no les ofrecía esa oportunidad."

Estamos hablando de religión y de política, porque incluso los temas polémicos son menos sensibles que una conversación sobre nuestro pasado y el futuro que ese pasado pueda decidir. Llevaba tanto tiempo soñando con este momento, pero nunca me imaginé que tendría la boca seca y que no se me ocurriría nada que preguntar. No sé qué decir. Mi visión se reduce a una sola línea y las rodillas empiezan a temblarme.

"¿Por dónde comenzamos, Alysia?" pregunta mi padre en voz baja.

"Tú primero," contesto. "Por el comienzo, la embajada de España, ¿no es así?"

Una sonrisa le cruza el rostro. "Había una presentación de flamenco. No podía quitarle los ojos de encima." Y así comienza a desenredarse el primer hilo de un enorme ovillo.

Cuando nos retiran los platos del desayuno, nos quedamos a almorzar con ensalada y sopa, y cuando se termina el almuerzo nos pasamos a la terraza a tomarnos un café con leche. Más tarde caminamos por el antiguo barrio judío, por la Calle Acosta, que alguna vez estuvo rodeada de panaderías kosher y carnicerías. Luego seguimos hablando en la cena y mientras nos tomamos unos daiquiris Hemingway. Es una conversación sobre todo, una manera de reunir las últimas piezas del rompecabezas de nuestras historias comunes. Es un ejercicio de establecer conexiones en distintos momentos y lugares. La historia comienza a tomar forma y surge la claridad.

José Antonio me pregunta por mi madre y el contenido de sus diarios. Yo le cuento la noticia de su muerte y se le escurren las lágrimas; a eso le sigue un largo y conmovedor silencio. También hablamos de John. Finalmente, otro silencio.

"¿Qué hay de Walrus?" pregunto.

"¿Quién?" dice José Antonio.

"El Gordo, el que me ha estado siguiendo."

"Ah, Salvador," dice riéndose. "Salvador es un viejo amigo." Luego su sonrisa se enfría y José Antonio toma un sorbo de agua. "Como debes haber visto, aquí en Cuba no hay secretos. Cuando te inscribiste en la universidad, te pusieron en una lista especial que transmitieron por computadora. Alguien del Ministerio del Interior me llamó, un buen amigo. Le pedí a Salvador que no te perdiera de vista. Supongo que hizo un buen trabajo, antes fue agente del G-2."

"¿Que no me perdiera de vista?"

"Para asegurarme de que no saldrías de Cuba antes de que yo tuviera la oportunidad de encontrarte. Si tenías intenciones de irte antes, le di instrucciones para que te abordara y te hablara de mí."

José Antonio juguetea con su vaso de agua, y fija la mirada en las diminutas burbujas que se condensan y escurren sobre la mesa.

"Si yo hubiese sabido que te habían robado el dinero… nunca se me ocurrió que tuvieras problemas económicos." Ahora levanta la mirada y me mira a los ojos. "Si Salvador me lo hubiese dicho, habría estado aquí al día siguiente, espero que me creas."

Sus ojos reflejan un profundo remordimiento y ahí me doy cuenta de que mi padre sabe de mis aventuras nocturnas.

"Bueno, no tenemos que hablar de todo," digo.

"Sólo quiero que sepas algo: el hecho de que hayas venido a buscarme, y que hayas hecho todo lo que eso implicó, me ha conmovido de una manera que no te puedo describir. Ahora soy yo el que tiene que hacer todo el esfuerzo, Alysia. Ser tu padre por el resto de mi vida es un placer que me muero por comenzar a experimentar con todas las de la ley."

"Si Walrus, bueno, Salvador, sabía por qué estaba yo aquí, ¿por qué no me llevó de una vez a la Calle M?"

"Él no sabía por qué estabas en La Habana. Nadie lo sabía. Entraste como estudiante, ¿recuerdas? Yo no sabía qué tanto sabías tú, o qué te había dicho tu madre o por qué habías venido. Lo sospechaba. Tenía la esperanza. Rezaba que me estuvieras buscando… Pero nunca fuiste a la Calle M. Yo asumí que si estabas aquí para encontrarme, tu madre te habría dicho todo lo que necesitabas saber. Claro, ahora que sé de su muerte…" dice José Antonio y deja la frase sin terminar, pero yo me siento muy confundida y necesito un momento para organizar mis sentimientos.

José Antonio tose. "Lo que no te he dicho," dice, y tose nuevamente y toma otro sorbo de agua, "es que ahora ya no puedo salir de Cuba; no me permitirán entrar nuevamente a los Estados Unidos. Esa es la razón por la que me demoré tanto en venir. Si hubiese podido venir tan pronto llegaste a La Habana, habría tomado el primer avión. Tienes que saberlo, mi niña."

Sus palabras quedan flotando en el aire, y los meseros, que hace rato nos dejaron tranquilos, voltean a mirarnos porque yo me pongo de pie abruptamente y derramo mi café.

"Siéntate, por favor," dice mi padre, que también se pone de pie. "Te lo voy a explicar." Pero estoy molesta y tengo miedo y cuando nos volvemos a sentar él comienza a hablar lentamente. "Cuando me fui por el puerto de Mariel, me ficharon en la Inmigración de Miami. Estábamos acampando en el Orange Bowl, el estadio de fútbol, como muchos otros. Inmigración preguntó si yo había trabajado para el Ministerio del Interior y, desde luego, como así había sido, yo dije que sí, que había trabajado como traductor. Y aunque mi trabajo era de relaciones públicas y no conocía ningún secreto de estado—yo traducía del español al ruso y al alemán— fui considerado sospechoso por el solo hecho de haber trabajado con el Ministerio del Interior," dice y suspira profundamente. "Así que me permitieron quedarme en los Estados Unidos, pero bajo vigilancia, y me dijeron que si regresaba a Cuba aunque fuera unos pocos días, no me permitirían entrar de nuevo a los Estados Unidos. Hay muchos agentes secretos que viven en América. Pero yo no soy uno de ellos."

Es demasiada información y para empezar a procesarla respiro profundo. "¿Y por qué tanta demora para venir?" digo lentamente.

"La razón," y ahora se le quiebra la voz, "por la que me demoré tanto en venir es que solicité que se reconsiderara esa decisión, pero mi solicitud fue negada. Así que hice lo que tenía que hacer: vendí mi casa y arreglé todos mis asuntos allá. Me temo que mi regreso a Cuba es permanente, Alysia."

"¿Por qué no me lo dijiste?" pregunto. "Mi visa expira en unas pocas semanas y nos habríamos podido encontrar en los Estados Unidos…"

Pero mi padre me interrumpe. "Lo siento mucho, Alysia. El único objetivo de mi vida en América fue estar contigo mientras crecías. Pero tu padre, John, hizo que eso fuera imposible. Y ahora que te he encontrado… mira, en quince o veinte años ya seré un viejo. Mi padre murió cuando tenía sesenta y pico años, al igual que su padre. Ahora quiero estar aquí con mi familia. No me quiero morir sin volverlos a ver. No quiero envejecer al lado de extraños. Sin importar lo cómoda que puede ser la vida en América."

"Pero es tan duro vivir aquí," digo con incredulidad. "¿Por qué querrías elegir hacer largas colas diariamente y tener apagones constantes y nunca tener papel higiénico…" Dejo caer la cabeza sobre la mesa. No puedo creer lo que estoy oyendo. Es demasiado.

José Antonio me toma la mano y con la otra mano me levanta la cabeza. "Tengo algunos ahorros y una pensión que debe empezar a llegarme en unos años. Tengo con qué vivir." No lo puedo mirar, y las lágrimas empiezan a escurrírseme por la cara y a caer en el traje prestado.

"Alysia," dice con voz suave. "Cambié toda mi vida para buscarte. Atravesé el estrecho de la Florida en un bote. Abandoné a mi familia durante veintitrés años. Viví en Miami, pero extrañaba mi Habana todos los días. Todo para poder encontrarte. Y ahora te he encontrado. Gracias a Dios."

"Es tan duro vivir aquí," repito.

"Mi esposa es una mujer encantadora, cubana, y vendrá a reunirse conmigo en unos pocos meses. Ella también desea regresar y estar con su familia. Estamos preparados para los sacrificios," dice, pero no me mira a los ojos.

Luego me toma la otra mano. "Alysia, mija, los apagones y el papel higiénico no tienen importancia, al menos en el panorama general. Amo mi país y no puedo ni estoy dispuesto a esperar a que sea perfecto para vivir aquí. Lo más probable es que mi cuerpo no resista tanto tiempo. Estoy seguro de que tenemos la misma opinión sobre este sistema. Es imperfecto y a veces muy dañino. Pero me niego a no poder comerme otro huevo en mi país. Me niego a no poder vivir cerca de la casa de mi madre. Me niego a no poder despertarme cada día y regocijarme con la belleza de mi patria. No me voy a morir lleno de odios y remordimientos. He dejado de lado esos sentimientos y haré los sacrificios que tenga que hacer para estar aquí con mi familia. Y espero, ojalá Dios me lo conceda, que eso también te incluya a ti, mi niña."

No hablamos durante un largo rato. No hay nada en mí que no entienda lo que mi padre está diciendo, pero no estoy segura de poder vivir en Cuba, y no estoy segura de poder vivir sin él. No después de haberlo encontrado por fin.

Mi padre estudia las expresiones de mi cara. Después de un momento, hago una pregunta que realmente no quiero que me contesten, y que sale como un susurro resignado: "¿Qué quisiste decir con que John lo hizo imposible?"

Mi padre respira profundo y llama al mesero para pedirle más agua. Se toma un trago largo y vuelve a respirar hondo. Se inclina sobre la mesa. "John te educó, eso lo sé," dice. "Así que no quiero hablar mal de él. Pero la verdad es… La verdad, Alysia, es que cuando me establecí en Miami, después de un tiempo encontré a tu madre en Washington. Me tomó un largo tiempo hallar un trabajo que me ofreciera la estabilidad económica que necesitaba para ir por ustedes. Pero ustedes siempre estaban entrando y saliendo del país… Así que tuve que esperar hasta que regresaran a su apartamento…"

"¿Al apartamento de Watergate?" pregunto, mientras pienso en nuestra residencia permanente en Washington y el lugar donde siempre han estado mis cosas. "¿Tú fuiste a nuestra casa?"

José Antonio hace un gesto de asentimiento. "Volé a Washington con la esperanza de hablar con tu madre. De encontrar por lo menos una manera de que yo pudiera verte. Pero John me interceptó y me ordenó marcharme. Cuando regresé a Miami, dos de sus hombres llegaron hasta mi puerta y me dijeron que tenía que mantenerme alejado de tu madre y de ti. Si no…" dice y mueve la cabeza con tristeza. "Bueno, si no lo hacía, John armaría un escándalo aprovechando mi vinculación con el Ministerio del Interior, diría que había sido más importante de lo que yo había dicho y me haría deportar. No tenía salida."

"Ninguna salida."

"No podía pedirle a tu madre que me dejara verte, y tampoco quería que me obligaran a regresar a Cuba, donde sería prácticamente imposible volverte a encontrar, ya tú sabes. Así que hice carrera como traductor y me casé con una mujer maravillosa. Seguí adelante con la esperanza de que tu madre te dijera la verdad pronto. Supongo que ingenuamente creí que John le iba a contar que yo las estaba buscando, y dónde vivía… no lo sé. Sólo estaba soñando. Mi esposa y yo no tuvimos hijos, ella no puede tener hijos. Así que, Alysia, tú eres aún más especial para mí."

Quedo aterrada y me sorprendo negándome a creer que John dejara que me pudriera en La Habana, sin dinero y sin casa, a sabiendas de que estaba buscando a un hombre que vivía desde hacía años en suelo americano. No puedo creerlo y siento que la cara se me enciende de rabia. John no pudo ser tan cruel. Necesito creer que así fue.

Tomamos un taxi y nos vamos en silencio. Tengo mucho que procesar.

José Antonio va a tener ahora una emotiva reunión, largamente esperada, con su madre y su familia. Insisto en dejarlo solo para darle un poco de privacidad. Acordamos vernos en unos pocos días. Cuando me bajo del auto en la casa de Camila, mi padre me abraza con una intensidad que nunca le sentí a nadie, mucho menos a John.

"Tú sabes que puedes ir y venir entre los Estados Unidos y La Habana. Pero los Estados Unidos sólo te permiten una corta visita cada tres años. Por supuesto que no sería lo mismo que si vivieras aquí con nosotros," dice, y luego me suelta y me dice en tono de súplica. "Ya perdimos tantos años, mi hermosa hija, que no puedo soportar la idea de vivir separados también en el futuro."

Me quedo observando con tristeza cómo el taxi se pierde de vista. En lugar de ser un feliz desenlace, el encuentro con mi padre me ha producido más confusión acerca de mi familia y mi pasado. Para no mencionar mi futuro.

A una hora que cualquier persona contesta el teléfono—cuatro de la mañana, cuando se está demasiado confundido a causa del sueño para filtrar las llamadas, y demasiado sorprendido para dejarlas pasar al buzón—llamo a mi otro padre, el que me educó.

La voz de John suena ronca y adormilada, y yo contengo un torrente de acusaciones.

"Alysia," digo, en respuesta a su pregunta al contestar.

"Espera un minuto, déjame echarme un poco de agua." Oigo la voz de una mujer en el fondo y eso me sorprende, aunque han pasado varios años desde la muerte de mi madre. No puedo sino sentirme feliz de que John haya encontrado a alguien que le ayude a manejar sus neurosis.

"Me alegra que llames," dice John. "Había pensado en enviar a uno de mis colaboradores para que te trajera a casa. Tenemos que arreglar ciertos asuntos financieros. ¿Todavía estás en ese hueco? ¿Cómo estás?" Necesito toda la tranquilidad de que soy capaz para no estallar en una furiosa andanada. ¿Cómo cree que estoy, sin dinero y atrapada en un país donde es imposible trabajar?

Pero en lugar de eso digo: "Sí, todavía estoy en La Habana."

John suspira. Dejo de oír el sonido del agua. "Espero que ahora sí estés lista para regresar a casa y comenzar una carrera. Creo que ya perdiste suficiente tiempo."

"Encontré a José Antonio."

"¿Entonces regresó a Cuba?"

Yo suspiro. "¿Me extrañas, papá?"

"Tú sabes que no hay realmente pruebas de que él sea tu padre biológico. Tu abuela está convencida de eso, pero yo no estoy tan seguro."

"Cuando regrese a casa, ¿podemos tener una relación de verdad? Tú sabes, ¿tal vez desayunar juntos de vez en cuando? ¿O pasar las vacaciones juntos?"

"Podemos conseguirte un buen empleo en el servicio exterior y olvidarnos de todo esto."

Creo que ni siquiera se da cuenta. No entiende lo que me hizo pasar al negarse a ayudarme a salir de Cuba, cuando habría podido hacerlo con tanta facilidad. También pienso en lo cruel que fue no decirme que José Antonio había estado en los Estados Unidos todo este tiempo.

"Alysia…" dice de manera vacilante.

"¿Me extrañas?" vuelvo a decir en voz baja.

John no dice nada.

Suspiro y empiezo a despedirme.

Luego me interrumpe. "Espera, Alysia."

"¿Sí?"

Hay otro largo silencio. "Hmmm… No, no importa."

"Adiós, John," digo con la voz quebrada. Luego vuelvo a susurrar por última vez: "Adiós."

Cuelgo el teléfono con suavidad. Miro a mi alrededor y estoy en el vestíbulo del Hotel Nacional, con una tarjeta telefónica vacía en la mano. Es el mismo teléfono público que usé hace doce meses para llamar a John a pedirle ayuda. Las jineteras que atraviesan el vestíbulo ya no me perturban. Me toco la cara y me arreglo la ropa ajustada. La chica que estuvo parada aquí hace un año ya no existe.

Rafael me saluda desde el puesto del conductor y yo me deslizo en el largo asiento delantero del auto. Tito me lame la cara y yo protesto por sus muestras de afecto. Beso tímidamente a Rafael en la mejilla. En el asiento trasero hay una pareja de turistas canadienses e intercambiamos saludos. Los canadienses contrataron a Rafael para que los lleve hasta los Tres Reyes de El Morro, el magnífico castillo y fortaleza que se asienta sobre un risco desde el que se ve la bahía de La Habana.

Mientras caminamos por ese territorio sagrado, Rafael me levanta y me pone sobre "la cortina," el panel que protege un escarpado precipicio sobre el puerto. Soldados de uniforme rojo están llenando de pólvora un cañón que apunta hacia el mar. Los disparos de cañón tienen lugar todos los días a las nueve de la noche, la hora a la que se cerraban las murallas de La Habana y se ponían las barricadas hace tres siglos.

Hay mucha paranoia sobre el supuesto ataque americano, pero la única artillería pesada que llueve sobre La Habana es el amistoso fuego de los cañones.

"Tienes que confiar en mí," dice Rafael y me indica que tengo que pararme derecha sobre la cortina. "Todo el mundo salta cuando estalla el cañón. Pero yo te voy a agarrar para que no te vayas hacia atrás y caigas a la bahía."

Los canadienses se quedan en el suelo, con los morrales desabrochados y agarrados sobre el pecho, y el resplandor del fuego juguetea sobre sus siluetas. Yo me inclino hacia delante y le susurro algo a Rafael en el oído:

"Mi padre se va a quedar en Cuba para siempre," digo. "Mi visa expira en unas pocas semanas."

"Entonces renuévala por otro año," dice Rafael con naturalidad. Pero yo frunzo el ceño ante la sugerencia. Él suspira.

Me paro derecha y siento cómo la brisa nocturna se cuela por entre mi pelo. Abajo, en el precipicio, se agitan las aguas oscuras. Hay pescadores en balsas inflables que flotan sobre la bahía con cañas y anzuelos.

Rafael me hace un guiño, pero yo estoy asustada, así que me toma la otra mano. La mecha es lenta y lánguida y cuando se oye el estallido yo salto, y Rafael cumple su promesa y me agarra, y luego yo me escurro por encima de su cuerpo. Es una pirueta muy sensual y se lo digo, aunque no dejo de preguntarme si esa sensualidad no será el resultado de la práctica con las innumerables mujeres que ha traído antes aquí.

Dejamos a los canadienses en una discoteca y Rafael usa el dinero que ganó por llevarlos a varios sitios para invitarme a comer en el Barrio Chino. Casi parece una cita de verdad, como las que tenía en mi país. Rafael quiere saber cómo estuvieron las cosas con José Antonio y cuáles son mis planes, nuestros planes. Adoro la manera como él presta atención a cada palabra que digo y me deja hablar sin interrumpirme. Le doy una versión abreviada de la conversación de ayer con José Antonio.

"Mira, Alysia, es una decisión muy delicada," dice Rafael, fingiendo indiferencia. "¿Acaso no quieres estar con tu padre después de todo lo que has pasado para encontrarlo? Si te quedas, él te cuidará, ¿verdad?"

"Me lo ofreció, pero no estoy muy segura de que pueda pasar mucho tiempo dejándome cuidar por alguien. Además, él no es rico."

Rafael juega con los mariscos que tiene en el plato. La idea de que pronto voy a dejar Cuba flota en el aire y acaba con la alegría que normalmente compartimos.

"Siento algo muy fuerte por ti, mi vida," dice Rafael. Dobla los brazos sobre la mesa y desvía la mirada, como atraído por un punto distante en el horizonte. "Todas mis novias cubanas del pasado han entendido que mi asunto con las turistas es trabajo. Tengo que tener la libertad de irme una o dos noches a la semana. Dios mío, yo no quisiera andar por ahí engañando. Pero soy la cabeza de mi familia. Tengo que cuidar a mi madre y mis hermanos."

Como un reflejo, extiendo la mano y toco la mejilla de Rafael con el dorso de mis dedos, sintiendo la suavidad de su piel contra la mía. Una extraña sensación me corroe por dentro, una sensación que no puedo identificar. Luego la reconozco: son celos. Estoy pensando en las extranjeras que suspiran por él, y en las cubanas, como Modesta, que no lo pueden olvidar. Siento celos, unos celos horribles. Toda la vida me juré evitar ese sentimiento, que me parece irracional y poco elegante, y que ciertamente no forma parte del léxico de la familia Briggs. Pero la rastrera presencia de los celos es una muestra de lo profundo que ha llegado mi cubanidad. El ambiente que me rodea es más fuerte que yo y está alterando mis creencias.

Rafael espera una respuesta con ansiedad. Por primera vez considero la posibilidad de quedarme. ¿Realmente podría vivir en Cuba? ¿Lograría llegar a destacarme entre las jineteras, pues seguramente esa seguiría siendo mi ocupación? Y como jinetera, ¿podría ser la novia de un jinetero, con todo lo que eso implica?

La verdad es que mi madre no quería abandonar a José Antonio Vilar de la Calle M, y yo tampoco quiero hacerlo. Mi madre se arrepintió de haber dejado a su amor cubano y yo no quiero arrepentirme de haber dejado al mío. ¿Será posible que mi madre esté empujándome, desde la otra vida, a vivir mi vida de manera diferente? ¿A que me olvide de las convenciones y el pensamiento racional y siga los instintos básicos con los que contamos para salir adelante?

"Hay días," dice Rafael, "que me paso seis horas tratando de conseguir un bombillo, ¿me entiendes? Mañana tengo que ir al 'barrio' a comprar tres o cuatro onzas de cocaína para unos turistas en La Habana Vieja, y luego tengo que usar lo que me gane ahí para reparar el techo de la casa. La próxima semana, un grupo de italianos que conozco regresan a la ciudad y van a querer jineteras adolescentes. ¿Ves? No es fácil. Tú, en cambio, lo único que has hecho es ponerte una flor detrás de la oreja y fingir que eres cubana por un año. Has engañado a unos cuantos turistas, te han dado algunos regalos. Pero la vida real, Alysia, la manera como las cosas funcionan realmente aquí es una lucha permanente. Quiero que te quedes. ¡Dios mío, claro que quiero que te quedes! Pero no sé si puedas aguantar la vida en Cuba, no cuando sea de manera permanente."

"Tal vez tienes razón," digo, y yo también hago mi plato a un lado. No sólo estoy pensando en mi padre, sino en mi abuela, que cada día está más vieja, y que es vivaz y divertida, con sus vestidos caseros y sus aretes de clip, sus recitaciones diarias de los versos de José Martí y sus tareas de francés. ¿Cuánto tiempo más va a estar viva para que yo pueda conocerla? ¿Y qué hay de Camila y Daya, y la gente que he llegado a querer gracias al apoyo que le brindaron a esta yanqui? Si me voy de Cuba estaré dejando atrás mucho más que las desesperantes colas y una vida dedicada al jineterismo.

Estaré dejando atrás mi propio sueño.

Vi cómo el cuerpo de mi madre se consumió por la pena de no seguir a su corazón y quedarse con José Antonio. Cuando todavía era una niña, vi cómo John se convirtió en el hombre que quiso ser, pero cuando perdió a mi madre se enterró en el refugio de lo que conocía y bajo el manto de una familia políticamente encasillada, que le daba muy poca importancia al amor.

Si me quedo, creo que seguiré extrañando los fragmentos que componían mi cómoda vida. Mi tarjeta American Express Platino, que permanece inutilizada en mi billetera, y también mis cuentas bancarias, en las que una vez me apoyé gracias al bienestar y la seguridad que produce el hecho de tener acceso al dinero. Echaré de menos al portero del Watergate, tener una habitación propia, y la sensación de las toallas recién lavadas y secadas en máquina, que no se parecen a esas ásperas telas de algodón secadas al sol, que pasan aquí por ropa de baño. Extrañaré mis pequeños caprichos, las cremas faciales y las tiendas de cosméticos y productos para el cabello, y la seguridad de que siempre habrá luces que podamos encender. Extrañaré América y las farmacias que están abiertas las veinticuatro horas. Extrañaré el sashimi y el sistema de televisión y las noticias mundiales. Pero esas, desde luego, son cosas pequeñas.

Quedarme en Cuba significaría perder también cosas muy importantes. Está John, que a pesar de nuestros problemas sigue teniendo un lugar en mi corazón. Y están Susie y mis otros amigos. ¿Cuántas de las celebraciones de sus bodas y sus nuevos trabajos y sus hijos me perderé? ¿Y qué hay de mis propias celebraciones?

John siempre me dijo que cuando se está tomando una decisión lo mejor es escribir los pros y los contras en dos columnas y ponerlas en la balanza una junto a la otra. Pero ese método no me está sirviendo aquí. Porque por cada contra hay un pro y por cada ganancia hay una pérdida. Mientras analizo lo bueno y lo malo, me doy cuenta de que estoy enojada. ¿Qué clase de mundo es este? Estamos sólo a noventa millas de los

Estados Unidos, y aunque es un solitario camino a través de aguas turbulentas, me enfurece que hayan pasado cuarenta y cinco años y no se haya
construido un puente que cierre el abismo. La división es temporal y es-
pacial, pero la distancia parece tan grande que siento como si estuviera
en la luna.

"Cuando regreses," dice con tristeza Rafael, "no me pidas que inter-
cambiemos direcciones. No puedo hacer eso. No contigo."

Yo suelto un suspiro. Lo único de lo que estoy segura en este momento
es que estoy lista para irme a casa con Rafael y descubrir lo que se siente al
deslizarse entre sus sábanas. Necesito darle un recreo a mi cerebro y atender las urgencias de otras partes de mi cuerpo. Necesito desesperadamente estar con él y se lo demuestro sin ninguna sutileza. Pero cuando
llegamos a mi casa, Rafael apenas me da un beso en la mejilla y me deja en
la calle, negándose a entrar. De pie frente a la puerta y envuelta en una
nube de contaminación, mientras su Chevy se aleja, me siento rechazada
y aún más confundida.

Pocas horas después, Rafael me llama por teléfono.

"Si fueras una turista," dice, "no hay riesgo de que te hubiese rechazado
esta noche. Tú no me importarías, sólo estaría haciendo un engaño. Pero,
escúchame, no puedo dormir contigo… tú te vas a ir. Yo no tengo pasaporte. No puedo irme detrás de ti. Estoy atrapado en Cuba. Y ¿qué clase de
hombre quiere saber que no puede seguir a la mujer que ama?"

65

Un río de lágrimas sale de la casa de la Calle M. Todavía está oscuro, mi avión sale en unas pocas horas y yo estoy tratando de mantener la compostura mientras me despido de Camila y Daya y de las tías y los tíos y los primos que apenas distingo.

El que toda mi familia extendida haya venido a despedirme tan temprano en la mañana es abrumador.

Le susurro algo a Daya en el oído y le entrego una bolsa con el frasco de mantequilla de maní y estrictas instrucciones para que, si alguna vez liberan a Limón, le entregue esta especie de regalo, aunque la gracia que alguna vez tuvo ya se ha reducido. Daya tiene el dedo en la boca y patea unas cuantas piedritas con su pie de bailarina. Mi abuela se acomoda los gruesos lentes sobre la nariz y comienza a llorar. No puede creer que su nieta se vaya otra vez pa' la Yuma.

"Dile a Rafael…" le digo a Camila en el oído. "Dile que entiendo por qué no se despidió."

Camila hace un gesto de asentimiento y me abraza. "Alysia… Ya tú sabes."

Voy a empezar a sollozar en cualquier instante, así que le entrego a Tito a mi abuela y me subo al taxi. Mi padre se sienta a mi lado y le agradezco que haya reservado su despedida para la hora a la que sale mi vuelo del aeropuerto internacional José Martí. Necesito despedirme por etapas.

Guardamos silencio durante el viaje y yo no siento la fuerte excitación que normalmente me producen los viajes. Esa sensación también parece haber desaparecido en Cuba.

"Mija, me habría gustado que conocieras a mi esposa," dice mi padre, que por fin rompe el silencio.

"Aida… A mí también me habría encantado."

"¿Regresarás tan pronto puedas?" La voz de mi padre comienza a quebrarse y yo también estoy increíblemente triste. Hace apenas unas pocas semanas que conocí a mi verdadero padre y no estoy lista para abandonarlo. Observo su perfil a hurtadillas y trato de grabar sus rasgos en el lienzo de mi mente, como los cristales de plata en una película.

No puedo evitar recordar que hace dos años estaba observando el perfil de tía June, mientras que un taxi nos llevaba por esta misma carretera.

Reviso otra vez que tenga mi pasaporte y cae abierto en los sellos que me han puesto en los distintos viajes. Repaso con el dedo la línea de tinta roja del sello de la Perla de las Antillas, que pusieron hace 364 días, y la visa que expira esta noche.

José Antonio también observa mi pasaporte, y me pregunto si está pensando en cómo este mismo pasaporte nos transportó a mí y a mi madre lejos de él durante todos estos años. Luego se golpea la frente con la palma de la mano.

"Tu mapa," dice, al tiempo que se busca algo en los bolsillos. "Casi lo olvido. Camila lo quitó de la pared. Quería asegurarse de que lo conservaras."

Desdoblado, el mapa ocupa todo el asiento trasero del taxi. Mi padre sostiene el extremo occidental de La Habana y yo el extremo oriental y las playas de arena fina. Mis estrellas rojas y un poco infantiles están ubicadas en los sitios vitales, a medida que los fui conociendo, y le muestro a mi padre el camino que lleva hasta el tesoro de haberlo encontrado. El hospital donde nací (y donde pasé la convalecencia por el estallido temperamental del ruso, pero eso no lo menciono); la casa de los médicos ladrones; la de la casera deprimida; la alegre casa de Camila; y, por último, la sagrada casa color pastel de la Calle M. Hay una estrella pequeñita en el apartamento de Rafael sobre la playa y mi dedo se demora un poco sobre su calle.

Mis recuerdos se detienen en las lecciones de baile de Camila y en lo que me dijo acerca de que había un ritmo para todo, y que si uno piensa demasiado y siente poco, deja de ver las señales más importantes. Este mapa siempre estuvo frente a mí, todo este tiempo, desde el comienzo de mi búsqueda, y a veces lo miraba fijamente, deseando que el mapa pudiese hacer magia y señalarme el camino hacia mi padre. Prendido a la pared encima de mi modesto escritorio, este mapa ha estado brillando como un faro durante todo mi año en Cuba, incluso en los días más oscuros. Pero yo decidí hacer caso omiso de su principal importancia; no ver el verdadero mensaje que me ha estado transmitiendo durante todo este tiempo.

Hasta este momento.

"Oye, conductor," digo y de repente siento que la cara se me enciende y los ojos me brillan. "Dobla a la derecha por aquí."

"Mija," dice mi padre, corrigiéndome con suavidad. "Tu avión sale de la terminal 2 y la terminal 2 es a mano izquierda."

El mapa cruje mientras yo me inclino hacia delante en la silla y repito mi solicitud.

"Yo sé que la terminal es a mano izquierda," digo. "Pero estoy siguiendo las indicaciones del mapa y dice que doble a la derecha."

osé Antonio y yo estamos caminando por el jardín botánico de La Habana. Cuando el sol alcanza el punto más alto, nos refugiamos a la sombra de un pabellón japonés. Desde allí podemos admirar los puentes arqueados y los elaborados árboles bonsái. En el estanque que está a nuestros pies, pecesitos dorados con visos naranja atrapan insectos que flotan en el agua.

Me estoy riendo de una broma de mi padre, y una atractiva mujer que debe estar llegando a los cincuenta se acerca. Tiene el pelo negro y crespo y está vestida de blanco, con un broche aguamarina en el pecho.

Aida nos besa en la mejilla y nos abraza con fuerza a los dos.

"¡Qué tal ustedes dos!" dice y se sienta en las piernas de mi padre. "Cotorreando como un par de papagayos."

Muchas cosas de Aida me recuerdan a tía June, entre ellas su vivaz ingenio y su permanente amabilidad. Cuando Aida llegó al aeropuerto pocos meses después de haberme encontrado con mi padre, supe que había tomado la decisión correcta al quedarme. Algo en el hecho de que ella y mi padre estén juntos confirmó mi impresión de estar en casa, de que aquí es donde pertenezco.

"Camila y la abuela van a venir a cenar," dice la esposa de José Antonio, recostándose para disfrutar del sol de verano.

"¿Y Rafael no?" pregunta José Antonio y luego dice, muy serio: "¿Acaso lo reemplazaste sin preguntarle antes a tu padre?"

Aida golpea las mejillas de José Antonio de manera juguetona. "No te metas en su vida amorosa," le advierte.

"También va a ir a cenar," digo, entornando los ojos. "No se perdería la cocina de Aida ni por un juego de neumáticos completamente nuevo."

En mi nueva casa está mi mapa de La Habana. A veces lo miro, para acordarme de mi viaje. Para ver las estrellas que dibujé en los lugares que conocía, como la casa de mi familia en Miramar, y los lugares que esperaba encontrar. Últimamente mis dedos han recorrido el camino que lleva de La Habana, a lo largo de la carretera que corre paralela a la playa, hasta Mariel y el puerto donde mi padre comenzó su viaje circular para encontrarme.

Mi padre habla con frecuencia de su viaje en bote. Su embarcación era un guardacostas pequeño que estaba atado a balsas, y las balsas estaban atadas las unas a las otras, y todas las embarcaciones, las apropiadas para la navegación y las improvisadas, se mantuvieron fuertes y unidas a través de los embates de las olas que se ven en el estrecho de la Florida en época de huracanes. Estaban unidas por los lazos de la determinación y la esperanza y la fuerza, y enfrentaron juntas el incierto océano que tenían delante, atadas mutuamente a su destino, con el propósito común de llegar a las costas de la Florida y tener una vida llena de promesas cumplidas.

Mi mapa se ha llenado de nuevas marcas, y esta vez he representado las flotillas que hemos creado en tierra. Ahora puedo trazar en el mapa la ruta de las familias cubanas—unidas por la sangre, o la geografía, o la suerte de la amistad—que arman flotas de vecinos. Lazos que unen balsas de gente a través de las turbulentas aguas de lo desconocido, a través de la aventura que es vivir en la Cuba moderna. Esperando pacientemente a que los interminables vientos de cambio dicten su dirección.

Por encima de todo la gente está unida, todos estamos juntos, guardando nuestra energía para lo que sea que venga. ¿La paz? ¿La prosperidad? ¿Quién sabe? Tal vez algún día la emotiva reunión con nuestras familias del norte y el sur, el oriente y el occidente, como el corazón partido de un relicario, piezas que se unen nuevamente y crean la armonía final.

Yo estoy en una de esas balsas. Soy un elemento esencial de la flotilla y mi peso, mi fuerza y mi cuerpo contribuyen al equilibrio. Yo alivio heridas; curé las mías y las de mi padre, y estoy ahí para los seres que amo. Y ellos están ahí para mí.

Cada día me convenzo más de que este era el destino al cual mi madre le dio la espalda; un destino que era suyo, tal vez, pero que ciertamente, sin temor a equivocarme, es el mío.

Una parte de mis tareas ahora es mantener afinada mi brújula moral, una brújula que deja espacio para mi vida de jinetera, pero que también mantiene una integridad que me permite conservar el orgullo.

En Cuba, donde todo se mueve por el poder del dios dólar, he aprendido a poner mis propios límites.

He visto a orgullosos vendedores robarse el cambio que les corresponde a los turistas. Diez centavos aquí. Veinte centavos allá. Cuando alguien los acusa, arden de indignación, pero es la parte dirigida a su alma la que más les duele.

He visto nobles familias de médicos e ingenieros que alquilan habitaciones a turistas para que pasen una noche de sexo por veinte dólares. Los chicos se agazapan en el sótano a escuchar el huracán de un español blanco de cincuenta y dos años y una cubana negra de diecinueve, en habitaciones donde han crecido varias generaciones, donde muchos han nacido, tenido su luna de miel y muerto. Y la cosa continúa al día siguiente, cuando levantan los condones y sacuden todo otra vez, mientras se ríen admirablemente. Pero, ¿cuánto durará eso?

¿Cuánto tiempo durarán esos lamentos?

No lo sé. No entiendo el cruel punto muerto al que han llegado las relaciones entre mi tierra americana y mi tierra cubana. Y mientras que las naciones siguen luchando, mientras que sigue moviéndose la balanza apoyada sobre el guión de mi identidad cubano-americana, sólo puedo rogar que se llegue pronto a una solución, para que la gente que está desperdigada por el mundo pueda regresar a su tierra y todos podamos sanar juntos.

Mi padre dice que en un jardín japonés es casi imposible saber dónde termina la naturaleza y dónde empieza el arte. Mientras caminamos lentamente por el jardín, José Antonio toma la mano de las mujeres que ama y juntos admiramos la delicada estructura de cada planta, cada árbol, cada flor, y el lugar que ocupan en el paisaje. En ese momento siento la presencia de mi madre y su cálido contacto en mi hombro desnudo. Es una presencia menos poderosa, menos triste y siento instintivamente que está diciendo adiós.

Mientras me deja en buenas manos.

Agradecimientos

Alison Callahan creyó en este libro antes de que hubiera escrito una sola sílaba del mismo. Y cuando finalmente todas estuvieron en su puesto, su visión filosófica lanzó un conjuro mágico sobre mi historia y por eso todas las mejoras son suyas, mientras que los errores son sólo míos. También quiero darle las gracias a René Alegría, por su visión no sólo acerca de esta novela sino de Rayo y de una América cuyas bibliotecas están llenas de historias latinas.

Stéphanie Abou tiene todos los atributos que una chica puede anhelar en una amiga: lealtad, perseverancia, humor, ingenio y un increíble sentido de la moda. Para fortuna mía, también es mi agente y por eso, y por su estímulo y su empuje y su ánimo, digo ¡qué viva esta parisina!

Por su dulce estímulo y su sabiduría, mis agradecimientos para: Karen Croft, Anne Kostick, Marc Serges, Christine Debusschere, Whitney Woodward, Peter Watrous, David Sesser, Jackie Weiss, Joel "Bishop" O'Brien, Jeanette Perez y el equipo de HarperCollins. Kenneth P. Norwick y Jay Berg me conquistaron con su revisión legal. Por brindarme el espacio y el amor para escribir, tengo una deuda de gratitud con Oscar y Mike y Nancy en Nueva York, y María, Cristóbal y Axie en España.

Las sesiones nocturnas de chismes en La Habana fueron un placer similar al café con leche con pastelitos. Lena, Christine, Esther y Beth me mantuvieron enterada de los últimos rumores y me cuidaron la espalda todas esas locas madrugadas en Cuba.

Gracias a mi familia—mis héroes—por su invaluable apoyo y por tener el valor de seguir su camino. La llegada fue muy dulce.

Besitos a mi sostén, Pablo Vilar, por estar ahí. Siempre.

Por último, la mayor deuda de gratitud es con mis amigos íntimos en Cuba, ninguno de los cuales se beneficiaría de que su nombre apareciera aquí. Llegué a La Habana con un corazón roto y en una situación difícil; ellos me dieron una brújula y un mapa.